U1014783

作者像

作者简介

刘宁（1931—2009），湖北汉川人，北京师范大学外文学院教授、我国著名俄苏文学研究专家、北京师范大学苏联文学研究所原所长。1952至1957年留学苏联，毕业于莫斯科大学语文系，回国后执教于北京师范大学。曾任中文系外国文学教研室与文艺理论教研室主任，外国问题研究所副所长兼苏联文学研究室主任。《苏联文学》（后改名《俄罗斯文艺》）杂志主编。全国外国文学学会理事、俄罗斯文学研究会常务理事兼副秘书长、中国译协艺术翻译委员会委员、中国作家协会会员等。主要著作有：《俄苏文学批评史》（合著，获北京市第三届哲学社会科学优秀成果二等奖）、《俄国文学批评史》（主编、合著，获北京市第六届哲学社会科学优秀成果一等奖），《俄苏文学·文艺学与美学——刘宁论集》。主要编译著有：《俄国革命民主主义者美学中的现实主义问题》《美学》《美学问题》《历史诗学》等。

内容简介

本书是刘宁教授对俄苏学界和创作界十几位大师级人物的访谈录。刘宁教授于1984—1985年、1988年和1990年三度访苏，完成了对利哈乔夫、赫拉普琴科、鲍列夫等文艺学家文化学家的访问，对卡达耶夫、列昂诺夫、特罗耶波利斯基、瓦西里耶夫、邦达列夫等著名人物的访问。无论对于中国还是俄罗斯，本书都是不可再生的学术档案，它记录了那个时代俄苏文学界的活态历史，留下了俄苏文学界、文艺学界、文化界大师级人物的音容笑貌和生动思想，显示了中国学者艰辛、勤恳、虚心的跨文化研究轨迹。

［法］金丝燕　董晓萍　主编

“跨文化研究”丛书（77）

跨文化俄苏文学访谈录

刘　宁　著

李正荣　整理

中国大百科全书出版社

2019年

图书在版编目（CIP）数据

跨文化俄苏文学访谈录／刘宁著．—北京：中国大百科全书出版社，2019.8

ISBN 978-7-5202-0527-6

Ⅰ．①跨… Ⅱ．①刘… Ⅲ．①俄罗斯文学—文学研究 Ⅳ．①I512.06

中国版本图书馆 CIP 数据核字（2019）第 146833 号

责任编辑 徐文静　于淑敏
封面设计 程　然
责任印制 魏　婷
出版发行 中国大百科全书出版社
地　　址 北京市阜成门北大街 17 号　　**邮政编码** 100037
电　　话 010－88390969
网　　址 http://www.ecph.com.cn
印　　刷 北京汇瑞嘉合文化发展有限公司
开　　本 787 毫米 ×1092 毫米　1/32
印　　张 13.25
字　　数 200 千字
印　　次 2019 年 8 月第 1 版　2019 年 8 月第 1 次印刷
书　　号 ISBN 978－7－5202－0527－6
定　　价 58.00 元

本书如有印装质量问题，可与出版社联系调换

教育部人文社会科学重点研究基地重大项目
“跨文化学理论与方法论”
（项目批准号：16JJD750006）

综合性研究成果

教育部人文社会科学重点研究基地
北京师范大学民俗典籍文字研究中心
北京师范大学跨文化研究院敦和学术基金

资 助 出 版

“跨文化研究”丛书
编辑委员会

乐黛云　［法］汪德迈（Léon Vandermeersch）　王　宁　程正民

［法］白乐桑（Joël Bellassen）　陈越光　李国英　李正荣

［法］金丝燕　王邦维　董晓萍　王一川　周　宪　赵白生

［英］白馥兰（Francesca Bray）［法］劳格文（John Lagerwey）

［爱沙尼亚］于鲁・瓦尔克（Ülo Valk）　［日］尾崎文昭

总　序

“跨文化研究”丛书是教育部人文社会科学重点研究基地重大项目“跨文化视野下的汉字、汉语与民俗文化研究”的综合性成果，由教育部人文社科重点研究基地北京师范大学民俗典籍文字研究中心执行，由承担北京师范大学“跨文化学研究生国际课程班”教学任务的中外学者撰写。

跨文化研究事业发端于北京大学，奠基人是北京大学著名教授乐黛云先生，乐先生同时也是中国比较文学专业的开创者，以往中国跨文化研究领域的学者也大都集中于这个领域。在法国，由新一代汉学家金丝燕教授领衔，开拓了跨文化、跨学科和跨文本的学科建设。北京师范大学近年开展的“跨文化学”学科建设之不同，在于将这门吸收世界前沿学问并提倡平等对话的学科向中国学术文化领域全面推进，同时也让中国历史文明与现代人文社会科学研究成果，通过跨文化的桥梁，公之于世，进行对话和交流。这种学科转向是经过长期准备的。

四年来，乐黛云先生、法国著名汉学家汪德迈先生、金丝燕教授、中国传统语言文字学家王宁先生和民俗学家董晓萍教授等联袂投入，将跨文化研究由文学门类，推向中国古代哲学、传统语言文字学、民俗学和科技史学等主要使用中国思想材料研究中国学问的领域，使多元文化发展与跨文化学学科建设整体关联的理论付诸实践。令人欣喜的是，中外学者对此一致响应，现在陆续出版的这套丛书，正是各国教授共同努力，从各自以中外不同视角长期从事研究所取得的学术成就中，精心提炼的一部分研究成果。

我们希望这套丛书能为跨文化学的理论和方法论建设提供砖瓦，也期盼中外高校跨文化学研究的人才队伍不断壮大。

本项工作得到北京师范大学研究生院的长期支持，北京师范大学民俗典籍文字研究中心和北京师范大学跨文化研究院敦和学术基金提供了出版资助，谨此一并致谢！

“跨文化研究”丛书编辑委员会

2018 年 8 月 28 日

目　录

第二编 俄苏文艺学与美学访谈

第三编 俄苏文学访谈

序

访谈：窗口和镜子

程正民

2019年是我国著名的俄苏文学和俄苏文艺学、美学研究专家刘宁先生逝世10周年，为了表达对他的怀念和敬意，他的弟子李正荣编了这本《跨文化俄苏文学访谈录》。在北京师范大学跨文化研究院董晓萍院长的支持下，由中国大百科全书出版社出版。编者嘱我为本书写几句话，作为刘宁的学生和长期共事的同事，我义不容辞。

按这套“跨文化研究”丛书《总序》对作者范围的要求，每部著作都“由承担北京师范大学‘跨文化学研究生国际课程班’教学任务的中外学者撰写”，而本书作者刘宁先生是缺席的，但按照《总序》所规定的高端学术目标，要求作者“从各自以中外不同视角长期从事研究所取得的学术成就中”，精心提炼一部分研究成果出版，本书又是符合要求的。作者所介绍和阐述的苏联文学后期的学术史和历史遗产，全部出自作者与苏联文学界代表人物的俄文访谈第一手资料，具有很强的理论概括力和深刻的反思性，是他人、他时、他地都不可能提供的学术史料和理论思考，故此书又是不可替代的，应该把它放在这套丛书中，丰富跨文化俄苏文学理论的研究成果。

下面简要谈谈本书作者在我国俄苏文学理论界的主要贡献与本书的学术价值。

1957 年，刘宁从莫斯科大学语文系学成归国，到北京师范大学中文系外国文学教研室任教，当年我们作为大二学生听他讲别林斯基。他的课以理论的深度和逻辑的严密让大家折服。1959 年中文系毕业后，我先后在刘宁领导的文艺理论教研室和苏联文学研究室工作。这期间他曾到中央党校，同李泽厚、刘纲纪、周来祥等青年美学才俊一起编《美学概论》教材，深得主编王朝闻和正在编《西方美学史》的朱光潜的赏识，这是刘宁一生最愉快的时光。

改革开放以后，刘宁也迎来自己学术研究的春天。他以敢为人先的精神先后成立国内第一家苏联文学研究所，在茅盾、巴金、姜椿芳等前辈的支持下，创办国内第一家国别文学刊物《苏联文学》，并且建立了国内第一个俄罗斯语言文学硕士点和博士点。在从事繁忙的行政工作和编务工作的同时，刘宁始终坚持俄苏文学和俄苏文艺学、美学的研究和教学。他主持了国家社科重点项目“俄国文学批评史”的编写，翻译出版不少俄苏文艺学和美学的专著。同时，他也十分关心当代俄苏文学和俄苏文艺学的新进展，在《文学评论》和《文艺研究》等重要刊物，发表介绍俄苏文艺学和美学方面的论文，引起国内文艺学界和美学界的重视，李泽厚和陆梅林曾建议他将这些论文加以补充、整理，作为专著出版。

为了更好地完成《俄国文学批评史》的编写工作，为了深入了解苏联当代文学和文艺学、美学的新进展，也为了加强《苏联文学》刊物同苏联文学界的联系，刘宁曾于1984—1985年和1988年及1990年三度访俄。第一次是作为莫斯科大学的访问学者，后两次是作为苏联作协的客人。在这三次访问中，刘宁不辞辛苦，先后访问了苏联文学界、理论界和文学刊物的一系列重要人物，在短短时间，集中访问了学界和创作界这么多大师级和重量级的人物，这在国内俄苏文学同行中是少见的。这本《跨文化俄苏文学访谈录》就是这些重要访谈的集中反映。

要了解和认识刘宁这些访谈的意义和价值，需要回到20世纪80年代中苏两国具体的社会历史文化语境，特别是两国思想文化界和文艺界的状况。新中国成立后，政治上向苏联一边倒，文艺界也以苏为师。改革开放后，情况起了变化，文艺界大量涌进西方文学作品和文艺论著。在有些人眼里，俄苏的那一套似乎已经过时了，创作上不外是“粉饰生活”，理论上不外是“机械反映论”，这说明我国对苏联的文学创作和文学理论的变化缺乏深入的了解。实际上，“解冻”以来，特别是70—80年代以来，苏联的文学创作和文学理论有了很大变化。苏联的作家和理论家在继承俄罗斯文学和文论优良传统的基础上，向西方文学和西方文化大胆开放，并深深扎根于俄罗斯大地的现实生活，创造了许多具有世界影响的优秀的文学作品和文艺论著。这些新情况我们当时了解得很不深入。刘宁这些访谈在某种意义上讲，为我们深入了解苏联文学创作和文艺理论的新变化打开了一扇窗口，也为我们了解这一变化过程提供了一面镜子，给我们当代文学创作和文学理论的发展带来重要的和有益的启示。正因为如此，这些访谈录的一些篇什当年在国内一些重要刊物发表时，受到了文学理论界和文学创作界的广泛兴趣和深度关注。

一般说来，访谈的意义和价值取决于几个因素：访谈对象的分量、访谈者所提问题的重要性和访谈内容的学术含量及价值。

刘宁访谈的对象不是一般的人物，他们大都是当代苏联文学界和理论界赫赫有名的大师级人物。其中，理论界有俄罗斯文化大师利哈乔夫院士、苏联文学理论权威赫拉普钦科院士，以及苏联著名的美学家鲍列夫教授等。创作界有苏联老一辈作家《时间呀，前进！》《团的儿子》的作者卡达耶夫，《俄罗斯森林》的作者列·列昂诺夫，苏联当代著名作家《旗手》《永不掉队》的作者冈察尔，《岸》《选择》《人生舞台》的作者邦达列夫，《这里的黎明静悄悄……》的作者瓦西里耶夫等。这些作家对俄罗斯历史文化精神有深切的理解，对当代文艺有广阔的国际文化视野，同时又洞悉当代文学创作和文学理论存在的问题，因此他们所发表的意见有很强的历史感和现实针对性，具有很高的学术含量，很值得我们结合中国文艺界的实际细细加以玩味，认真加以思索。

就文学理论研究而言，我国文学理论界多少年来常常从一个极端走向另一个极端，要么把文学等同于政治、等同于生活，要么又离开社会历史生活，过分强调文学的特殊性；一会强调文学的社会历史分析，一会又完全离开社会历史文学语境钻到文本分析里去。在访谈录中，我们看到苏联文艺学界的大师们在总结历史经验的基础上，开始比较辩证地看待文学的内容与形式、历史与结构、外部与内部的关系。访谈中，利哈乔夫院士就指出他们在文学研究取得成就的主要经验，就在于“力求把文学史作为文化史的一部分来研究”，注重研究“文学同其他艺术、科学等文化领域的多种联系”，重视“在广阔的文化历史背景下，展示出文学事实的某种深层文化含义”。赫拉普钦科院士也指出了文艺学革新和发展的新方向，他指出，“把文学的历史起源研究和它的历史职能研究有机结合起来，再加上深入到作品内部结构的诗学研究，那将是真正具有发展前途的文艺科学”。他们这些思考对于我们解决文艺学面临的种种问题，有很重要的启示。

就文学创作而言，改革开放以来，我国作家创作出许多反映伟大变革的优秀作品，但是作家在面临如何才能深刻反映当代生活，如何继承优秀文化传统，如何正确对待西方文学作品等问题时，仍然存在许多困惑。从访谈来看，苏联的文学大师积几十年的正反面经验，提出了许多真知灼见，很值得我们深思。老一辈作家列·列昂诺夫尖锐指出，如果要深刻反映伟大的转折时代，“今天的作家就应该成为哲学家”，“文学应当促进关于时代真理的深刻思考”，“不仅需要有综观世界各地事件的横向思考，更需要有深入追溯、探讨人类历史和文化渊源的纵向思考”。当代著名作家邦达列夫也指出，当代作家应该有深刻的危机感，应该成为“时代的感官和人民的良心”。他认为当代文学应该越过对现实生活作镜子式描述的阶段，转向对生活进行心理的哲学的思考，努力塑造“能全身心地感受世界苦难和悲痛的”、“以良心为重的主人公”。这些言谈让我们深切感受到，当代优秀苏联文学家坚持的仍然是俄罗斯文学所固有的充满社会激情和充满人道主义情怀的传统，这当然也是我国当代文学应该追求的品格。

距离刘宁这些访谈已经 30 多年了，但今天我们读来依然感到十分亲切和十分新鲜，苏联当代文学大家的深刻思考和独特见解，对于我国新时代文学创作和文学研究是一份值得珍惜的文献。

2018 年 12 月 29 日

代自序：俄罗斯访谈日记

刘 宁

1985年2月于莫斯科

编者按：我的导师刘宁先生，1952年留学于莫斯科大学，1957年毕业回国，在北京师范大学任教。随后，中苏两国关系变化，人员交流阻断，与大多数中国俄苏文学研究工作者一样，刘宁先生也只能凭借文献资料做研究。中国改革开放后，中苏关系回暖。刘宁先生在时隔27年后作为高级访问学者再次获得留学莫斯科大学机会，时间是自1984年9月至1985年9月，整整一年。这次访苏，刘宁先生格外珍惜，在莫斯科大学语文系的繁重课程学习之外，还特别设计了直接访问苏联文学界、文艺学界、美学界、杂志出版界的访谈计划。访谈对象中有很大一批是当时苏联著名的文学家、文艺学家、美学家以及著名杂志负责人。1988年至1990年，应苏联作协的邀请，刘宁先生又有三次机会短期访问苏联，继续实施他的访谈计划。

刘宁先生生前陆续整理了这些访谈，希望能让这些访谈结集出版。

为了编辑这些访谈，我查阅了刘宁先生的《访苏日记》。日记所记，让我震惊，为了这些访谈，刘宁先生呕心沥血，是拼了命的。从1985年他在莫斯科大学记下的两则日记就能看出：

元月5日（星期六）。今天上午去校医院检查身体。近来自我感觉良好，但测量血压的结果却出乎意料，低压已高至110°，看来活动较多，身体疲劳了。医生开了降压药和综合维生素，要我好好休息，过两天再去复查。

元月25日（星期五）。大概这些天过于劳累，今天感到有些头晕发烧，嗓子疼，到医院一检查，说是伤风感冒了，让我吃药注意休息。本想休息两天，恢复一下下疲劳，但晚上使馆告知已设法为我租到了三只信使袋，要我把买的书整理好，送到使馆去。

刘宁先生的访谈工作计划相当庞大，是精心准备的，是周密思考的，是艰难繁重的。

实施这个计划，刘宁先生始终遵循八大程序：首先，通过各种渠道联系这些著名人物。其次，做好一切文案准备——阅读访谈对象的资料，准备最新的中国的俄苏文学研究信息。第三，专门准备北京师范大学《苏联文学》杂志和编写、翻译、编译的资料。第四，准备调节访谈气氛的礼品。第五，准备录音器材。第六，拟写访谈提纲。第七，充分了解中国改革开放信息，因为当时所有苏联朋友都对中国改革开放感兴趣，苏联报纸总有对这一问题的报道。第八，回到宿舍，立刻整理访谈。

从刘宁为访问苏联著名作家邦达列夫的笔记中，我们可以形象地看到刘宁先生为了直面俄罗斯苏联文学，为了获得俄罗斯苏联文学第一手资料而在寒冷的莫斯科辛勤努力、奋力拼搏的身影，更可以从中看到刘宁先生为了推进中国的俄罗斯苏联文学研究的工作热情和工作模式。

刘宁先生的访谈，每一篇都是这样操作的，因此，征得刘宁先生的夫人陆桂荣教授的同意，特从刘宁先生的这批日记中，摘其要者，作为本书的“代自序”。在本书的正文中，为了体现作者工作的第一手劳动和思路框架的完整性，也将适当使用作者其他部分的日记。

2 月 7 日（星期四）

上午 10 时给奥夫恰连科[1] 打电话，他正好在家。他说昨晚才从别墅回来。他要我 3 点给他往 ИМЛИ [2]再打一次电话，说已约斯塔德纽克 [3]见我，那时就可以最后确定会见的时间、地点。11 时我先去系里的外事处。我问（到）列宁格勒[4] 进行科学考察的事，她说只要我与导师定下去的时间，她就帮我联系，办手续。接着，我又去教研室。……下午去“列图”[5] 看书，准备复印的材料。

3 时给奥夫恰连科往 ИМЛИ 打电话，怎么也打不通，老占线。3:30 接通电话，却说奥夫恰连科已离所，要

---

❶ 奥夫恰连科（Александр Иванович Овчаренко，1922—1988），1956 年起任莫斯科大学教授，1958 年获语文学博士学位，1965—1988 年在高尔基世界文学研究所工作，任《高尔基全集》部门负责人。

❷ ИМЛИ，即 Институт мировой литературы имени А. М. Горького АН СССР（以高尔基命名的苏联科学院世界文学研究所）的简称。

❸ 斯塔德纽克（Иван Фотиевич Стаднюк，1920—1994），苏联著名作家，大型史诗作品《战争》的作者。

❹ 列宁格勒，即现在的圣彼得堡。

❺ 以列宁命名的苏联国家图书馆，居世界前列的著名图书馆。

我晚上 8 时以后往家里给他打电话。8:30 给奥夫恰连科打电话，他说他已给我约好了下星期二（12 日）中午 2:30，Ю. 邦达列夫[1] 和 А. 阿列克赛[2] 一起在俄罗斯联邦作协接见我，奥夫恰连科陪同我会见他们。下星期五（15 日）下午 4 时《我们的同时代人》主编、作家维诺库罗夫在《文学报》编辑部接见我。此外还要我星期一上午 10 时再给他打电话，约定会见《新世界》主编卡尔波夫。

我一听，喜出望外，十分感谢他为我联系，推荐给文艺界的代表人物。

2 月 8 日（星期五）

上午去文科大楼图书馆查阅有关邦达列夫、阿列克赛、А·伊万诺夫[3]、维诺库罗夫等作家的资料，借了一

---

[1] 邦达列夫（Юрий Васильвич Бондарев，1924—　），著名作家，详见第十三篇刘宁与 Ю. 邦达列夫的访谈。

[2] 阿列克赛（Анатоиий Георгиевич Аиексин，1924—2017），著名作家，1970 年至 1989 年任俄罗斯联邦作协书记。

[3] 伊万诺夫，可能是 Анатолий Степанович Иванов（1928—1999），苏联散文家，1979 年国家奖金获得者，1984 年获劳动英雄称号，1972 年起任《青年近卫军》杂志主编。

本阿列克赛的中篇小说集和邦达列夫的《探寻真理》。为了同这些作家的会见更有成效，抓紧作好准备。

2 月 9 日（星期六）

下午去列图复制图书资料，从图书馆出来，采购食物。出来天寒地冻，两手发僵，好容易拿着沉重的食物袋走到基辅车站前 119 汽车站，直接乘车返回莫大。

晚上老童[1] 从使馆取回报纸，我看报直到深夜。

2 月 10 日（星期日）

接李福清 [2]电话，要我晚上去他家一趟，他已把李大钊的书目索引开好了。

下午去使馆，先到新华分社，说有些东西和信要托

---

❶ 童道明（1937—2019），中国社科院外国文学研究所研究员、戏剧家、著名俄罗斯戏剧研究专家。

❷ 李福清（Борис Львович Рифтин，1932—2012），苏联著名汉学家，1987 年起任苏联科学院通讯院士，2008 年起任俄罗斯科学院院士。

我转交。原来是曹靖华[1]，他要我转交费定[2]的女儿一封信和两件礼品，还有佟轲送柯切托夫[3]夫人的两本书。我都答应设法转交。

晚7时去李福清家，他还病在床上，但仍在拖病工作，给北图写一份书目注解索引。我看他中文写得不错。我送了李（福清）五包快餐银耳，祝他早日恢复健康。我问他同苏联作家会见，应作些什么准备。他说上次张羽、李辉凡[4]见瓦西里耶夫[5]，谈到《黎明静悄悄》的创作过程，很有意思。我说邦达列夫和阿列克赛的主要作品都看过，很想了解他们创作这些作品的构思进程，也想了解他们对当代文学现状的看法和发展趋势的估计，遗憾的是还没有拜读邦达列夫的新作《演戏》。李福清说他们夫妇看了，

---

[1] 曹靖华（1897—1987），北京大学教授，俄苏文学研究专家。

[2] 费定（Константин Александрович Федин，1892—1977）俄罗斯老作家，《城与年》等小说的作者。

[3] 柯切托夫（Всеволод Анисимович Кочетов，1912—1973），著名作家，《文学报》主编（1955—1959），《十月》主编（1961—1973），是《叶尔绍夫兄弟》《州委书记》《你到底要干什么》等备受争议的小说的作者。

[4] 张羽（1927—　）、李辉凡（1934—　），中国社科院外国文学研究所研究员，俄罗斯文学研究专家。

[5] 瓦西里耶夫（Борис Львович Васильев，1924—2013），著名作家，《这里的黎明静悄悄……》的作者。

都不太满意，觉得说理太多，而一些思想并不新颖，如关于人类前途、世界末日问题等，就像教科书里说的差不多，但其中关于战争的回忆还是写得相当感人的。他还谈到当前局势似乎又有些紧张，如阿富汗、越南等，担心是否会影响两国文化学术交流。说电影代表团去中国，总的比较满意，但还是有些想见的人未见到。

9时我告辞回校，俄罗斯的严寒正在显示它的威力，但我穿着羽绒衣，下面加了条毛裤，还不觉得怎么冷。

2月11日（星期一）

整天在家准备与作家的会见。翻阅了阿列克赛的中篇小说选和邦达列夫的《演戏》，考虑问题提纲。想提的问题不少，可是究竟怎样座谈才能较有收获，心里还是没有数。

晚上和老段一起去小剧院，观看根据邦达列夫的小说改编的话剧《选择》。这部小说已脍炙人口，但改编成话剧上演效果如何，我是很想了解的。

启幕前，报幕员致欢迎词，说今天观看演出的有一批卫国战士的老战士，特向他们致敬，接着介绍了小剧院在卫国战争中的光荣业绩。从战争爆发的第一天起，一批演员就自愿报名，奔赴前线，在苏联军民粉碎法西斯侵略的征途上，处处洒下了他们的热血。留在剧院工作的演员们与前线战士生死攸关，在各条战线上为军民举行了上千次演出，上演了考涅楚克的《前线》、西蒙诺夫的《俄罗斯人》、列·列昂诺夫的《侵略》[1] 等反映和歌颂苏联人民爱国主义精神和英雄业绩的戏剧。小剧院还义演捐款买了一架飞机，支援前线。在庆祝卫国战争胜利四十周年前夕，苏联文艺界正大力宣传这种爱国主义的传统。

小说《选择》写的是当代苏联知识分子的生活，但整个戏剧的矛盾冲突都建立在战时的公民道德选择所带来的后果的基础上。共分两幕。……

幕间休息时，我们到四楼剧院展览室参观了一下。这里陈列着从19世纪下半叶（1884）剧院创立以来名演员、名导演画像、事迹以及各个时期剧目、剧照、纪念文物等。这里有剧院奠基人奥斯特罗夫斯基的画像、剧作稿本，有名演员的剧照。一百年来，小剧院上演了多

[1] 编者注：三位作家的三部戏剧的创作和演出是卫国战争期间著名文学事件。

少精彩感人的剧目，教育了一代又一代的观众，难怪人们称它为“第二所莫斯科大学”。

第二幕围绕拉姆辛与瓦西里耶夫一家之间的道德冲突进一步开展波澜起伏的剧情。看完此剧，心头很不平静，深感到剧作者和演员成功地表现了小说的深刻哲理主题，动人心弦，使人们一再思考人生的意义和自己所应选择的道路。

2月12日（星期二）

这是我来苏后难忘的一天。我会见了苏联老中青三代作家，同他们进行很有意思的谈话，增进了对苏联作家和他们创作情况的了解。

虽然事前做了一些准备，还带了录音机和照相机（借用老童的），但临行前还是有些忐忑不安，不知会受到怎样的接待。中午一时半离开校舍，乘119到地铁，再转到文化公园站，转乘28路电车，只有一站路就到了共青团大街，俄罗斯联邦作协就在这条街的13号。这是一座白色的三层楼房，哥特式建筑风格，前廊耸立着四根雕花立柱，颇为壮观。前门停有一排小轿车。我仔细看了前门上悬着的牌子，上面缩写着“作家协会PCФCP”。推门进去，是一个宽敞的前厅，正要找人问询，便见奥夫恰连科教授从右手衣帽间里出来。他高兴地说，我也刚到，您没有走差路吧。我脱了衣帽后，他便领我上了二楼。过道两侧是作协领导人的办公室，右手有阿列克赛、米哈伊科夫等人的办公室。奥夫恰连科领我到左边走廊尽头，便看到作协主席邦达列夫的办公室。我们来到外面接待室，女秘书让我们稍候片刻。……邦达列夫请我们进他的办公室。这是一间相当宽敞、布置得雅致美观的房间，右手靠窗放着一张大写字台，靠墙的两排书架放着书籍、文件、纪念品。房子中间围着茶几放着四张靠椅，是接待客人和会谈的地方，靠左手的一扇门大概是通往会议室。

奥夫恰连科把我介绍给邦达列夫，他伸出手来同我热情握手，表示欢迎我来俄罗斯联邦作家协会做客。

……

原来约定只有半小时会见时间，而他（邦达列夫）倒问了我大半天。我只好拣主要的问题来提问。

……

他一一作了回答（详见录音记录——刘宁自注）

谈话进程中还有一段插曲，老作家米哈伊尔科夫和阿列克赛进来同邦达列夫商量一件事，米哈伊尔科夫见到我就滔滔不绝问起他的作品在中国的情况，说早在五十年代他的儿童剧和寓言就介绍到中国，剧本还在上海上演过，不知近年情况如何。我说，您的作品早为中国读者熟知，近年来又出了您的剧本选集，讽刺剧《一记耳光》也有中译本，可惜这次没有带来。他连声说，哪怕给我一本也好。我答应写信回国索取，并希望得到他的赠书，他答应赠送给我，并要了我的地址电话。有趣的是他们异口同声都问中国有哪些好酒，我说有茅台、大曲、五粮液、西凤等。奥夫恰连科在一旁也证实他亲口品尝过茅台，至今念念不忘。因邦达列夫接着还要会见保加利亚作家，他起身告退。我请他合影，他欣然同意，正好他的儿子萨沙来找他，我便请萨沙给我和邦达列夫和奥夫恰连科合影留念。邦达列夫答应送书给我，但女秘书说存书已送完了，他便从书桌上拿出一本新的B. 科洛波夫著的《邦达列夫评传》签名后送我，还说要送我礼品，结果给我拿来了一瓶库班产的伏特加酒。我表示感谢，但因没有把握，不敢贸然应诺回赠他茅台酒。

在等候阿列克赛的时候，我问奥夫恰连科，对邦达列夫的新作《演戏》有哪些争论，说我听到一些不同的反应，认为这部作品哲理议论太多，想学托尔斯泰可是却没有托尔斯泰那种把深刻的哲理思想与生动的形象描绘融为一体的巨大才能。他说，是有这种议论，但邦达列夫的作品从来就引起争论，从六十年代的战争题材中长篇小说引起的“战壕真实”的争论到《岸》《选择》都有争论，这说明他的作品触发了时代的迫切问题。他翻阅了一下科洛波夫的《邦达列夫的评传》，笑着说：您看，作者是我过去的学生，可是在评价邦达列夫的《选择》的问题上不是在这书中与我开展争论了吗？我问：您为什么不写一部关于当代作家的评传呢？您的《从高尔基到舒克申》也是综论许多作家的？他说，坦率地讲，我认为当代作家中还没有人能同高尔基、费定、肖洛霍夫这样的经典作家媲美的，他们有一些优秀作品，值得评价，但也有不成熟的、甚至平庸、失败之作。要写一个作家评价，就得评论他的全部创作，概述他的创作道路，我不愿这么做。我只择取他们最有代表性、最有价值的东西进行评论。我表示希望他能为我们刊物写一篇介绍苏联新版高尔基全集的编纂工作的工作（笔误，应为“文章”），大约一万字左右，他同意了。

这时阿列克赛进来，表示歉意说刚开完一个会，让我们久候了。他和邦达列夫是同龄人，但缺乏后者的军人风格，显得文质彬彬、和蔼可亲，说话细声细气，令人想起那些终日与学龄儿童打交道的教师们。我请他介绍自己的创作道路和创作经验。

……

他说，我终身感谢这些为我指引创作道路的前辈。从创作经验中我体会到，儿童文学的天地很宽广，并不局限于写儿童本身。儿童文学本身不是一种体裁而是一种文学种类，其中小说、诗歌、戏剧、讽刺、寓言童话各种体裁都有用武之地。儿童无时无刻不生活在成人世界之中，用他们天真无邪的眼光观察这个世界，学会分辨真伪、善恶、美丑，也正是在与这个大千世界打交道中逐渐成长起来。当然儿童有自己的心理性格特征，有自己的幻想和理想的情感，但他们的世界决不是狭隘的、色彩单一的。在挪威我谈到苏联出安徒生童话集销售量达几千万册，他们都感到很惊讶。我们苏联儿童文学值得骄傲的是，它尽管艺术水平有高有低，但决没有色情、凶杀等戕害儿童心灵的东西，而是力求培养崇高的公民责任感、爱国主义和善良道德。

我说，正因为这样，您的作品赢得了中国广大作者，包括少年儿童的喜爱，而且您有自己的独特的语言风格。您的中篇选集的中译者都是我的熟人，其中不少五十年代苏联高校语文系毕业生，其他译者也是高校俄语教师，他们都很欣赏您的语言的优美、简练、幽默，但也感到译成中文难度很大。感谢您为中国读者、广大青少年奉献的宝贵精神食粮。

……

从俄罗斯联邦作协出来，已近5点。在文化公园车站同奥夫恰连科分手后，便直奔文学家俱乐部。莫斯科电台记者哈罗夫亚科夫斯基约我6时在那里同年青作家巴良科夫[1]会见。

……

[1] 巴良科夫（Юрий Михайлович Поляков，1954—　），刘宁先生当年访谈的年青作家，后来成为很有影响的人物，进入21世纪后担任《文学报》主编，直到2017年。

编辑说明

本书刊载的是北京师范大学外文学院教授刘宁先生在改革开放后访问苏联时代的俄国时，与苏联著名文学家、文艺学家、美学家、文化学家、杂志主编等的访谈对话。

刘宁先生是新中国成立初期第一批赴苏（学文科）的留学生。当时苏联的教育制度，凡是大学都是五年制，学院则是四年制。刘宁被选送到莫斯科大学语文系留学，从 1952 年到 1957 年，共五年，中间没有回国探亲，打下了俄语语文学的坚实基础。

刘宁先生学成归国后，被分配到北京师范大学中文系工作。1964 年，他响应国家部署，参与建设北京师范大学外国问题研究所，任副所长，并在研究所之下，组建了苏联文学研究室，任室主任。改革开放之后，1980

年，苏联文学研究所独立建制，为北京师范大学苏联文学研究所，刘宁先生任所长，和全所同仁一起创办《苏联文学》杂志。

1984 年 9 月至 1985 年 9 月，刘宁先生获得第二次留学机会，重返莫斯科大学语文系，其间到列宁格勒、基辅做短期学术访问。

1988 年、1989 年、1990 年，刘宁先生应苏联作协、乌克兰作协的邀请，再访苏联。

本书所发表的访谈对话，是刘宁先生在这四次出访期间所做的访问。

刘宁先生的访谈对话留下的文献有四类。第一，访谈对话录音；第二，留苏日记；第三，访谈笔记；第四，整理成篇的访谈文稿。本书发表的访谈，主要是第四类文稿。

刘宁先生生前提交给出版机构的文稿，只有十一篇。后来根据刘宁先生生前的同事、好友，北京师范大学文学院教授程正民先生的建议，又增加了两篇对文学理论家、美学家、文化学大师的访谈。十三篇访谈大部分都在《苏联文学》《文艺研究》《文艺报》等报刊上发表过。

本次编辑这十三篇文稿，做了如下几项编辑工作：

第一，根据刘宁先生的留苏笔记、访谈对话，部分恢复了刘宁与访谈对象的“对话”形式。

第二，本书分“俄苏跨文化访谈”、“俄苏文艺学、美学访谈”和“俄苏文学访谈”三个板块，着力体现刘宁在俄罗斯大文化和时代大变迁的背景下，在文学理论、美学理论的高度上，所进行的中俄文学对话。本书增设“编者按”的体例，在每一篇对话前都附加一段“编者按”，对刘宁的访谈对象做了简单的介绍。

第三，刘宁先生生前在整理发表这些访谈对话的时候，每一篇都对访谈对话的情景做了描述。本书根据刘宁先生的访苏日记，对这些描述重新编辑，分别为“刘宁访谈题记”、“刘宁访谈场记”、“刘宁访谈附记”、“刘宁访谈后记”，放在“访谈对话”的适当位置，目的是突出刘宁与访谈对象的现场对话性质。

第四，阅读刘宁先生的访苏日记，可以看到刘宁先生为了访谈对话成功做了大量准备，而且每一次访谈对话，都显示出刘宁先生近四十年研究俄语、俄国古典文学、俄国当代文学、俄国批评史、俄国文学理论、俄国美学的功底，同时显示了作为《苏联文学》杂志主编的工作积累。这些信息也放在“编者按”中，作为理解这些访谈对话的背景。

第五，这些访谈对话大多是二十五年前进行的活动，中间经历了历史巨变，访谈对话的当事人后来也发生了极大的变化，且大部分已经作古。为了更方便读者了解访谈对象的分量，了解访谈对话的意义，本次编辑将这些访谈对话的对象一一做了介绍，特别介绍了这些被访谈人物在历史巨变之后的作为。这些介绍也放在了“编者按”中。

第六，为了展示刘宁先生访谈对话的真实操作过程，征得刘宁先生的夫人、北京师范大学外文学院陆桂荣教授的同意，本书将刘宁先生《访苏日记》中 1985 年 2 月 7 日至 12 日的相关记载作为“自序”放在书首。“自序”中涉及的人物事物，本次编辑都做了注释。因正文涉及人物比较集中，故本书只在“编者按”中都做了说明，正文中没有另加注释。

第七，为了行文方便，本书正文按照学术规范和惯例直接称呼刘宁，敬请师母陆桂荣教授理解。

本书能够成书，得到北京师范大学跨文化研究院院长董晓萍教授的大力支持，特此致谢。

本书得到北京师范大学文学院教授、文艺学专家、俄罗斯文学、俄罗斯批评史专家、跨文化研究院学术委员会主任、时任北京师范大学苏联文学研究所副所长、《苏联文学》杂志常委副主编、刘宁教授的好朋友程正民教授的热情指导，他在百忙中作序，特此致谢。

本书一直得到刘宁先生夫人、师母陆桂荣教授的倾情关照和全力支持，特此致谢。

本书大部分书稿，十多年来一直得到首都师范大学文学院林精华教授的精心保护，热情推进，特此感谢。

本书本次编辑时，北京师范大学文学院硕士研究生卫冕、曹雪茹和博士研究生张伟帮助录入复印、校对文稿，特此感谢。

本书的俄文校订特请南开大学外文学院教授王丽丹、南开大学俄语教师宋胤男、俄罗斯国立莫斯科师范大学硕士生黄桂林参与，特此感谢。

刘宁先生 2009 年 4 月 1 日离开我们，今年已经十年，谨以本书呈世，权作纪念。

编　者

2019 年 1 月 1 日

第一编　俄苏文化访谈

第一篇

刘宁与俄罗斯文化大师利哈乔夫院士的访谈[1]

编者按：2006年2月14日，克里姆林宫发布普京签署的总统令，其中第二条是“宣布2006年为俄罗斯联邦人文学科、文化和教育年暨院士 Д.С.利哈乔夫年”。利哈乔夫生于1906年俄罗斯帝国时代，成长并成就于苏联时代，1999年逝世于俄罗斯联邦时期，一生致力于研究和保护俄罗斯文化传统，精研古斯拉夫文字学、古典语文学、文献学、斯拉夫学、民俗学、文化史学、历史学、版本校勘学、东正教历史文化学等学科领域，在俄罗斯文化和精神文明的传统保护、整理挖掘、校勘出版等方面做出了巨大贡献。其古代文化研究的方法论、古代精神文明的哲理思索已经成为当今俄罗斯的基本精神

[1] 编者注：此文原载《俄罗斯文艺》，2006年第3期，此次根据刘宁《访苏日记》重新编辑。

构成。

刘宁教授主攻俄罗斯批评史、美学史，对俄罗斯文化有深度研究，又参与中国高校《美学概论》的教材建设，对中国文化有深度体会，因此，刘宁教授访问俄罗斯文化大师的设问，既为对谈设定了主要的问题方向，又给对谈者发挥研究特长，发挥思想精髓提供了空间。

这次对谈是在1985年，当时，中国改革开放已经七个年头，而苏联正处于改革前夜。此篇对谈是中俄历史文化巨变期跨文化学术交流的珍贵档案。

访谈题记——“利哈乔夫年”忆利哈乔夫

2005年7月，中俄两国元首正式宣布，为全面推动两国战略协作关系向前发展，双方决定2006年在中国举办“俄罗斯年”，2007年在俄罗斯举办“中国年”。

随着“俄罗斯年”活动在我国的揭幕，精彩纷呈的俄罗斯绘画、交响乐、芭蕾舞、歌剧、话剧等世界顶级艺术相继来华展览演出，使广大群众深受震撼，赞叹不已。一种在民众中蕴藏已久的“俄罗斯情结”，也随之悄然释放。人们在赞赏之余，对俄罗斯文化艺术的独特魅力，对它所蕴涵的深层民族精神及其历史流变发生了浓厚的兴趣，期待着从中外学者的有关著述中找到评介和解答。

这不禁令我想起了20年前，在我怀着同样的“俄罗斯情结”赴俄罗斯考察、访学期间，曾专程访问了享有国际声誉的俄罗斯杰出的文艺学家和人文学家、古俄罗斯文学和文化研究的大师德米特里·利哈乔夫院士（1906—1999），并同他就俄罗斯文学和文化研究方面的问题进行了近两个小时的交谈。

这次交谈是在圣彼得堡（当时称列宁格勒）涅瓦河畔遐迩闻名的俄罗斯文学研究所（普希金之家）二楼的一间宽敞明亮的办公室进行的。利哈乔夫当年79岁，已满头银发，戴一副金丝边眼镜，目光深邃有神，闪现出智慧的光芒。他身材修长、匀称，穿一身剪裁合体的浅灰色西服，举止文静端庄，和蔼可亲，很有学者风度。他谈吐从容不迫，语调柔和，回答问题思路敏捷，条理清晰，机智风趣，令人感到亲切。访谈结束时，利哈乔夫取出他近年出版的四本关于古代俄罗斯文学史、文化史和园林诗学的论著，题赠给我。我十分感谢他的珍贵馈赠，并惊喜地发现他在每本赠书扉页上所写的题词竟是书法和绘画巧妙结合而构成的一幅幅精美图案：有的缀以花草，有的冠以中国式的宝塔，有的则耸立着克里姆林宫式的钟楼……处处流露出这位大师才华横溢的风范和促进中俄文化交流的深情厚谊。

利哈乔夫不仅是一位对俄罗斯古代文化艺术的精深研究而蜚声国际学界的杰出学者，而且是一位深受民众爱戴的社会活动家。他在 20 世纪 20 年代曾受到政治迫害，但一直仗义执言、刚直不阿，热心于改革和发展文化教育事业，为保护和普及祖国文化历史遗产，促进人类文明的交流和繁荣而呕心沥血，做出了多方面的重要贡献。利哈乔夫继承和发扬了俄国历史文化学派的优良传统，一直坚持从文化历史的开阔视野和文化学的视角对文学艺术文本进行多层面的综合性研究。他学风严谨，注重历史文献的收集整理和版本手稿的周密考证，强调对文学现象的诗学特征的具体分析和文学风格嬗变的历史比较研究。自 1938 年起，他一直在科学院下属的俄罗斯文学研究所（普希金之家）从事研究工作，并自 1954 年起，主持该所古代俄罗斯文学研究部的工作。他 1953 年当选为科学院通讯院士，1970 年当选为科学院院士，

1986年被授予社会主义劳动英雄称号。他还担任过俄罗斯国际文化基金理事会主席，并被聘为外国一些科学院的院外院士和欧美一些著名大学的荣誉博士等。

利哈乔夫的著述甚丰，其主要研究方向是10至17世纪的俄国文学与文化，著有《俄国编年史及其文化历史意义》（1947）、《古代俄国文学的诗学》（1967，1987），《古罗斯文学中的人》（1958，1987），《10至17世纪俄罗斯文学的发展、时代与风格》（1973，1987，1998）等。他还写有一系列有关文艺学与诗学理论，历史文献学与版本学，以及古代艺术、园林诗学等方面的论著，如《文学—现实—文学》（1981）、《论语言艺术与语文学》（1985）、《艺术创作哲学概论》（1996）、《版本学：依据10至17世纪俄国文学资料》（1982，1983）、《园林诗学》（1982，1991，1998）等。利哈乔夫晚年把他多年潜心研究俄国文化史的一系列论文结集出版，题名《关于俄罗斯的沉思》（1999），其中集中体现了他关于俄罗斯文化的民族特征、民族精神、历史流变及其在人类文明史上的地位与作用的深入思考与潜心研究的成果。

今年（2006年）适逢利哈乔夫院士诞辰100周年。据俄媒体报道，今年2月，普京总统签署了命令，隆重纪念这位文化大师的百年华诞，命名今年为“俄罗斯人文科学，文化和教育年暨德米特里·利哈乔夫年”。圣彼得堡为了纪念这位在该市诞生和毕生工作的杰出学者，将在著名的冬宫广场建造一座德米特里·利哈乔夫园，其中遍布葱郁的绿树鲜花，以象征学者思想的勃勃生命力。

我有幸亲身专访利哈乔夫院士，聆听他关于俄罗斯文学和文化研究的一系列精辟见解。这次访谈给我留下了深刻的印象，虽然已时隔20年，但一些情景至今仍记忆犹新。为了纪念“俄罗斯年”兼“利哈乔夫年”的双重节日，为了缅怀这位文化大师对保护、研究俄罗斯文化和人类多元文明做出的巨大贡献，现将这次对谈呈现给中国读者。

刘宁：德米特里·谢尔盖耶维奇，在您看来，近十年来，苏联文艺界在俄罗斯文学史和文化史的研究方面，取得了哪些具有原则意义的新成就？

利哈乔夫：近十年来，我们在文学史研究方面取得的具有原则意义的新成就，在于力求把文学史作为文化史的一部分来研究。在我们看来，这一点十分重要。文学同其他艺术、科学等文化领域的各种联系，可以丰富和深化我们对于文学史和文化史的研究，甚至有助于我们深入理解某些细节的意义。某些细小的事实，放在广阔的文化历史背景下，往往能展示出某种深层的文化含义。例如，近年来我开展了关于园林诗学的研究。这一研究不仅涉及园林艺术，而且涉及自然，涉及人与自然的关系，因为园林一半属于自然，一半属于人类。这一研究还有助于揭示我们与中国文化的悠久历史联系。俄国早在 17 世纪就同中国开展了交流关系，不仅限于商业、贸易关系，而且涉及广泛的文化领域。早在罗曼诺夫王朝早期沙皇阿列克谢时代（1629—1676），就发现有中国文化因素，包括园林艺术传播到俄国。到了 18 世纪，中国园林艺术的影响在俄国有了进一步发展，这在当时俄国盛行的宫廷园林建筑的洛可可风格中就有明显表现。我们近年来编辑出版的一部论文集，就是专门研究古俄罗斯文学与其他各门艺术的相互关系这一课题的，我们的研究是从发掘、整理最原始、粗糙的物质史料开始，而不是从归纳、概括开始。就是说，我们是依据事实来进行概括的，而不是相反。我们认为，这种方法很重要。

刘宁：您是如何研究确定古俄罗斯文学及美学思想

形成和发展的过程的，那时是否已经存在文学的不同形式和风格呢？

利哈乔夫：一般认为，13 世纪以前的古俄罗斯文学几乎是停滞不前、一成不变的。经过深入研究，我们发现古俄罗斯文学并不像表面看起来那样一成不变，其中一直在发展变化，虽然这种变化不像近现代那样明显。其原因在于古代文学的传统性，包括中世纪文学，都一贯固守传统，偏于保守，发展变化相当迟缓。这种发展变化大体上是与西方文学同步发生的。具体地说，开始同东南欧关系比较密切，后来从 17 世纪开始，同北欧的关系日趋密切。俄罗斯文化从古代起就同世界各国文化有相当广泛的联系。这些联系不仅使它能保持较高水平，而且使它变得更强大、更独立自主。一个国家的文化越是开放，越是善于同其他各国文化相互接触，彼此交流，甚至发生碰撞、交融，就越是丰富多彩，越是自强繁荣。对于缺乏自主性的弱小文化，外来文化的影响可能会削弱它、同化它，可是对于自强不息的文化，外来文化的影响只会促进它更加强盛。

刘宁：请谈谈您是如何看待古俄罗斯历史文献的审美价值的？

利哈乔夫：在古代和中世纪，文学作品往往同宗教、政治、法律等文献，乃至各种事务性文书混合在一起。例如，古代的编年史就具有很高的艺术价值，但它又具有历史纪事的实用职能。近十多年来，我一直在研究为什么一些具有实用目的的古代文献逐渐获得了艺术审美的价值。这方面的实例不胜枚举。这种对于实用事务性文献的艺术加工，不仅在古代具有特殊重大的意义，而且这种传统仍在近现代文学中继续发展。例如，作家列斯科夫在许多方面恢复和更新了事务性散文的艺术审美功能。陀思妥耶夫斯基在他的小说中也出色地运用了速记的修辞风格。近年来，现代苏联文学在许多方面也趋向于纪实性风格，强调文学的认识功能。这不是一种消极现象，而是一种非常积极的现象，因为它表明文学趋向认识生活、认识和了解历史。对于纪实文献的重视，是同社会意识的转变联系在一起的。文学重视实证，重视实验，这是一种进步，表明文学艺术与科学趋于综合。过去在古代文学中，艺术与纪实、与科学是结合在一起的，后来文学与科学按体裁日趋分化，这是一种进步。如今文学与科学又重新走向综合，这对于人类文化的丰富发展起了促进作用。

刘宁：您认为古俄罗斯文学艺术在人类文化艺术中具

有什么地位和作用？古代俄罗斯审美文化的特征是什么？

利哈乔夫：这是个很大的问题。审美文化可以有多方面的特征。我只想请您关注以下这一特征：古俄罗斯文学和当代的保加利亚、塞尔维亚文学一样，曾经在外敌入侵和封建割据时期，在团结各民族、抵御外敌、保卫和统一国家方面发挥了很大作用。在12世纪，虽然还没有外敌入侵，但古代俄国却由于封建割据而趋于四分五裂。什么把俄罗斯人团结统一了起来？是语言、民间文学，以及一般文学艺术。在外敌（蒙古—鞑靼人）入侵的艰难岁月，在异族统治的年代，文学作为民族团结的基石，发挥了促进国家统一意识的巨大作用。例如，史诗《伊戈尔远征记》贯穿着号召各族人民团结起来，保卫俄罗斯国家统一的思想意识。它同时也成为标志乌克兰文学、白俄罗斯文学和大俄罗斯文学诞生的历史文献。它似乎成了俄罗斯统一的象征，所以我们今天如此隆重地纪念《伊戈尔远征记》成书800周年。不仅如此，整个古俄罗斯文学都洋溢着这种号召古俄罗斯团结统一的激情。当俄罗斯人移居北方森林地带，在那里开荒、捕鱼狩猎的时候，他随身带去了什么呢？书籍和编年史。这使他们世世代代记住了他们属于统一的俄罗斯民族。顺便提一下，过去总说俄国农民没有文化，大多是文盲，但至少对于俄国北方或西伯利亚的农民来说，这种说法并不恰当。事实上，北方俄罗斯居民几乎全都会读书识字，那里没有农奴制度，家家户户都有藏书，不少还是珍贵的手抄本。

刘宁：您对于现代文学艺术的综合研究方法有何看法？您如何评价文学和文化的综合系统研究方法的意义和作用？

利哈乔夫：我在前面已部分地回答了这一问题，现在再补充以下一些看法。我考虑在我们“普希金之家”研究所设立一个综合研究俄罗斯文化史的部门。普希金之家在这方面应发挥主导作用，但必须吸收历史学家、艺术学家、考古学家、科技史家，当然还有哲学家等多学科的专家们来密切合作、共同研究。我认为，这种多学科协作进行的文化综合研究具有重大的开拓意义，有助于我们加深对于作为社会上层建筑的文化历史发展规律的理解。还应当指出，文化艺术各部门、各领域的发展在不同历史时期是不平衡的。有时，这一艺术部门占有主导地位，而有时，另一艺术部门占有主导地位。有的时代，戏剧成为主导的艺术，有的时代则是小说和现实主义艺术发挥主导作用，而在 18 世纪末至 19 世纪初，园林艺术得到了蓬勃发展。总之，不同文化艺术形式在不同时代发挥的作用是不一样的，有时处于边缘地位的艺术形式突然提升到了中心地位。例如，19世纪初芭蕾舞剧在欧洲风行一时，甚至带动了其他文学艺术形式的发展。有不少文学名著起初都是作为芭蕾舞剧的脚本创作出来的。例如，勃洛克的《杂耍艺人》《玫瑰与十字架》，就是作为芭蕾舞剧本创作的。又如，勃洛克的著名诗篇《美女诗草》显然是受到当时上演的芭蕾舞剧《白衣美女》的影响而写成的。勃洛克是马林斯基剧院的常客，经常去那里观看歌舞剧，芭蕾舞剧的浪漫主义气氛对他的诗歌创作产生了明显影响。从19世纪到20世纪初，都可以发现芭蕾舞剧对于文学、戏剧、音乐等各艺术领域的影响，整个社会文化生活都趋于戏剧化、狂欢化，盛行假面舞会，等等。为什么芭蕾舞剧、戏剧在这一时期社会文化生活中会发挥如此巨大作用呢？这里有许多不解之谜。而在我看来，科学并不是按照解答问题的途径，而是按照不断提出和增加问题的途径向前发展的。我们越是深入研究，就越会发现更多文化奥秘，等待着我们去探索、研究。

刘宁：您对于版本学在现代文艺科学体系中的地位

与作用有何看法?

利哈乔夫：马克思主义给文学研究带来了历史性和历史主义原则。历史——这是在时间内的运动。文学作品不是什么凝固不变的现象，尤其当它的作者还活着的时候。对于古代文学作品，也应这样看。我们应当把文学作品作为一种不断运动的因素来研究。如果我们只根据陀思妥耶夫斯基的小说《白痴》的最后版本来研究这部作品的话，那么很可能对于作品的主题思想以及这个或那个人物形象作出错误的论断。但是，如果把这部小说的手稿和各种版本相对照，进行比较分析和研究的话，我们就会清楚地看到小说主人公梅思金公爵这一形象，是怎样在作者的构思中逐步形成和发展的，我们对于这一人物形象的含义也就会有一个比较明确的理解。只有当文艺学从具体分析各种文本的历史着手研究的情况下，它才能成为一门精确的科学。只有依靠版本学，文艺学才能得出客观的科学结论，而不是任何抽象的教科书定义。我强调版本学的作用，就是为了促使文艺学遵循马克思主义的方法论原则，把世界看作是历史地形成和发展起来的，而不是凝固不变的。人的创作过程也是一种历史，一种运动。我们就是要向任何把文学作品固定化、僵硬化的企图宣战，因为任何一部文学作品都是思维运动的结果，而不是某种现成的构思、观念的体现。

刘宁：如今学者对于文本这一概念的理解本身就有分歧。究竟什么是艺术文本？是作者生前创造的作品呢，还是不同时代的读者对于一部作品的不同接受呢？您怎样看这一问题？

利哈乔夫：这一概念的含义确有不同。在我看来，我们既要单独研究作者的构思以及构思的运动过程，也要单独研究读者对于作品的各种接受。如果莎士比亚知道后世读者对他的剧作会做出如此众说纷纭的解读的话，他会惊讶不已的。但是，对莎翁的不同解读之中，毕竟包含着某种真理。有部论著就题名为《莎士比亚——我们的同时代人》。真正的艺术作品具有永世长存的不朽魅力，在不同时代、不同环境，都展示出不同层次、不同侧面的审美价值和文化内涵。因此，我们研究艺术文本，既要研究它的构思及体现构思的过程，也要研究它在读者接受中揭示出来的不同层次的丰富内涵。

刘宁：您进行了关于园林诗学的十分有趣的研究。您知道，中国文化自远古时代起，就以其独特的园林艺术而著称于世。请您谈谈对于中国乃至东方的园林艺术的诗学特征的看法。与此相关，您是否能谈谈对于古代东方艺术的看法?

利哈乔夫：这个问题很难回答。因为要真正了解和研究一个民族的文化，就必须懂得这个民族的语言。通过其他语言，如我掌握的英语和法语，对于东方文化艺术只能有一些相当表面的了解。但是，就凭我获得的一些表面印象来看，中国文化对于日本文化，以及欧洲文化都具有重大的意义。尤其从17世纪起，中国的园林艺术就对于欧洲的园林景观设计产生过巨大的影响。应当说，在我国早就有引进、仿造中国园林艺术，包括建造中国式宫殿的尝试。这类尝试就可以说是中国文化艺术在俄国洛可可艺术风格的基础上的一种特殊折射。一方面，这类仿造把中国文化艺术简单化、粗俗化了，因为中国和日本的园林艺术是同中国和日本各自的哲学思想密切相联系的。例如，日本的园林艺术讲究石材、假山的景观效果，这是同日本宗教中对石头的崇拜有关的。而这些园林景观一旦被移植到俄国，却往往丧失了它们固有的哲理审美内涵。这些文化艺术上的移植、借鉴虽然是比较表面的、外在的，但是它们毕竟扩展了我们对于自然美和艺术美，包括对于本民族的自然和艺术的审美趣味和鉴赏力。

刘宁：中国园林艺术甚至在文学中也发挥了巨大作用，我国的文学名著《红楼梦》就用了大量篇幅来描写大观园的园林景观。中国文学讲究所谓“诗情画意”，即画中有诗，诗中有画，情景交融。俄国文艺也是如此吗？

利哈乔夫：我国文学艺术也是如此。古典诗人德列里写过一部长诗《园林之诗》，生动地描绘了园林景色，赞美了人们怎样栽培院中的花草、果木。园林艺术不断渗透到文学、诗歌领域。诗人茹科夫斯基写的诗歌《斯洛维扬卡河》，就生动地描写了诗人在巴甫洛夫园林里，沿着斯洛维扬卡河游览时所观赏到的美景。如今人们热衷于修复一些古代园林遗址，我往往十分担忧这种修复工作只会整旧如新，破坏文物古迹。整旧如新，这是一种折中主义。当然，折中主义也并不都是坏事。折中意味着进行某种选择，经过折中，往往会把旧文化中某些有价值的东西保存下来。我甚至想写一篇关于文化继承中的折中主义的文章，题目可能是：“19世纪的折中主义——传承传统文化价值的一种方式”。

刘宁：您对于中俄两国人民之间的传统文化关系有何看法？需要做些什么来巩固和发展这种关系？您愿意

通过我们的刊物向您的中国读者和同行们讲几句话吗？

利哈乔夫：在我看来，首先需要增进对彼此文化的互相了解，至少我们对于更多、更深入地了解中国文化抱有极大的兴趣。我们希望能更多地了解中国文学，了解中国哲学史，了解中国人与自然的关系史，这一点在今天的意义尤为重大。中国人民在文化领域有极其丰富、卓越的建树，至少我们应当了解。我们编辑出版的世界文学经典丛书的任务之一，就是更多地翻译出版中国的文学名著。这是丛书的一个首要任务，我作为这套丛书的编委会主席对此负有不可推卸的责任。这是一种比较直接的、狭义上的了解中国文化的任务。实际上，中俄之间早就开始了广泛的传统文化友好交流活动。早在 19 至 20 世纪，在圣彼得堡就形成了系统研究中国文化的汉学家队伍，比丘林院士（Н.Я.Бичурин，1777—1853）就是这支学术队伍的杰出代表。

我很乐意祝愿贵刊的读者通过贵刊及其他书刊能更广泛深入地了解俄罗斯文化，读到更多优秀的俄苏文学作品。同时，也希望我国书刊能更广泛深入地介绍中国文化艺术，包括中国学术文化界在理论研究方面的新成果、新讯息。请您向中国读者转达我的最诚挚的良好祝愿。

第二篇

刘宁与《新世界》主编弗·卡尔波夫的访谈[1]

编者按：北京师范大学苏联文学研究所编辑发行、刘宁主编的《苏联文学》杂志，是改革开放后涌现的一本专门译介评述俄罗斯苏联文学的刊物。在编辑部及全所人员的共同努力下，杂志定位集中、信息及时、层次高端、品位大方、态度端正，深受公众欢迎，曾有十余万册的订户。

《苏联文学》杂志的成功，有一个长时间的历程，它是北京师范大学俄苏文学研究学科发展的结晶。

60年代初，国际关系发生重大变化，根据周恩来总理的意见，1963年12月15日，中共中央外事小组、中央宣传部联合提交了关于加强研究外国工作的报告。毛泽东主席十分重视这份报告，在同意转发这个文件

[1] 编者注：此文原载《苏联文学》1988年第4期，此次发表时，根据刘宁《访苏日记》重新做了编辑。

的时候，批示“这个文件很好。”(《毛泽东文集》第八卷，人民出版社，1999年，第353页）这份报告所提出的“加强研究外国工作”措施中，第二条是“在高等学校中建立研究外国的机构”。(《建国以来毛泽东文稿》第十册，中央文献出版社，1996年，第471页。)随后，全国高校陆续成立了一批外国问题研究所。1964年，北京师范大学成立“外国问题研究所”，刘宁出任副所长兼任其中苏联文学研究室主任。1973年，周恩来总理再次强调研究外国问题的重要性，各高校的“外国问题研究所”工作再次启动，苏联文学研究室获得机遇，恢复工作。1973年起，刘宁与全室同志以及中文系、外语系及校外专家共同努力，编发内部刊物《苏联文学资料》。1978年，中国改革开放，北京师范大学俄苏文学研究迎来春天。

1979年，刘宁与全室同志共同努力，在茅盾、巴金、姜椿芳等文学前辈的支持下，创办《苏联文学》杂志。

经研究所同仁努力相邀，1979年八月，时任中国作家协会主席、中国现代文学奠基人之一茅盾热情地为创刊号题写一首《西江月》致贺：“形象思维谁好，典型塑造孰优，黄钟瓦釜待搜求，不宜强分先后。泰岱兼容杯土，海洋不择细流，而今借鉴不避修，安得划牢自囿。”茅盾的题词，标举了《苏联文学》的宗旨。1980年，《苏联文学》杂志正式发行，随即成为在中国、俄国以及世界范围内影响广泛的国别文学刊物。1994年，根据国际形势的变化，《苏联文学》更改刊名为《俄罗斯文艺》，著名书法家启功为刊物题写了刊名。是中国目前仅存的俄罗斯文学研究杂志，是国际上罕有的俄罗斯文学专向的国别文艺杂志。

1985年和1988年，刘宁两度访问苏联，以杂志主编的身份，同苏联文学领域的刊物、出版社进行了广泛接触。因为有杂志做后盾，有编辑部同仁、苏文所同仁的忘我工作做后援，有因《苏联文学》联系起来的中国俄苏文学研究队伍做支援，刘宁的访问十分饱满，十分圆满。

杂志作为定期出版的纸质媒介，在17—18世纪的文化运动中起到重大作用，推进了启蒙运动的进程，也使文学在18—19世纪出现繁荣。中国的改革开放与中国杂志的新时代繁荣相辅相成，是20世纪后20年的极为壮观、极为特别的文化—历史。俄罗斯—苏联的文学杂志从19世纪开始，就一直是重要的活跃的历史—时代的文化现象，曾不断掀起文化—历史一个个浪潮。20世纪80

年代，苏联文学杂志随着激烈动荡的社会变革如同过山车一样激荡。在这一历史运动中，《新世界》杂志始终处于风口浪尖之上。

《新世界》（*Новый мир*）杂志是“当代俄罗斯最有传统的杂志”之一。在列宁倡导下，《新世界》最早于1925年由《消息报》第一任主编Ю. 斯杰卡洛夫创办，最早由卢那察尔斯基参与主编，在当代俄罗斯思想文化生活中一直发挥着重大的作用。

1985年，时任主编是В. 卡尔波夫。

卡尔波夫是伟大的卫国战争英雄，战争期间多次获奖，1944年荣获“苏联英雄”称号。1947年，他从苏联伏龙芝军事学院毕业后，又到高尔基文学院学习，开始走上文学道路，并迅速获得成功，成为“前线一代”的代表作家。他创作的反法西斯战争的军事题材作品具有不可取代的亲历者特征。70年代，卡尔波夫担任《十月》杂志执行主编，1981年至1986年担任《新世界》主编，1986年任苏联作家协会第一书记。

卡尔波夫是苏联当代历史事件、当代文学事件中的核心人物，是当代苏联文学震荡期的知情人和参与者。苏联解体后，卡尔波夫又卷入政治，毁誉参半。

刘宁在1985年对卡尔波夫的访问，记录了1985年早春时间节点中的《新世界》编辑部，对谈中又证实了《新世界》创刊的史实和刊物历史中的重大事件，也记录了卡尔波夫本人在历史激变前的言行，具有非常重要的史料价值。

访谈题记——波峰浪尖上的人

1985年2月，我曾走访了苏联最负盛名的大型文学刊物《新世界》编辑部，并同当时担任该刊主编，现任苏联作协第一书记的著名作家弗拉基米尔·卡尔波夫进行了一次内容丰富、饶有兴味的谈话。这次访问给我留下了深刻印象，当时的一些情景至今记忆犹新。

记得那天正值新春佳节，天气有点阴霾，莫斯科街头像往常一样熙熙攘攘。下午两点，我按时来到离莫斯科的普希金地铁站不远的一条僻静的普津科夫斯基胡同。当我发现所找的地址竟是一幢显得相当破旧，正在维修的楼房时，不免有些疑惑：难道这就是遐迩闻名，发行量高达五十万份的《新世界》杂志的编辑部所在地吗？

不过门旁墙上挂着的一块不显眼的门牌上，却分明写着“《新世界》杂志编辑部”。

我瞧着这块简朴的门牌，不禁肃然起敬。自 1925 年该刊创刊以来，不知有多少作家踏破了这里的门槛，其中既有高尔基、阿·托尔斯泰、肖洛霍夫、马雅可夫斯基、叶赛宁等举世闻名的文学大师，也有许许多多名不见经传的文坛新手。该有多少青年作家揣着手稿，惴惴不安地注视着这块门牌，下不了跨进门槛的决心啊！想当年长期在农村工作的奥维奇金带着他那篇大胆揭露农村阴暗面的特写《区里的日常生活》，跑遍了莫斯科各文学编辑部，却处处碰壁。他在返乡前抱着最后一线希望，把手稿送到这里，留在了传达室。《新世界》杂志编辑部慧眼识英雄，不久就发表了这部作品，轰动了五十年代的苏联文坛。从此，苏联文苑升起了一颗光彩夺目的新星，而且形成了以真实反映农村矛盾，积极干预生活为特色的“奥维奇金流派”……对于《新世界》来说，这样的事例是不胜枚举的。

我推门进去，只见楼下正在维修、粉刷，一片乱糟糟的景象。门房问明来意后，请我上二楼，到左侧拐角去找主编办公室。办公室的外间是接待室，一位女秘书请我宽衣后直接去里间，说卡尔波夫已在等候。我一进里屋，就发现这里有一种与嘈杂的外界迥然不同的气氛：幽静、整洁、井然有序。房间很宽敞，布置得相当简朴、明快，没有任何显得多余的装饰和摆设。朝街的大玻璃窗垂挂着杏黄色的窗幔，室内的光线显得分外柔和。靠窗放着一对沙发和茶几。靠里墙横放一张大写字台，上面摆着各种文具，成摞的手稿和文件。靠门侧墙上有一个大壁橱，存放着随时备用的书籍、办公用品等什物。这里处处使人感到主人正在紧张而有条不紊地工作，并且具有一种训练有素、指挥若定的军人作风。

卡尔波夫迈着矫健的步伐，从书桌后走过来，同我握手问好。他身材魁梧、宽肩阔胸，两手粗厚有力，一头卷曲的淡黄色头发已稍许有些花白，浓眉下闪动着一对炯炯有神的大眼睛，加上一撇漂亮的八字胡，显得既威武又和蔼可亲。他那天穿一身笔挺的深灰色西服，系一条褐色领带，胸前没有佩带任何勋章，只别了一枚小徽章。我知道他是一位身经百战，曾荣获苏联英雄称号的人，又是一位著名的军事题材作家，但究竟是军人还是作家的气质在他身上占上风，一时却很难分辨。

我们在靠窗的沙发上坐下，边品茶，边交谈起来。

刘宁：我是中国北京师范大学的刘宁，我们大学有一个“苏联文学研究所”，研究所编的《苏联文学》杂志曾评介了不少首次在《新世界》上发表的作品，对您主编的这个大型文学刊物的编辑方针和工作经验深感兴趣。您不仅作为《新世界》的主编，而且作为一位卓有成就的军事题材作家，也开始为我国读者所熟悉。我们刊物在 1984 年第二期就评介了您的中篇小说《一张中尉的照片》。您看，这是这期刊，这是 1985 年第一期，是纪念反法西斯战争胜利四十周年的专号。

卡尔波夫：（很感兴趣地翻阅杂志）请把我的姓名的中文指给我。

刘宁：瞧，就在这里。

卡尔波夫：（微笑）我想，任何一位苏联作家都会为自己的作品被译成中文而感到骄傲的。

刘宁：谢谢！请您谈谈《新世界》杂志的编辑方针和选材标准。如果可能的话，我还希望能了解该刊的近期编辑计划。

卡尔波夫：我很乐意回答这个问题。你们研究所和贵刊编辑部对我们刊物的重视使我感到很高兴，这还表明贵刊编辑部和你们的读者具有很好的艺术鉴赏力。我之所以这样讲，并不是因为我在主编这个刊物，而是因为早在我之前就形成了《新世界》的优良传统，并组成了一支卓越的编辑和撰稿人队伍。现在刊物正在迎接它创刊六十周年的光辉纪念日。饮水思源，我们不能不满怀自豪感地回忆起刊物的创始人——弗拉基米尔·伊里奇·列宁。从十月革命的最初时日起，列宁就关心着新文艺的建设问题。当时不少作家对革命并不理解，有的流亡国外，有的苦闷、彷徨，无心创作，而无产阶级自己的作家队伍尚未形成。针对这种情况，列宁建议创办一个大型文学刊物，选登以长篇为主的各种优秀文学作品。这样就能以刊物为阵地，把年轻的苏维埃共和国的新老文学力量都团结和组织起来。他深信，只要认真办好这个刊物，就能为新生的无产阶级文学开拓一个新天地、一个新世界。这就是刊物命名的由来。列宁把这一任务交给了自己的亲密战友卢那察尔斯基，并委任他担任了刊物的第一任主编。卢那察尔斯基出色地完成了这一任务。遗憾的是，列宁未能亲眼看到《新世界》的诞生，当创刊号于 1925 年元月问世时，他已经与世长辞了。我们引以为荣的是，列宁是我们刊物的奠基人，我们一直遵循着列宁所提出的办刊基本方针。

刘宁：您证实了《新世界》创刊的重要史实。

卡尔波夫：《新世界》没有辜负列宁的期望。创刊六十年来，它一直是团结我国文学优秀力量的坚强阵地。我可以举出不少鲜明的例子。早在二三十年代，为我们刊物经常撰稿的不仅有像阿·托尔斯泰伯爵这样的文坛巨擘，而且有来自顿河草原的年轻哥萨克人米·肖洛霍夫。于是在我们的刊物上就刊出了像《彼得大帝》《苦难的历程》和《静静的顿河》《被开垦的处女地》这样的传世杰作。

刘宁：这些作品，已经为中国读者所熟知。

卡尔波夫：为我们刊物撰稿的还有这样一些才华盖世的卓越诗人，如勃留索夫、马雅可夫斯基、叶赛宁、帕斯捷尔纳克、阿谢耶夫，斯维特洛夫，等等。

刘宁：这些诗人的作品，在我们的《苏联文学》杂志上，都有译文发表。

卡尔波夫：我现在回答您的另一个问题：您不是对《新世界》的选材标准问题感兴趣吗？我们刊物自创刊以来，就把发现和选登在苏联文学乃至世界文学中构成高峰的优秀作品作为己任。如果把整个文学比作浩瀚的大海，那我们就撷取它的波峰浪尖；如果比作连绵起伏的群山，那就截取它的峻岭险峰。这是很不容易做到的。就拿帕米尔高原来说，一眼望去，是很难发现它的顶峰的，因为真正的高峰总是藏在烟雾云海之中。这就要求我们编辑工作者坚持标准，提高眼力，在选材上做到有胆有识。

刘宁：我们很钦佩贵刊在选材方面的胆识。五十年代初敢于发表像奥维奇金的《区里的日常生活》这样敢于尖锐揭露社会黑暗面的作品，便是一例。

卡尔波夫：的确，我们刊物的一个优良传统就是不怕触及尖锐的社会、经济、文化、道德等方面的问题。当然，我们并不是单纯为了揭露而揭露，而是从有利于我们国家、社会和人民的发展的角度提出和探讨这些问题的。因此，我们刊物选登的作品不仅是高度艺术性的，而且往往富于时代感和探索精神。近几十年来，先后担任我们刊物主编的西蒙诺夫、特瓦尔多夫斯基、纳罗夫恰托夫都出色地继承和发扬了《新世界》的这种优良传统，并使刊物适应时代的要求，达到了一个新的水平。

刘宁：自从您担任《新世界》的主编以来，刊物的面貌发生了哪些变化，是否带来了一些新的特点？

卡尔波夫：（笑）您算问到点子上了。我上任伊始，文艺界就有一些人窃窃私语，担心我担任主编以后，会改变刊物的面貌。谁都知道，我是职业军官出身，在部队服役了25年之久，而且从事文学创作以来，主要是写军事题材方面的作品。很自然地，不少文艺界人士担心在我的主持下，《新世界》会变成像《苏联军人》《旗》那样一类专门或主要刊登军事题材作品的刊物。当然，我心里明白自己的责任有多么重大，充分意识到《新世界》在我国文学生活中所具有的重要地位和巨大影响。我不遗余力地继承和坚持前辈们创办这个刊物所形成的优良传统，力求发现和选登我国和世界文学中最优秀的作品。也就是说，我和编辑部的同仁们都下定决心，不畏艰难险阻，去撷取文学海洋中的波峰浪尖。例如，今年是卫国战争胜利四十周年，多登些军事题材方面的作品，也是顺理成章的事。可是我们编辑部并没有把注意力放在做应景文章上，而是从第一期起就选择了一个相当高的起点，发表了邦达列夫的新作——长篇小说《演戏》。这部小说不仅构思新颖，提出了一系列激动人心的尖锐社会道德问题，富有鲜明的哲理性，而且在艺术表现上也有创新。小说一发表，就在国内外引起了强烈反响。下一期将发表的叶辛的中篇小说《仿造者》，在艺术构思和表现手法上也很有新意，值得一读。我还可以向您透露，艾特玛托夫已答应把他近年精心创作的一部新作交给本刊发表[1]。总之，我们刊物的宗旨和编辑方针是十分明确的。我们不仅要团结我国文学的优秀力量，继承和发扬苏联文学的优良传统，而且要不断学习和借鉴俄罗斯古典文学和世界文学遗产的宝贵财富和经验，特别是要继承和发扬十九世纪俄罗斯文学富于高度人民性和人道主义精神的优良传统。由此可见，那种以为一旦主编易人，刊物就会变貌的担忧是多余的。至于我个人作为一个作家，熟悉和喜爱军事题材，今后也将继续写这方面的作品，则是另一码事。

刘宁：您不仅是作为《新世界》的主编，而且是作为“前线一代”作家的杰出代表之一而为广大读者所熟悉的。从您的作品中可以明显地感到，您的生平经历，特别是战争期间的经历对您的创作起了很大作用。是否请您谈谈您的生活道路和创作道路，以及两者之间的联系。

卡尔波夫：（沉思良久）我今年已经63岁了，走过

[1] 这里有刘宁原注：即后来《新世界》于1986年连载的长篇小说《断头台》。

了一段相当曲折的生活道路。其中的艰辛、坎坷，真可谓一言难尽。如果长话短说，那么我的主要经历可以归结如下：我出生于奥伦堡市，它位于乌拉尔河西岸，地处欧亚两洲分界线上。小的时候，我常同伙伴们在这条河里游泳，游到对岸就到了亚洲，游回来就到了欧洲。我中学时期是在塔什干度过的。我父亲是一位经济学家，母亲虽是家庭妇女，但很有文化素养，懂好几门外语。我在中学结识了一位同窗好友，叫尤里·彼得罗夫，他是后来对我的生活道路起过重大影响的著名将领伊凡·叶菲莫维奇·彼得罗夫大将的儿子。我常上尤拉家去玩。一天，彼得罗夫将军颇感兴趣地打量着我，说："你这个小伙子体格相当健壮，我看你可以成为一名出色的军官。"我那时经常进行体育锻炼，尤其喜爱拳击运动，在中亚地区的拳击比赛中还得过冠军呢。我知道将军是塔什干红旗列宁军校的校长，便答道："我很想成为一名军官，但不知军校是否招收我。"他挥了一下手臂，斩钉截铁地说："只要你努力学习，会收的。"于是我的生活道路就这样决定了。中学毕业后，我于1939年考进了军校。我学习勤奋，成绩优良，并准备毕业后进研究班继续深造。不料祸从天降，由于我对当时流行的一些小册子中一味抬高斯大林而贬低列宁的宣传感到疑惑不解，竟被横加“人民敌人”的罪名而投入牢狱，后又押送集中营劳改。卫国战争爆发后，我一再申请上前线杀敌报国。一开始我连当一名普通列兵的资格都没有，而是作为犯人编入惩戒营，押上火线的。由于我作战英勇，不怕牺牲，后来才撤销了“人民敌人”的罪名，从惩戒营调到侦察部队作战。我在团队只是一名最普通的侦察兵，这可不像尤·谢苗诺夫笔下的打入敌后，神出鬼没的侦察员那样富于浪漫传奇色彩。我们经常的任务是越过火线去抓舌头。我前后抓了七十多个舌头，在战争中三次负伤，多次立功受奖，并被授予苏联英雄称号。

刘宁：（卡尔波夫呷了一口茶，沉默，似乎要摆脱什么沉重的回忆，我们之间出现了长久的静寂。）

卡尔波夫：（目光收回）战后我的生活道路比较平坦了。起初我进入伏龙芝军事学院深造，后来又在总参谋部高级研究班学习。毕业后，我在总参谋部工作多年，后来又回母校——塔什干军校任副校长。为了深入基层，熟悉现代军队的日常生活，特别是团队的生活，我主动请求调离军校，派赴土尔克斯坦军区担任了六年的团长，而后在这一带担任过副师长、机械化师参谋长的职务。

直到 1965 年，我才以近卫军上校的身份退役，结束了战后长达 25 年的军队生活。

刘宁：您这时开始了文学创作？

卡尔波夫：不。我早在战前就开始了文学创作，起初尝试写诗，后来写了一些特写和短篇小说。战争期间，我处在战斗最激烈的第一线，只好完全搁笔。战后，我虽然继续在军队工作，但文学创作的欲望却愈来愈强烈。战时积累的丰富生活经验和深切体验促使我利用一切业余时间进行写作。但是通过创作实践，我越来越深切地体会到，如果自己只凭有生活经验，而缺乏文学理论修养和创作技巧，是不可能成为一个真正的作家，写出有价值的文学作品的。我进了高尔基文学院夜大专修班，在费定、巴乌斯托夫斯基、楚可夫斯基等名家指导下，进修了五年，得益匪浅。特别是在巴乌斯托夫斯基指导的写作实习班上，我学习到许多东西，提高了自己的艺术修养和写作技巧。巴乌斯托夫斯基不仅是一位卓越的艺术大师、文体家，而且是一位善于因材施教、诲人不倦的良师。我的同班同学中有邦达列夫、勃戈莫洛夫、田德里亚科夫，巴克兰诺夫、索洛乌欣等。我们大多数都是在战后重新学习，由军人成为作家的。在名师指点下，高徒辈出，于是形成了战后文学中一支强大的所谓“前线一代”作家。我们深知文学创作的艰苦，可不像现在一些年轻作家，还没有多少生活经验和写作训练，拿起笔来就想写大部头作品，一写就是长篇小说。

刘宁：您说得对！我很感兴趣地拜读过您的长篇小说《抓舌头！》。这部小说是否根据您的亲身经历写的，有不少自传性的成分？你的近作——纪实小说《统帅》在《新世界》上连载发表后，引起了广大读者的热烈反响，是什么推动您创作这部小说的呢？您在军事题材创作中，是否一贯严格坚持纪实性的原则呢？

卡尔波夫：的确，我的作品来自生活，而且大都以我亲身的生活经历为基础。长篇小说《抓舌头！》写的就是我和我的战友们亲身参加的一系列侦察战斗，小说的主人公马拉什金实际上就是我的替身。我认为在这部真实描写普通苏联侦察员的日常战斗业绩的小说中，不便于直接写自己怎样怎样，于是选择了这样的叙事方式，通过马拉什金及其战友们的战斗生活来表达我的亲身感受。当然，我在一定程度上对这些人物形象进行了艺术概括和典型化，所以我称这部作品为小说，而不是传记或回忆录。我还有一些作品，如长篇小说《永恒的战斗》、中篇小说《元帅的手杖》等，则主要是在生活经验的基础上进行艺术概括和艺术想象的结果，其中的人物大都没有什么具体的生活原型，这是一些人通常所说的“纯粹的艺术作品”。

（喝茶）至于《统帅》则是一部纪实性小说。它描写了彼得罗夫将军的戎马生涯，主要是写他在卫国战争中的经历。小说篇幅宏大，但我没有称它为长篇小说，而是称之为中篇小说（повесть），因为我是故事的叙述者（повествователь）。整个作品就是通过我的观察、感受和研究来叙述彼得罗夫将军的业绩，刻画他那鲜明丰满的性格的。他一直是我人生道路上的引路人和学习的榜样。我曾经多次谈过，我们作家有责任为年轻一代塑造值得仿效的英雄形象，特别是在卫国战争中给了我们巨大鼓舞力量的英雄人物的形象。在我看来，伊凡·彼得罗夫就是这样一位名垂青史的杰出人物。但是，他无论在战前或战时都受过许多不公正的待遇，他在卫国战争中的统帅地位和杰出作用并没有得到应有的承认和肯定。直到去年《真理报》发表国防部长乌斯京诺夫的文章，才把他同朱可夫、瓦西里耶夫斯基、科涅夫、罗科索夫斯基等元帅并列，称他是“杰出的统帅”，尽管他在生前一直未被授予元帅称号。

通过大量确凿的事实，恢复历史的本来面目，使彼得罗夫将军的光辉形象永远活在人们的心中，便是我创作这部作品的动机之一。为了创作《统帅》这部小说，我花了 12 年时间，其中用来写作的时间不过 6 年，其他时间都用来收集、查阅、整理浩如烟海的文献资料与历史档案、回忆录等。我采访了许多战役的参加者、事件的目击者、当事人，共计 200 余人。他们为我提供了不少生动的事实材料和具体细节，弥补了历史文献上一些语焉不详，甚至记载失实的缺陷。我在这部小说中严格地坚持了纪实的原则，写的都是真人真事，力求根据翔实的历史资料，甚至大段引用历史文献，以真实地再现卫国战争的艰难、曲折的历程，恢复历史人物的本来面目。但是，我并不是客观主义地罗列历史材料，而是在深入研究材料的基础上，形成自己对历史事件和人物的独立看法，把客观描写与主观评价结合起来。我不仅对当时最高统帅部的一些失策和对彼得罗夫将军的不公正待遇持批判态度，而且在卫国战争史的一些评价问题上同一些军事学家展开了争论。例如，有人轻视希特勒，说他无非是一个丧失理智的军曹下士。怎能这样看问题呢？希特勒制定了周密的作战计划，组织了庞大的军事机器，几乎征服了整了欧洲，怎能说他不过是个下士的水平呢？

对敌人估计不足，是会吃大亏的。我们应当正确地总结这场战争的血的教训。我想，正是由于我在这部纪实小说中既真实地描写了严峻的历史事件，又真诚地表达了自己对这些事件的看法，才赢得了广大读者的信任和喜爱。《小说月报》即将全文转载这部小说，发行量高达二百万份。

刘宁：（准备提出下一个问题）……

卡尔波夫：我想在这里接着谈谈自己下一步的创作计划，想必您也准备提这个传统的问题吧。

刘宁：（不禁笑了起来）的确，我正准备提这个问题。

卡尔波夫：那么，就让我先来回答这个问题吧。《统帅》发表后，博得了各方面，不仅是文艺界，而且包括军界，甚至更高的领导部门的好评。一些有关同志，甚至相当高级的领导人，都建议我写一部关于朱可夫元帅生平的纪实小说。虽然已经出了不少关于朱可夫的传记、回忆录，但还没有一部真正的文学作品。我将竭尽全力写好这部书，力求通过朱可夫元帅的生平、业绩，既真实地表现我国军民在那些艰难的岁月所经历的严峻考验和表现的英雄气概，也真诚地表达自己对一系列复杂、曲折的历史事件的看法，在某些方面恢复历史的真相。朱可夫是一位具有鲜明个性，恢宏性格和丰富内心世界的伟大统帅。要塑造好他的艺术形象，是很不容易的。您大概看过最近上映的一部关于朱可夫生平的传记影片，其中采用了一些珍贵的纪录片镜头。但整个看来，这部影片把朱可夫表现得比较单调，似乎他处处正确，一帆风顺，这就未免有些简单化了。我有自己的想法。我要如实地把朱可夫写成一个具有多方面的才能、兴趣，富有人情味的活生生的人物，既不夸大他的功绩，也不缩小和掩饰他的缺点。他是一个天才的统帅，但并不等于他就没有失误的时候。我要依据大量翔实的文献资料，运用小说这种广阔自由的文学体裁，从容不迫地、多侧面、多角度地刻画出这位历史人物的生动丰满的性格、曲折复杂的经历，并真实地再现卫国战争波澜壮阔的历史画面。当然，这还只是我的愿望，至于构思是否能实现，还有待于我付出艰巨的创造性劳动。

刘宁：我想进一步了解您在“前线一代”作家中的地位和作用，以及您对军事题材文学的现状的看法。那么，弗拉基米尔·瓦西里耶维奇，请问，您属于“前线一代”中的一位作家，可是我总觉得您在这一代作家中占有一个特殊的地位，对战争题材有自己的观察角度和描写方法。能否请您谈谈在这方面有什么独特的创作经验，您对当代军事散文的现状有何看法？

卡尔波夫：（他谦虚地笑了笑）您对我在“前线一代”作家中的地位和作用，似乎作了过高的估计，我在这方面并没有什么特殊的贡献。如果说有什么与众不同之处的话，那就是我很走运，是一个幸运儿。尽管我一生坎坷，甚至坐过牢，却能逢凶化吉，因此我的实际生活经验比较丰富，对人民的苦难历程有比较深切的感受。我十分幸运地受到了双重最高教育。首先是军事方面的教育：我不仅战前就进了军校，而且直接受到战争本身的严峻考验，可以说始终处在战争的最前沿，体验到一个普通士兵在前线浴血奋战、出生入死的全部辛酸苦辣。战后我又在高级军事学院深造，在总参谋部工作过，还担任过军区高级指挥员的职务。这样，我既有实战的经验，又有军事科学方面的素养，因而具有统观战争全局的广阔视野和一定的战略眼光。另一方面，我又有幸在培养作家的最高学府——高尔基文学院学习了五年，在费定、巴乌斯托夫斯基等名师的指点下，受到了文学写作技巧方面的严格训练。受到这样的双重教育，也许就是我比其他一些军事题材作家得天独厚的地方吧！至于说到当代战争散文的发展状况，我认为其中可以区分出三个流派，或三种倾向。第一种流派的特点是善于精细地观察和细致地描写普通士兵、军官的日常战斗生活。场面不大，往往只集中于描写某一两个战斗场景、遭遇或生活侧面，人物也只有两三个，但作者善于深入揭示人物的复杂内心世界，紧张的道德探索和富于悲剧色彩的心理冲突。这一流派曾以写所谓的“战壕真实”而名噪一时，后来日益深化对道德心理主题的探索，其优秀作品具有强烈的艺术感染力，如贝科夫、诺索夫、阿斯塔菲耶夫、巴克兰诺夫等，都属于这一派。另一派作家则着眼于描写战争的全景，其作品具有史诗般的宏伟规模，场面壮阔，人物众多，从战士写到将军、元帅，最高统帅部，从国内战线写到国际舞台上的政治风云，其中既有重大历史事件和历史人物的纪实性描写，也有艺术虚构的情节和人物形象。这也可以说是一种“政治小说”，其代表作家有恰科夫斯基、斯塔德纽克、勃戈莫洛夫，当然，还有写三部曲《生者与死者》的已故作家西蒙诺夫。第三种流派似乎是前两种特点的综合，即不仅有对日常生活的精细观察，个别战斗场面的具体描写和普通士兵复杂内心体验的深入剖解，而且有对战争全景和历史事件的广阔概括，并通过波澜壮阔的历史画卷来展现人的命运，对现代社会面临的一系列尖锐问题进行道德心理的探索和哲理的思考，如邦达列夫的三部曲《岸》《选择》《演戏》，就是这一文学潮流的代表作。

刘宁：您认为自己属于哪一派呢？

卡尔波夫：（开朗地大笑）从主观愿望来讲，我希望自己能属于第三派。我也喜欢通过某个人物的命运和具体心理的描写，来揭示重大的社会道德主题，对具有时代重大意义的问题进行哲理的思考。例如，要写朱可夫这样一位历史人物，就必须通过宏伟的历史画面来深入揭示时代的真理。当然，请正确地理解我的意思，我并不认为这三类作家之间有什么高低贵贱之分，不过各有所长罢了。这三派作家按照各自的风格和创作个性进行创作，都有博得广大读者喜爱的第一流优秀作品问世。这正像举重运动员之间的比赛，有的夺取挺举冠军，有的夺取抓举冠军一样。

刘宁：您所属的“前线一代”作家，已成为当代苏联文学的支柱。可是，是否有新的一代作家来接替你们呢？据我所知，有些从未亲身参加过战争的年青作家已写出了一些战争题材的作品，并引起了人们的关注。您怎样评价他们的创作呢？

卡尔波夫：您触及了我们这些久经沙场的文坛宿将极为关心的一个问题。由于自然规律的作用，老一辈作家已相继谢世，我们“中间一代”的作家也年岁日高。战争题材文学是否会随着我们这一代的逝去而趋于衰竭呢？我并不这样认为。在我看来，战争题材文学的接力棒不会在我们这一代手中中断、夭折，会有一代新人把它传下去的。自然，年轻一代作家没有像我们这样直接经历过战争的严峻考验，缺乏深切的实际生活感受，这是他们的先天不足。可是，反法西斯战争是人类历史上具有深远意义的伟大事件，它会成为一代又一代作家取之不尽的创作源泉。既然过去和现在都有不少作家以1812年的卫国战争、十二月党人起义、第一次俄国革命、国内战争等为题材，写出了相当真实感人的历史小说，为什么今后就不会有人继续写出以反法西斯的伟大卫国战争为题材的优秀作品呢？在这个问题上，我是个乐观派。当然，当我们这些战争文学的台柱子还健在，并不断有新作问世的时候，未亲身参加过战争的年轻一代作家是很难同我们匹敌，充分展示出他们的才华的。但是，未来终究是属于他们的。我们值得自豪的是，毕竟我们这一代不仅以血肉之躯赢得了这场战争，而且以饱含血泪的深情之笔，给后代留下了关于这场大战真实感人的、值得传之后世的优秀作品。

（我们的谈话早就超出了预定的时间。女秘书不时探头进来看是否已谈完了，因为还有一个会议等着卡尔波夫去主持。我起身告辞，对卡尔波夫的热情接待和内容丰富的谈话表示衷心的感谢，并代表《苏联文学》编辑部的同志们衷心祝愿他和他的同事们健康、幸福，在创作和编辑工作中不断取得新的成就。）

卡尔波夫：（握手告别）如果您愿意，我将我的作品选集送给您。

刘宁：当然。非常高兴，非常感谢！

访谈后记——为了两国人民的友谊

大约过了一个多星期，我接到了他的女秘书打来的电话，说卡尔波夫已率领一个代表团出国访问，临行前，他特意留下了一套题赠给我的选集，嘱我去取。我去《新世界》编辑部取回了这套两卷本的作品选集，打开一看，扉页有卡尔波夫用刚劲的笔体写下的题词："赠给刘宁同志，以纪念我们在莫斯科的会见，并祝在增进我们两国人民之间的友好关系这一有益而高尚的活动中取得成就。"

第三篇

刘宁与俄罗斯文学杂志主编们的访谈

编者按：1985年，苏联改革起步，变化迅猛，出人意料。中国改革开放和苏联的改革构成了一个充满历史戏剧性的时间差。1985年以前，访问苏联的学者，无不携带着满满的中国改革开放风气。而当时的苏联还是僵硬的旧体制。

1988年10月16日至11月9日，刘宁再访苏联，眼睛所见，耳朵所听，改革之状，改革之声，令人震惊。

刘宁这次访问，是受苏联作协的邀请，主要目的是以中国《苏联文学》杂志主编的身份对苏联的文学刊物进行交流。刘宁先后访问了《旗》《星火》《新世界》《各民族友谊》《十月》《苏联文学》等最有影响的杂志，同这些杂志的主编们进行多场交流访谈。此时的交流话语，与三年前相比较，有天壤之别。

《旗》(*Знамя*)杂志创刊于1931年，最初称为“ЛОКАФ”，是“红军海军文学联合会”缩略语，1933年起改刊名为“旗”，是苏联时代广为关注的文学杂志。改革年代，《旗》处于风口浪尖，1986年发行量激增为25万份，1990年突破一百万份。

《星火》(*Огонёк*)杂志是新闻周刊，俄罗斯最流行的文化刊物，1899年创刊，20世纪30年代以后，隶属于《真理报》出版社。1986年至1990年，这份周刊发行量从150万份达到450万份。造就杂志激增三倍这一出版奇迹的人物，正是B.科罗基奇。他出生于1936年，是乌克兰作家，改革期间是一个风云人物，在俄国境内外都有很大声名，至今仍然活跃在东西方文化舞台上。

《新世界》(*Новий Мир*)杂志在改革浪潮中，以稳健的态度坚守文学原则，但是也大胆地刊发了曾经被批判的作品。时任主编是著名散文作家C.扎雷金。他出生于1913年，中学时代就开始写作，尽管技术学校毕业后，成为工程师，但是，一直坚持写作。20世纪40年代开始发表作品，50年代成名。改革期间，他是文坛老将。

1988年，是俄罗斯历史的奇异悲喜剧之年，杂志在其中扮演了重要角色，历史档案，真的、假的，像潮水般涌向街头，苏联人被震撼着，世界被震撼着，构成一种极其特别的历史—文化时代。时至今日，这段历史文化浪潮又成了文化历史的研究对象，当年的杂志无疑成为重要的、具有双重历史文化性质——历史与当下、真实与虚假的文献。

访谈题记——改革浪潮中的苏联文坛

1988年10至11月间，我应苏联作协的邀请赴苏进行了三周访问，除在莫斯科访问外，还访问了格鲁吉亚的第比利斯市和乌克兰的基辅市。根据苏联作协外委会的安排，我这次主要访问了一些文学刊物编辑部、文学出版社、新闻广播及图书进出口公司等单位，为我们《苏联文学》杂志建立多方面的协作、交流关系，同时会见了不少作家、批评家和学者，同他们进行了友好、坦率的交谈，增进了彼此间的友谊和相互了解。

这次访问虽然时间不长，而且大多是旧地重游，却给我留下了许多深刻难忘的印象。我上次访问苏联是在80年代中期，当时戈尔巴乔夫刚出任苏共总书记，苏联的改革方案尚未出台。尽管当时的苏联文坛与社会生活已于平静中酝酿着跃动，于停滞中呼唤着改革，但总的说来，还是相当沉闷、压抑的，长期实行“舆论一律”而形成的“万马齐喑”的局面看来一时还很难打破。可是，时隔不过三年，苏联的文坛和社会可谓天下大变了。改革、公开性和民主化的浪潮正席卷着苏联大地，震撼着人们的心灵，改变着人们的生活方式和精神面貌。这些变化不仅使我这个来访者感到吃惊，也使许多身临其境的苏联人感到难以置信。一位苏联文学家在报上撰文说：简直难以相信，这一切真是在我们中间发生的。然而这一切毕竟是事实；“是的，这是我们。这是我们——昨天还同一些东西妥协，而今天却不能妥协了。这是我们——昨天还对一些事情保持沉默，而今天却不能沉默了。这是我们——昨天还在一些势力面前胆战心惊，而今天却不再胆怯了。这是我们——昨天连想都不敢想的一些见解，今天却敢于披露报端了。”有的苏联评论甚至认为，自十月革命以来，苏联在社会意识的发展中还从未有过如此急剧的跃进。

可以从各种不同的角度来观察和把握苏联社会的变革。然而，在我看来，最敏感、最鲜明的观测镜莫过于文学了。文学从来是社会的一面镜子，而今天的苏联文学则是 80 年代苏联蓬勃兴起的改革浪潮的一面镜子。早在改革前的停滞年代里，一些作家就已经在自己的优秀作品中敏锐地反映了社会的忧患意识和对变革的期待，为人们作好改革的思想准备。在今日的改革浪潮中，苏联文坛更是一马当先、首当其冲，处于急剧的动荡、分化和冲突之中。在这次访问中，我的一个突出感受便是，苏联文坛在打破了多年的精神禁锢之后，就像冰河开冻，火山爆发那样，呈现出一种摧枯拉朽、势不可当的活力，一种由封闭的僵化状态向开放的多元化发展的生动活泼的局面。文艺界思想十分活跃，各种观点、意见公开交锋，激烈争论，反映了苏联社会的变革和动荡，特别是人们的观念正在发生深刻的变化。

在促进人们观念变革方面，影响最大、最直接的可能莫过于作为社会舆论工具的各种报刊了。我到莫斯科后不久，便发现每天清晨在街头书报亭前排队等着买当天报刊的队伍甚至比排队买黄油、香肠等食品的队伍还要长。即使像我下榻的“乌克兰”这样的大宾馆里，每天除了《真理报》《消息报》等几份大报外，几乎买不到任何文艺报刊。这在过去是难以想象的。不少苏联友人告诉我，如今他们每天生活中的头一件大事，就是争相阅读当天的各种报刊和新出的文艺刊物。一发现有什么新奇有趣的材料、报道和作品，便相互转告，津津乐道。谁都以先读为快，消息灵通为荣，以消息闭塞，反应迟钝为耻。在这种情况下，一些可读性强，信息量大的报刊成为人们纷纷抢购的对象，便不足为怪了。

我一到莫斯科，便遇上了一场几乎达到白热化程度的争订报刊的激战。以往大多数报刊还是不难订到的，但今年由于订阅的人数激增，于是邮电部门对供不应求的报纸、杂志宣布了配额限量订阅的办法。一些抢手的文艺刊物，如《新世界》《旗》《各民族友谊》《十月》等，在莫斯科的一些文化教育、科研单位，以及上千人的大型工厂企业里，一般也只能分配到有限的几份。至于外地，一些边远地区，则只好望洋兴叹了，一些地区甚至出现了高价倒卖订阅到的报刊的黑市。据说，在一次拍卖中，有个个体商贩竟用高出原价十倍（200 卢布）的价格转订到一份全年的《星火》周刊，转赠给他家乡的一所十年制学校。他宣称，他之所以慷慨解囊，是因为“不忍心看着自己家乡的子弟享受不到改革和公开性的硕果”。各地订不上报刊的读者更是纷纷投书报刊编辑部，表达自己的愤懑之情，矛头直指限制群众自由订阅的政府部门和地方当局。有的读者写道："多少年来对我们封锁消息，以致人们被各种标语口号、报告许诺都弄糊涂了，这并没有带来任何好结果。难道如今又要走回头路吗？"有的愤怒责问："围绕着订报所造成的局势使人民失去获得广泛信息的手段。这究竟对谁有利？究竟谁在给改革挖掘坟墓？"有的则干脆宣布："限制订阅期刊，就等于给公开性戴上笼套"，实际上是对刚开过不久的苏共十九次党代表会议的决议精神的对抗和破坏。各报刊的主编们也大声疾呼，为民请命，找中央有关部门反映情况和意见。民意不可违，苏联部长会议专门审议了这一问题，决定取消限额配给的订阅办法，并把征订报刊的期限延长了一个月。这场报刊订阅之战，后来被评价为"走向公开性和民主化运动的意义深远的里程碑"。它不仅使一些深受群众喜爱的报刊的发行量成倍激增，而且充分显示了这些报刊密切联系群众，积极参与社会改革和民主化进程的巨大战斗力。

我在莫斯科先后走访了《旗》《星火》《新世界》《各民族友谊》《十月》《苏联文学》（外文版）等期刊编辑部。每走访一处，都使我感受到一种锐意创新，勇于干预生活，关注社会改革的进取精神和团结战斗的气氛。在近年来的改革浪潮中，《旗》与《星火》杂志的面貌所发生的变化最为显著。它们都以披露真相之大胆，批判分析问题之尖锐，思潮、观念之新颖激进而引人注目。

一、刘宁与《旗》主编的访谈

在《旗》杂志编辑部修葺一新的办公楼里，该刊副主编B. 格尔巴切夫斯基向我详细介绍了该刊的沿革和编辑方针。他说："《旗》自1931年创刊以来，一直以刊登军事题材和革命历史题材作品为主。尽管刊物过去也发表过一些优秀作品，如特瓦尔多夫斯基的《瓦西里·焦尔金》、法捷耶夫的《青年近卫军》、西蒙诺夫的《日日夜夜》《生者与死者》等，但后来却日益丧失了自己的特色，使刊物充斥着粉饰现实、歌功颂德的平庸之作。其原因就在于刊物染上了停滞时期在文艺出版界日益漫延的一种通病——所谓'书记文学'（секретарская литература）。编辑部看作协书记们的眼色行事，不是按作品的思想艺术质量，而是按作者的职务官衔、地位名气来确定编辑计划，安排发稿顺序。这样，刊物在读者中的名声和影响每况愈下，便可想而知了。

“是改革的浪潮给刊物带来了生机。可以说，今日之《旗》是改革的直接产物。刊物的新任主编、著名的作家、社会活动家 T. 巴克兰诺夫说得很明确：‘如果不是为了改革，我决不会同意出任刊物主编’。他还旗帜鲜明地提出，‘文学应当有助于改变道德气氛，变革社会观念，使改革成为不可逆转的趋势’。他改组了编辑部，选择了曾在特瓦尔多夫斯基主持的《新世界》编辑部发挥过重要作用的著名文艺评论家 B. 拉克申作为刊物的第一副主编，形成了志同道合的坚强核心，从而有力地保证了刊物新方针的贯彻执行。”

据格尔巴切夫斯基介绍，《旗》的编辑方针的主要精神是：写真实，说真话，披露历史真相，总结历史教训，以促进人们观念的变革和社会生活的民主化。这主要体现在以下几方面：首先，注重挖掘和发表过去被禁止和搁置的一些富有揭露性、批判性的作品，如布尔加科夫的《狗心》，特瓦尔多夫斯基的《凭着记忆的权利》，别克的《新的任命》等。这些作品引起读者的强烈反响，促进人们对历史的反思，从而“不让历史留下任何空白”。其次，通过纪实文学，披露历史真相，揭露现实生活中的尖锐矛盾，特别是对斯大林和斯大林主义给国家和人民造成的深重灾难进行深入的剖析和思考。例如，该刊新近发表的西蒙诺夫的遗作《我们这代人的看法——关于斯大林的若干思考》、布哈林的遗孀的回忆录《难忘的往事》等，都引起了轰动性效应，促使人们对历史悲剧进行深入的思考，并在良心上进行自我反省。该刊还通过发表普里斯塔夫金的纪实中篇小说《金色的云彩在这里过夜……》，首次提出了在斯大林时代受歧视和迫害的少数民族的悲剧命运问题。再次，加强政论、文学批评、读者信箱等栏目，就当前改革触及的政治、经济、道德、文化教育等各方面的迫切问题展开广泛而深入的访谈、讨论和探讨。例如，该刊不久前发表的经济学家谈中国经济改革经验的文章，就引起了读者的广泛兴趣和热烈讨论。

二、刘宁与《星火》主编的访谈

在《星火》杂志编辑部，该刊主编 B. 科罗基奇接见了我。我 1985 年夏访问基辅时，曾在乌克兰作协见过他，并应邀为他当时主编的《环球》杂志撰过稿。他是乌克兰的著名诗人、散文作家、政论家，还多次出国访问，讲学，具有相当丰富的阅历和雄辩才干。可是，谁能料到，自从1986年夏他调到莫斯科任《星火》杂志的主编以来，他竟声震全苏文坛，成为改革浪潮中炙手可热的风云人物。在他的主持下，《星火》杂志的面貌焕然一新，一扫以往那种应景官样文章的陈词滥调，以敢讲真话，勇闯禁区，富于批判性，尖锐泼辣，丰富多彩的新貌深深吸引着广大读者。刊物上披露的一些有关斯大林时代和勃列日涅夫停滞时期的罪行、丑闻的内幕材料、回忆录以及开禁作品，往往不胫而走，成为人们议论纷纷的热门话题。对于刊物的这种改观，热烈赞赏、支持者有之，愤懑、不快者亦大有人在。于是这种变化的始作俑者科罗基奇，便也成了一位毁誉参半的有争议的新闻人物了。我在编辑部见到他时，他正忙着主持几个接连召开的编务会议和读者、作者座谈会。他几次抽身出来接待我，说是要“好好叙叙旧”，可是没谈几分钟，便又被召了回去。他无可奈何地苦笑着说：“您瞧瞧我如今像拉上磨的驴那样脱不了身啦！几乎再没有时间从事心爱的诗歌创作了。”接着他不无自豪地说：“当然，我还是感到很幸福，因为我现在从事的工作很有意义，直接关系到人民的权益和改革的前途。”他请几位负责文艺版的编辑先同我座谈。这几位编辑都很年轻，风华正茂、才思敏捷、谈吐锋利坦率，思想相当解放。在他们看来，目前苏联文坛和整个社会都正在经历一场深刻的价值观念的变革。不仅斯大林时代形成的许多传统观念和价值标准，包括在文艺创作和批评方面树为基本方法的社会主义现实主义，需要彻底清理，而且在停滞时期树为权威的许多东西，也需要重新评价。例如，在六七十年代有过广泛影响的所谓“乡村作家”，如今却抱残守缺，偏于保守，不能接受改革浪潮中涌现的许多新事物、新观念。因此，他们认为，目前对于文艺界和整个知识界来说，不仅需要争取言论、出版、集会的外部自由，更重要的是争取从各种无形的传统精神枷锁中解放出来的内在自由。总之，在同他们的坦率交谈中，我不仅增进了有关苏联文艺动态的见识，而且具体感受到目前文坛自由辩论的热烈气氛。

三、刘宁与《新世界》主编的访谈

在《新世界》编辑部，该刊主编、著名散文作家C. 扎雷金同我进行了亲切、友好的谈话。这位年过七旬、满头银发的老作家早在50年代就访问过我国，并写了充满友好情谊的访问记。当我把50年代就同他相识的我国著名文学家、翻译家叶水夫祝贺他七十五岁寿辰的亲笔信和礼品转交给他时，他满怀激情地回顾了当年访问我国，同许多作家、学者结下深厚友谊的动人情景。随后，他向我介绍了《新世界》的编辑方针和苏联文艺创作的现状。他说，在目前文艺界的改革热潮中，也许《新世界》显得比较稳健、保守了，我们至今还保持着创刊以来一贯精益求精、一丝不苟的严肃作风。我们从不追求时髦，不哗众取宠。在选材方面，一贯坚持高标准、严要求，力求发现和选登足以代表苏联文学最高水平的优秀作品。我们最担心的是一些作家为了赶浪头，迎合时尚而粗制滥造、急于求成，以致降低了文学创作的水平。当然，这并不等于说我们的刊物就不关心现实迫切问题，不积极参与社会改革进程。相反，敢于大胆揭露生活阴暗面，真实反映社会尖锐矛盾，触及社会迫切问题，从来就是《新世界》的优良传统。但是，前提必须是坚持思想艺术上的高质量、高水平。例如，近来发表的普拉东诺夫的《地槽》、帕斯捷尔纳克的《日瓦戈医生》、多姆布罗夫斯基的《无用东西系》等，都是经得起时间考验的优秀作品。

在谈到当前苏联散文创作状况时，扎雷金认为目前的散文创作，特别是小说创作处于一个相当艰难的过渡时期。近几年各期刊发表的一些优秀散文作品，大多是几十年前写成的开禁作品。而今天的现实生活与人的精神面貌已发生了有目共睹的巨大变化，新的生活内容要求用新文学形式和风格来表现。可是，要形成这样的风格、形式决非易事。目前支撑文坛的一些散文大家，如阿斯塔菲耶夫、别洛夫、比托夫等，已经形成了自己的独特风格，他们已很难改变自己驾轻就熟的风格形式，来适应时代的新内容，这就是他们纷纷转向用政论来直抒胸臆的原因。至于在改革浪潮中涌现的一批年轻作家，他们尽管对新事物、新观念反应敏锐，却远没有成熟到形成自己独特的艺术风格的程度。他们中间的不少人热衷于从西方现代文艺思潮、流派中寻求新观念、新方法，而另一些人则埋头于从俄国传统文化、民间文学中寻根溯源，寄希望于国粹的复兴。扎雷金强调说，在我看来，无论是全盘西化，还是闭关自守，都不能找到振兴我国文化艺术真正出路。真正有出息的文学家艺术家，应当深深扎根于现实生活，投身于改革的洪流，博采东西方文化之精华，力求达到一种新的交融和综合，以逐步创造出适合今天新时代要求的新文化、新艺术。

在这里，我不可能一一谈到在这次访问中会见和结识的苏联文艺界的许多新老朋友，但通过同他们坦率、友好的交谈，我深切地感到他们渴望通过改革振兴苏联的经济文化，并通过文化艺术的交流促进各国人民的相互了解和友谊的共同心愿。我衷心祝愿苏联文艺界的改革获得成功，并深信苏联朋友们的美好心愿一定会实现！

第四篇

刘宁与“杰日尼奥夫角”作家尤·雷特海乌的访谈[1]

编者按：苏联楚科奇族作家尤·雷特海乌始终以出生在乌艾伦村（中国出版的《世界地图》标为“乌厄连”）而自豪。这样的“出身”可能是全世界作家中最独特的履历了。乌艾伦村是欧亚大陆的极东极东的一个居民点，属俄罗斯楚科奇自治州楚科奇区楚科奇半岛东部最尖端的一个村落，正处白令海峡中间线，转身向南是白令海，回头向北就是北冰洋南端将要进入太平洋的楚科奇海。这一“优越”的地理资源，给雷特海乌带来了无限的独特的创作源泉。他的成名作三部曲《融雪时节》，就是以这个插入白令海和楚科奇海的小村落为着眼点的。

[1] 编者注：此文曾作为《融雪时节》中译本的序言（浙江文艺出版社 1993 年 4 月出版），此次发表时，根据刘宁《访苏日记》重新做了编辑。

1984年，北京师范大学俄语专家陆桂荣教授决定翻译《融雪时节》，三年完成翻译，刘宁特意把对这位独特的“楚科奇海作家”的采访记作为这本小说的中译本序言。

雷特海乌1930年出生在“杰日尼奥夫角”，2008年逝世于圣彼得堡。生前笔耕不辍，改革之后，又连续出版长篇小说《神奇数字》(1986)、《希望之岛》(1987)、《大陆桥》(1989)、《遗忘之镜》(2001)、《楚科奇笑谭》(2002)、《安娜·阿津卓娃漫游》(2003)、《最后的萨满》(2004)、《在忧伤的星座下》(2007)。

刘宁对雷特海乌的访问，是在作家所居的列宁格勒住宅里进行的。这次访问恰好是在作家创作进入新阶段的拐点上，它成了一场独一无二的“海角文化”连接“都市文化”、连接“中心文化”以及连通“中国文化”的“文化转场”事件。

访谈题记——从白令海边到波罗的海沿岸

《融雪时节》是苏联著名楚科奇族作家尤·雷特海乌的

成名作。1984 年，当译者陆琰（陆桂荣的笔名）着手译这本书的时候，托我利用去列宁格勒进行学术考察的机会访问雷特海乌，并就有关此书的一些问题向他请教。雷特海乌在他的寓所热情地接待了我，在近两个小时的交谈中相当详尽地介绍了自己的创作道路、创作经验，谈到了他对楚科奇文学的民族传统、现状和发展前景的看法，并表达了他对中国人民的友好感情和对发展两国文化交流关系的殷切期望。这次访问给我留下了深刻的印象。

尤·谢尔盖耶维奇·雷特海乌是苏联楚科奇族文学的开拓者。楚科奇族是苏联东北边远地区的一个渔猎民族，地处北极边缘的冰天雪地，人口稀少，生活艰苦，长期过着氏族的原始生活。十月革命后，由于建立了苏维埃政权，楚科奇人才开始走上新的生活道路。在俄罗斯族以及其他民族的帮助下，楚科奇人有了自己的学校，创立了自己的文字，从此也开始有了自己的书面文学。雷特海乌便是楚科奇族有史以来第一批土生土长的作家中的佼佼者。

雷特海乌给我的第一个印象是同我想象中的极北地区剽悍、粗犷、豪放的渔猎民族的形象很不吻合的。他中等身材，体格健壮，棕黑的头发，圆圆的脸，浓眉下一双细长的黑眼睛闪闪发亮，一眼可以看出，他属于远东地区的非俄罗斯民族。可是他风度潇洒，谈吐文雅而风趣，说一口流利的俄语，加上戴一副黑色宽边眼镜，穿着入时，上穿花格敞领衬衫，下着咖啡色西装裤，显得更像是一位久居现代化大城市的学识渊博的学者。更加深了我这一印象的则是他那藏书丰富的书房。这间书房兼会客厅相当宽敞，舒适，除有两扇大玻璃窗的面街的那面墙以外，其他三面墙都排放着高达天花板的书橱。橱内整齐地排列着文艺、历史、哲学、天文地理以及百科辞典等各种书籍。我有些惊讶地发现在外国文艺书籍中，除了莎士比亚、巴尔扎克、狄更斯等西方大家的文集外，还有《红楼梦》《三国演义》《水浒传》《金瓶梅》等中国古典名著的俄译本。靠窗放着一张橡木雕花的大写字台，上面放着一架打字机，两旁堆满了书稿，看来主人正在紧张地写作。对着房门的屋角放着一张紫绒罩面的长沙发和两张单人沙发，茶几上已摆好茶具和糕点。显然，这是主人通常接待客人的地方。引人注目的是长沙发上方墙上挂着一张带有抽象派风格的极北地区的风景画。墙上空出不多的地方挂着几张主人亲属的相片，屋角墙上还装饰着鹿角、兽皮，悬挂着佩剑，猎刀，而一旁的小柜上却放着进口的新型相机、变焦镜头等，不远的书架上放着一架时髦的进口双卡录音机。整个房间的布置陈设给我一种新鲜而奇特的印象，使我感到这里的主人是一位视野开阔、兴趣广泛的人。他既博览群书，手不释卷，可以连日足不出户，伏案紧张写作，又十分热爱生活，不时远游，爱好打猎、钓鱼、摄影。我感到在他身上有几种不同文化的交融和碰撞，但本质上他却是一位不能脱离自己本乡本土的自然之子。似乎为了证实我这一印象似的，在这套装饰相当现代化的住宅里，主人养有一只黑色鬈毛狗。在我们交谈过程中，这头狗不时闯进来，或吠叫几声，或蜷伏在主人脚下，摇着它那粗壮的尾巴，似乎在提醒主人，别忘了在那冰天雪地里的渔猎生活的乐趣。

走进雷特海乌的住宅，作家早已在楼道里等候了。

雷特海乌：我以为您找不到我们的家，正准备下楼接你。

刘宁：谢谢您的指引，一路上很顺利，就是换乘耽误了时间。

走进房间，寒暄过后，竟是作家开始发问。

雷特海乌：你们国内最近是否大幅度提高了物价？

刘宁：我们正在进行城市为重点的经济改革，需要调整物价，有涨有降，目的是为了搞活经济，促进四化建设。

雷特海乌：现代化是件好事，但是要防止破坏或鄙弃传统文化。文化是人类世代积累、创造的精神财富，不能简单地看作是经济的上层建筑，经济发达了，文化传统就可以以新代旧，彻底变革了。

雷特海乌：我有一个大胆看法，即文化包括文学艺术，并不全属上层建筑性质，因为上层建筑或迟或早要随着经济基础的变更而变更，但是，文化艺术是人们世世代代积累创造的精神财富，它们的价值和作用都不局限于某个时代或社会。

刘宁：（开门见山提问）您是怎样成为一位作家的呢？

雷特海乌：（自豪感地）我的生活经历很独特，我的创作道路也不一般。我于 1930 年生于楚科奇区的乌艾伦村。在我们村子里，楚科奇人与因纽特人世代和睦相处，联姻结亲。例如，我的家族从父系来说，是楚科奇人，而从母系来说，则是因纽特人。在我们家族身上，似乎交织着两种文化：一种是以养鹿畜牧为业的文化，另一种是以捕猎海象、海豹、鲸鱼、北极熊等海兽为业的文化。我从小便受到这两种文化以及与它们密切相关的古老民间传说的熏陶。三十年代末，我开始上学，这已是苏维埃政权在远东北极地区建立的新时代。一方面，我们生活中出现了不少新事物，如学校教育、村苏维埃、集体农庄……另一方面，我们的生活又处处遵循着旧风俗、旧习惯。古老的民族文化传统源远流长，这对于我来说，真是一件幸事。

刘宁：你已经说了四种不同文化在您身上的作用了。

雷特海乌：是的。我似乎处于新旧两个世界、两个时代的交界处，一方面，我每天上学，在那里能够大量接触和吸收各种新知识、新思想。另一方面，我又每天生活在祖祖辈辈居住的鹿皮圆庐里，经常同长辈、乡亲们一起去狩猎，捕捉海象、海豹，围猎北极熊。每当捕获到巨鲸或其他巨兽，人们便举行古老仪式，祈祷感谢神明，欢庆丰收。这些神奇的仪式和有关传说在我幼小的心灵里留下了深刻印象，构成了我童年生活最生动难忘的一部分。我的童年和少年时期，便是在每天从鹿皮圆庐到学校的往返过程中度过的。后来我才理解到，这一往返的路虽然不过几百米，可是我却一下子跨越了几千年，跨越了人类历史发展中的几个时代。

刘宁：从您的语气声调中可以听出一种深沉的民族自豪感。的确，我从您的作品可以感觉到，您的成长是同整个楚科奇族的新生和文化复兴分不开的，也是同本民族文化与其他各族文化的交流和相互影响分不开的。比如，您的《融雪时节》的第一句话就描绘了您说的“鹿皮圆庐”（Яранга），同时也说在这个“鹿皮圆庐”之间，有木头的苏维埃、商店、学校。那么，其中影响最大的文化是哪一种？

雷特海乌：首先是俄罗斯文化艺术。这种影响对于我成为一个作家起到了巨大作用。我在学校里学会了俄语，这使我掌握了一把通向人类文化宝库的钥匙。我开始接触俄罗斯文学，这仿佛给我打开了一个神奇的新世界。当时我们十分闭塞，很难收听到广播，更难看到电影，唯一能从外界获得的精神食粮和艺术享受便是文艺书籍。当时给极北地区运来的一些书籍几乎全是古典名著，我们很幸运，一开始就接触到纯正文学的源头——普希金、莱蒙托夫、屠格涅夫、托尔斯泰、契诃夫，当然还有高尔基的不朽作品。与此同时，我们通过俄译本也接触到西方文学的精华——莎士比亚、歌德、司各特、狄更斯、巴尔扎克等大师的作品。我们如饥似渴地阅读这些作品，不仅为书中所描写的那些新奇陌生的生活习俗所吸引，而且为不同民族之间相通的思想情感所激动。可是，只有当我读到高尔基的作品时，我才完全被征服了，特别是高尔基的三部曲《童年》《在人间》《我的大学》，给了我莫大的鼓舞和启示。我知道这是取材于作家本人经历的自传体小说，可是从中我看到了来自人民底层的一代新人的成长。我开始懂得了，不仅贵族、骑士、文人雅士的生活，而且普通劳动者，包括那些颠沛流离的流浪汉，备受凌辱折磨的小人物的生活，都可以成为文学描写的对象。只要坚持深入生活，向人间学习，到处都可以找到文学创作的源泉。也许，正是从这时候起，在我内心诞生了当一个作家的深切愿望。

刘宁：当然，我知道您真正成为一个作家，则是过了好多年以后的事。

雷特海乌：是的。1946 年我从七年制学校毕业后，从事过各种职业，当过猎手、搬运工、水手，甚至想当民警，后来才到区中心安纳蒂尔城进师范学校继续学习。1948 年我上了列宁格勒大学专门为极北地区培养人才的北方系，在那里系统地学习了文学、语言、历史、人种学、民俗学等多方面的专业知识。1952—1953 年，我转入列宁格勒大学的语文系。这时我真正开始了文学创作，同时还把俄罗斯古典作家的一些诗歌、散文作品，以及多种教科书译成楚科奇文。我开始用楚科奇文写诗歌，后来又尝试写短篇小说。

刘宁：您最早发表的小说是哪一篇？

雷特海乌：1952 年我的两篇短篇小说受到《新世界》杂志主编特瓦尔多夫斯基的赏识，发表在该刊同年第 12 期上。1953 年我的第一部短篇小说集《我们岸边的人们》出版，受到好评。我 1954 年加入作协，成为职业作家，相继创作了短篇小说集《人的名字》（1955）、《楚科奇传说》（1956）等。

刘宁：您的自传体三部曲——《融雪时节》《林特恩上大学》《列宁格勒的曙光》（1958—1967），通过一个楚科奇孩子的成长，广泛而生动地反映了楚科奇民族在苏维埃时代为建设新生活而进行的顽强英勇的斗争，表现了他们纯朴善良的民族性格和丰富的内心生活。我阅读三部曲，看到您作为楚科奇族作家的独特才华，这应该是您创作中的一个高峰吧？

雷特海乌：是的，这部小说向世界展示了楚科奇人的世界。后来的作品，比如《在小兔谷地》(1962)、《埃依万古》(1964)、《最美的船舰》(1967)、《门槛上的霜》(1970)、《永久冻土带的终结》(1982)等，也都取材于楚科奇人等北方少数民族的生活，有的写历史，写他们在革命前的悲惨命运和争取生存与自由的英勇斗争；有的写现实，写社会主义建设时期楚科奇人的新生活和多民族大家庭的友谊。我们这里的民族很有色彩，我们这块冰天雪地的世界很神奇。

刘宁：有评论说，您不仅生动地描绘了极北地区少数民族的独特生活方式和习俗，而且深入揭示了他们从原始民族生活过渡到新的社会生活方式，从古老文化传统走向现代文明的艰巨历程中的心理变化和心灵隐秘。

雷特海乌：是的，我生活其中，我努力表现这个独特的历史，努力表现历史的变化。

刘宁：您是一位十分勤奋的多产作家。我注意到，每隔一两年，总有一部新的长篇或中篇小说问世。您不仅写小说、诗歌，还写剧本、儿童读物、电影脚本、文学评论等等。您虽然已创作了大量的作品，但是似乎从未感到自我满足。

雷特海乌：我究竟写了多少部书，连我自己也没有统计过。对于我来说，一部书出版了，它的命运就不再属于我了。我感兴趣的只是下一部将要写的书。每当一部书已经脱稿，而下一部新书的构思尚未形成的时候，也是我最难熬的时候。我简直度日如年，不知怎样打发这些闲空时日才好。

刘宁：出版的书，命运就不再属于您了，这个说法很有意思。但是，我还是要提一个有关《融雪时节》的问题，我们的译者给了我这个任务。我们想知道，促使您写《融雪时节》的创作动机是什么？您的三部曲既有史诗般的波澜壮阔，又富于纯洁的道德激情和浓郁的抒情色彩。请问，您是怎样找到恰当的艺术语言和基调来表现自己的构思的呢？

雷特海乌：（沉思）这部书的构思可以说起源于我的传记。我已经谈到，早在我的童年时期，高尔基的自传体三部曲给我留下了多么深刻的印象。当然，我在创作自己的自传体三部曲的进程中，不可能不受到高尔基的三部曲的影响，不可能不借鉴他的宝贵创作经验。我是在列宁格勒写这部书的，这时我已经远离故乡多年，甚至长期脱离了本民族的语言环境，我是多么刻骨铭心地思念自己的故土，自己的乡亲，自己民族的古老文化传统啊！也许三部曲的成功在某种程度上应当归功于这种思念之情，归功于我极力想在这部书里保存童年时代的生动印象和纯正感情。一个人的童年生活，无论它是怎样艰辛、痛苦，总是他一生中最值得怀念的时期。也许我在书中把自己的童年有点理想化了，可是我并没有粉饰现实。我的童年生活正像我本族的大多数同龄人的生活一样，是严峻、艰辛、坎坷的，但也是充满着友情、欢乐、求知欲和美好憧憬的。正是出于这种对故土、对人民的深沉的爱，才使我能够找到相应的艺术语言和色调来表现自己的构思。这样的语言只能是自己涌现出来的，而不能是从辞典中搜寻来的。我并不讳言三部曲具有鲜明的自传色彩，但它是纯粹的文学作品，而不是拘泥于真人真事的传记作品。

刘宁：您的作品中的主人公一般是否有具体生活原型呢？您赋予文学创作中的纪实性和心理描写怎样的意义呢？

雷特海乌：我的作品大都取材于本民族的历史或现实生活，一般都有历史或现实的生活素材作为依据，主人公也大都有生活原型。当然，我笔下的人物形象，包括对他们的性格刻画和心理描写，都是经过我的艺术想象和概括加工的结果，而决不是照生活原型依样画葫芦所能奏效的。近年来，我越来越重视纪实性在文学创作中的作用。例如，我的近作《永久冻土带的终结》就是一部依据大量历史文献资料写成的历史小说。小说描写了苏维埃初创时期在楚科奇地区为建立第一个革命委员会而展开的可歌可泣的英勇斗争。小说中的每一个章节，甚至包括卷首章前的题词，都是以真实历史档案文献为依据的。为此，我花了大量时间在图书馆和档案馆查阅有关历史资料。在我看来，只有在掌握了尽可能丰富的有关历史资料的基础上，充分发挥艺术想象和艺术概括的作用，才有可能创作出具有高度真实性和艺术性的历史小说。

刘宁：楚科奇的生活、历史、文化、大自然给您提供了丰富的资源。

雷特海乌：是的。（有点惋惜。）遗憾的是，我几乎已经把楚科奇民族历史上全部可写的题材都写遍了，这里已找不到未开垦的处女地了。而楚科奇人今天的现实生活又是这样日新月异，变化迅速！使我写起现代题材来，深感自己很难赶上生活前进的步伐。

刘宁：那么您又是怎样保持与远在千里之外的本民

族现实生活的联系的呢？

雷特海乌：（笑）很简单，我的家庭有一半住在列宁格勒，另一半则住在楚科奇的老家。我的小儿子、儿媳、孙子都住在那里，我在那里还有一间这样的书房，可供我潜心写作，每年我都要回故乡去住上几个月。有人说，你这样长途跋涉，太不方便了。我总是这样回答：这要比当年普希金回他的故乡米哈伊洛夫斯克村近得多，他乘马车要走整整三天，而我乘飞机只要几个小时就到了。

刘宁：请您谈谈您对发展我们两国之间的文化交流的看法，并希望您能向自己作品的中国读者讲几句话。

雷特海乌：（欣然同意，满怀深情。）我很乐意利用这个机会向广大中国读者表达我的诚挚的谢意和良好的祝愿。我高兴地获悉，我的一些中短篇小说已经译介给贵国读者，现在我的自传体小说《融雪时节》也将译成中文在贵国出版。我很珍视这部作品，因为它不仅是我童年生活的记录，而且是我们楚科奇人走向新生的历史见证。我希望能通过这部作品，沟通我们民族与伟大中国人民之间心灵上的交流。我认为，每个读者都是一位潜在的知音。文学艺术能够打动千百万读者的心，也最能促进各国人民之间的相互了解。我想向中国读者表明自己的心迹：我写的每一本书，每一行字，不论其艺术水平如何，都是指向人的心灵，指向人的善良情感的。这不仅是我们楚科奇族的古老民间传说，而且是包括中国古典文学，19世纪俄罗斯文学等在内的整个人类文化瑰宝教育我这么做的。如果我的书能够打动读者心灵深处的某根心弦，激起联系整个人类的善良情感，那么我将为实现了自己作为一个作家的神圣使命而感到莫大的欣慰！

1988年元月27日整理于北京

第二编　俄苏文艺学与美学访谈

第五篇

刘宁与文艺学家米·鲍·赫拉普钦科院士的访谈[1]

编者按：刘宁与赫拉普钦科院士的交谈，是一份珍贵的历史文献。

刘宁早年在莫斯科大学留学专攻的“专业”是文艺理论和文学批评。回国后，一直在文学理论、美学领域开拓。改革开放年代，刘宁承担了国家重点社科课题“俄国批评史”的研究。因此，刘宁对赫拉普钦科院士的访问，是一场十分专业的访谈，而刘宁把访谈重点放在了“发展趋势”上，因为20世纪60年代中苏关系破裂之后，中国对苏联的文艺学发展状况了解甚少。当中国义无反顾地改革开放之后，中国学界对苏联的文艺学的理解，基本停留在50年代的苏联。20世纪80年代，随

[1] 编者注：本文原载《文艺研究》1987年第1期，本次发表根据刘宁《访苏日记》重新做了编辑。

着改革开放的步伐，中国政府逐步增量派送留学人员出国考察，除了西方国家之外，面向苏联，也启动了“再认识”的交流。二十多年间，“苏联模式”是否发生了变化？发生了怎样的变化？这是“首要问题”。时至今日，这几乎还是“首要问题”，甚至还可以说是“重大问题”。

北京师范大学苏联文学研究所发行、刘宁主编的《苏联文学》一直关注苏联的文艺学、美学最新进展。创刊后的第三期（1980年8月10日出刊）刊登了三位苏联文艺理论研究专家刘宁、程正民、连铗的译文，其中程正民翻译的正是赫拉普钦科的《文学理论和创作过程》。

苏联文艺学有一套“上层”的“话语体裁”，而在其下，还有多层的“从深处”挖掘出的卓越洞见。这是需要探访的。

为了达到这个目的，1985年4月23，刘宁在访问前认真准备了九个问题，保证了这次访问的深度，具有跨越时间的意义。

米·鲍·赫拉普钦科1904年出生。1986年4月15日，也就是刘宁访问一周年之后，他因病逝世。他是一个在大量的个体的文学创作研究之上建立理论体系的理论家。1936年（32岁）发表研究专著《果戈理》，1952年发表专著《果戈理的〈死魂灵〉》，1959年发表大部头专著《果戈理的创作》，1963年发表专著《作为艺术家的列夫·托尔斯泰》（1978年修订再版），1970年发表《作家的创作个性与文学的发展》（多次再版），1976年发表《艺术创作·现实生活·人》（多次再版），1980年发表《尼古拉·果戈理·文学道路·伟大作家》（多次再版）、1982年发表《艺术形象的地平线》。逝世之后，论文集《文学与艺术的认识论》出版（1987年）。赫拉普钦科是几种大型文集的主编，比如22卷《列夫·托尔斯泰文集》和《涅克拉索夫文学及书信年谱》和《文学遗产》等。他还是苏联文艺的决策人。赫拉普钦科去世以后，苏联发生天翻地覆的变化，因此，他可以被称为最后一位苏联文艺学理论家。

访谈题记——当代苏联文艺学发展趋势

1985年4月间，我有幸在莫斯科苏联科学院文学和语言学部拜会了苏联著名文艺学家、科学院院士米·鲍·赫拉普钦科，并同他就苏联文艺学和文艺批评方面的问题进行了近两个小时的交谈。

不料时隔一年，就传来了赫拉普钦科与世长辞的噩耗。在痛悼之际，我还感到有点惊愕，因为他一年前接见我时，还显得那样精神矍铄、谈笑风生；他虽年逾八旬，但面色红润，两眼深邃有神；他很健谈，不仅思路开阔，而且富有风趣，使人感到亲切。当时我们围着他办公室里的一张长桌，边饮咖啡边交谈，气氛相当热烈、友好。

米·鲍·赫拉普钦科（1904—1986）是一位对苏联文艺学、文学史和美学研究做出多方面重要贡献的学者。1939 至 1948 年曾任苏联部长会议艺术委员会主席，1963 年起一直领导苏联科学院文学和语言学部，1966 年当选为苏联科学院院士，是苏联科学院主席团成员。为表彰赫拉普钦科对苏联语文科学和美学的发展所做的贡献，苏联政府曾授予他列宁文艺奖、国家文艺奖和四枚列宁勋章。1984 年授予他社会主义劳动英雄称号。他的代表作《作家的创作个性和文学的发展》（1976）和其他一些论著已译介到我国，受到学术界的重视。

同赫拉普钦科的会见给我留下了深刻的印象。他在谈话中广泛涉及了当代文艺学和文艺批评发展的一些迫切问题。当然，他所发表的看法只是苏联各文艺学派中的一家之言，但对我们了解苏联文艺学的发展趋势和面临的问题还是颇有裨益和启发的。

刘宁：米哈依尔·鲍里索维奇，我国文学工作者很关心苏联文艺学近几十年来的发展变化。在您看来，近年来苏联文艺学和美学的发展取得了哪些具有原则意义的新成就？

赫拉普钦科：苏联文艺学和美学——这是一种广泛而多样的现象，其中包括各种学派及其分支。这些学派的意义各不相同，但每个学派都希望自己能独占鳌头。您当然知道，我们有一位相当有声望的学者巴赫金。诚然，我们属于不同的文艺学派，我并不完全同意他的观点，有些观点则完全不同意。在这里没有必要阐明我们之间的观点分歧，我只想谈谈我个人认为最主要的东西。

问题在于，许多年以来，马克思主义文艺学以及自法国的泰纳开始的，一般的社会学文艺学就一直从事阐明文学与产生它的时代之间的联系这样一种研究。这种研究是完全必要的。沿着这条途径，已经取得了许多重大的成果，无论在西方还是在我国都有一批有价值的论著问世。在我看来，目前已经到了用历史职能的研究（историко-функциональное изучение），即对文学的作用的研究来对这种我称之为历史起源的研究（историкогенетическое изучение，源于“генезис”“起源”一词）进行补充，甚至是重大补充的时候了。有些人把历史职能研究同对读者的研究混为一谈。对读者的研究古已有之，在我国也相当早就开始了。但是，对文学职能的研究和对读者的研究毕竟是两码事。对读者进行研究时，研究的是读者的情绪、读者的心理，是对各种不同的读者群、读者阶层的心理状态和趣味爱好进行分类比较研究。这里注意的中心是读者，是他们各色各样的、变化多端的趣味和情绪。在进行历史职能研究时，注意的中心则是文学作品及其灵活多变的职能。近来在对读者的研究方面提出了一些新的想法，如建议编写读者传记，关于各种不同读者群、读者阶层在不同时代的历史演变的传记。在我看来，这已经不是文艺学研究，而是什么别的东西。当我们谈到历史职能研究的时候，我们谈的是关于作品的研究，关于作品的多层含义的研究，关于作品的各个不同侧面在不同历史时期所起的不同作用的研究，关于作品对各不相同的读者群以及作家所产生的不同影响的研究。这种研究当然也要研究作品的接受者，各种读者阶层的爱好、情绪等，但是我们始终关注的毕竟还是文学作品，还是它的各种属性和特征，它对读者的影响，它的经常变化的职能。因此，读者研究与职能研究毕竟不是一回事。

在西方的所谓“接受美学”也是建立在研究读者的基础上的。联邦德国的学者汉斯·罗伯特·尧斯是接受美学这个学派的主要代表之一。他的注意力就集中于研究所谓“审美客体”（эстетический объект），甚至“艺术经验”（художественный опыт），即围绕着作品形成的各种情绪方面。可见，这个学派的代表人物同样是脱离作品进行研究的。在我看来，历史起源研究与历史职能研究的结合是马克思主义文艺学继续向前发展的一个重要趋势，我国学者在这方面的研究已取得了一些重要成果。

这是一方面。另一方面是诗学的研究，即对作家在创作中所运用的全部艺术手段（不仅指技巧，而且包括整个美学原则）所进行的研究。这种研究在我国又区分为历史诗学的研究和现代诗学的研究。我们已经开始进行历史诗学的研究，在这方面我们有相当深厚的传统，它的奠基人是俄国著名学者阿·尼·维谢洛夫斯基（A.H. Веселовский，1838—1906）。我们召开了讨论历史诗学研究的学术会议，会议开得很有意义。如今有一个研究小组正在进行这方面的研究工作，他们在工作中遇到了一些困难，主要是不善于深入分析作品的内在特性。这确实是一件十分艰巨而细致的工作，就像施行眼科手术一样，稍有不慎，就会损伤眼睛。洞察艺术家是怎样运用语言，运用各种艺术表现手段进行创作的——这可是一项十分精细的工作。总之，我认为上述这些方面的结合可能代表着我们文艺学科的发展方向。

刘宁：不久前，我深感兴趣地阅读了维谢洛夫斯基的《历史诗学》，虽然这只是一部尚未完成的讲稿，但其中的确包含着许多精细的观察和独到的见解。您是怎样评价他的理论遗产的呢？

赫拉普钦科：这的确是一部天才的著作。可是天才的东西也不是完美无缺的，它的缺陷就在于作者未能找到各种不同艺术因素之间的共同性。因此，譬喻、情节等因素在他的研究中都是互不联系、彼此分割的。就像我所说的，这些因素被原子化了，即分割成了一个个孤立的原子，再也看不出它们之间的有机联系了。我认为，把所有这些因素有机地联系起来的基础是表现方法（способ изображения）。表现方法在一定程度上与创作方法有关，但两者并不是一回事。具体说起来，还是相当清楚的。例如，陀思妥耶夫斯基和契诃夫都是现实主义大师，可是他们对人、对社会、对各种现象的态度却各不相同，因而他们表现现实生活的原则的总和，即表现方法也各不相同。陀思妥耶夫斯基热衷于表现超越日常生活的、极度的、奇特的激情和痛苦，而契诃夫则潜心于表现日常的、平凡的、平淡无奇的生活现象，揭示蕴含其中的哲理和诗意。这些表现方法上的特点是显而易见的，但是要具体揭示这些原则方法是怎样在创作中发挥作用的，它们又如何制约各种艺术因素和手段，并使之构成一个有机整体的，这却是一件极其艰巨而有趣的工作。

总之，在我看来，如果把文学的历史起源研究和它的历史职能研究有机结合起来，再加上深入作品内部结构的诗学研究，那将是真正具有发展前途的文艺科学。

刘宁：在我国有研究诗学的悠久传统，在古代文论、诗话、画论中包含着丰富的美学思想，一贯重视对各种艺术语言、艺术手段的具体研究。不知您对此有何看法？

赫拉普钦科：中国古代美学思想的这一传统是十分珍贵的，值得认真研究和继承发扬。不仅在中国，而且在古代希腊和埃及，都有精细研究诗学问题的可贵传统和丰富遗产。但是，古人在这方面的见解大多失之零散，缺乏科学的概括和综合。这还是一种建立在个人鉴赏、评点基础上的描述性的诗学（описательная поэтика）。我们现在需要建立的是具有现代科学形态的职能诗学（функциональная поэтика），即系统地阐明各种艺术因素、艺术手段的功能、机制及其相互作用的科学。这有点像解剖学与生理学之间的区别。解剖学尽管可以直观地展示人体内部器官的构造，却不能揭示它们是怎样工作，怎样发挥自己的职能的，而这是生理学的任务。如果粗俗地打个比方，可以说我们希望建立的诗学相当于文学的生理学，它能够科学地阐明和揭示文学的现实的和潜在的全部功能。这项任务当然是十分艰巨的，但它的前景也是非常引人入胜的。

刘宁：米哈依尔·鲍里索维奇，您提出的这个文艺学研究的新方向已引起了国内外学术界的广泛注意。现在请允许我提出另一个引起广泛注意和争论的问题，向您请教。您知道，我国学者以莫大兴趣注视着近年来在苏联报刊上围绕着社会主义现实主义及其同其他文学流派之间的关系问题展开的热烈争论。请您谈谈对这场争论的主要结论和前景的看法。您曾经发表过这样的看法，认为社会主义艺术和社会主义现实主义并不是相同的概念，社会主义艺术还包括其他艺术流派。请您谈谈，在您看来，在苏联文学艺术中除了占主导地位的社会主义现实主义以外，还存在哪些文艺流派和艺术方法？

赫拉普钦科：这是一个十分复杂的问题，但是可以也应当根据实际做出解答。我确实认为社会主义艺术和社会主义现实主义并不是一回事。我暂且不以苏联文艺为例，就拿保加利亚来说吧。保加利亚的学者和政治活动家承认，在他们的文学艺术中并不是所有的作家、艺术家都坚定地站在社会主义现实主义立场上的。这就是说，除了社会主义现实主义，还存在其他文艺流派。这种情况在德意志民主共和国，更不用说在匈牙利，都是显而易见的。可能在你们国家，也并不是所有的作家都是坚定的社会主义现实主义者吧？

刘宁：我国在文化艺术领域实行百花齐放的方针，提倡在为人民服务、为社会主义服务的前提下，各种艺术流派、艺术方法自由竞赛，互相促进。你们对各种艺术流派又采取什么态度呢？

赫拉普钦科：我们的情况有所不同。我不准备在这里对苏联作家进行分类，说谁是社会主义现实主义作家，而谁不是。就拿阿赫玛托娃（А.А.Ахматова，1889—1966）来说吧。您知道，有一个时期，人们根本不承认她是社会主义类型的艺术家，而如今则公认她是我们时代的伟大诗人，这难道还不算承认她是社会主义类型的艺术家吗？阿赫玛托娃虽然成了具有社会主义思想的艺术家，但我并不认为她就是社会主义现实主义的艺术家。无论就题材范围还是思想原则性而言，她都不是这种类型的艺术家，体现党性原则并不是她所固有的气质，但她无疑属于社会主义艺术家之列。

再说普里什文（М.М. Пришвин，1873—1954）。我并不认为他是社会主义现实主义者，他的主要题材是写大自然，写俄罗斯风光人情。当然，问题不在于题材，而在于就思想气质而言，毋宁说他是一个一般的人文主义者。但是，他无疑也属于社会主义艺术家之列。在我们时代的大作家中，还有不少这样的例子。例如，帕斯捷尔纳克（В.Л. Пастернак，1890—1960）究竟是什么样的艺术家呢？他无疑是我们时代的优秀诗人，而且随着时间的流逝，他将获得越来越广泛的承认。他是广义的社会主义思想的拥护者，但是我认为没有必要把他说成是社会主义现实主义者，否则就会把他所不具备的一些思想特点强加给他。又如布尔加科夫（М.А. Булгаков，1891—1940），也是一位不能牵强附会地用社会主义现实主义来硬套的大艺术家。可见，所有这些声名显赫的艺术家都不能说是文学的人民性、党性原则和社会主义现实主义创作原则的忠实信徒，然而他们的创作却无疑是我们这个时代和社会的反映的产物。从他们的许多作品来看，他们已经成为社会主义类型的艺术家。因此，在我看来，如果从实际出发，就没有任何根据和必要把社会主义艺术和社会主义现实主义这两个概念等同起来。我一直坚持这样的看法，尽管还有不少人反对。

提到社会主义现实主义问题，还应当指出，目前有一种值得注意的倾向。我们的某些理论家认为社会主义现实主义艺术具有某些共同的普遍原则。确实也存在这些原则。可是在他们看来，这些原则的一切方面对于所有的作家来说都是天经地义的，必不可少的。这样一来，就必然导致把各具个性的作家平均化、整体化了，例如，使特瓦尔多夫斯基（А.Т. Твардовский，1910—1971）和沃兹涅先斯基（A.A. Вознесенский，1933—　），叶赛宁（С.А. Есенин，1895—1925）和马雅可夫斯基趋于同一，以便使社会主义现实主义文艺园地显得整齐划一。可是，这种人为的整齐划一是办不到的，而且主要的是完全没有必要这样做。依我看，在社会主义现实主义艺术中根本不存在这种完整无缺的整体化，只存在一些共同的思想创作原则，如党性、人民性原则，还有历史主义原则，也就是揭示社会发展前景的历史发展观点。在我们许多作家的作品中往往可以感觉到这种历史发展的趋势，改造和创建新生活的前景。以这样三条或者四条共同原则作为思想基础进行创作的艺术家为数众多，风格各异。他们虽然站在共同的思想立场上，但并不因此而在创作上彼此雷同。相反，他们各自在创作上独辟蹊径，并以自己的创作个性和独特风格丰富着整个社会主义现实主义艺术，社会主义现实主义的发展就在于这种个别对整体的丰富。因此，创作个性非但不妨碍社会主义现实主义，相反，离开了创作个性，它就不能得到发展。问题的实质就在于此。

如果把社会主义现实主义的共同原则同充分发挥它本身具有的创作个性的潜力有机地结合起来，那么社会主义现实主义艺术就会像你们的百花齐放那样繁荣了。不过这些花都是开放在社会主义文艺园地的界限之内，而不是界限之外。尽管社会主义现实主义处于主导地位，但是整个社会主义文艺是通过各种风格流派的竞赛，通过艺术家的个人创作探索而得到丰富和发展的。在不久前召开的一次讨论社会主义现实主义问题的学术会议上，我公开声明："离开了创作个性，我们将寸步难行。"

刘宁：德米特里·马尔科夫院士提出了社会主义现实主义是一个历史的开放的体系的观点，引起了我们很大的兴趣。您是怎样看待这一理论的呢？

赫拉普钦科：总的说来，我并不反对这一理论。可是我强调的重点与马尔科夫有所不同。马尔科夫强调的是艺术手段、艺术手法的开放体系，而我则强调对生活的开放，正是生活促使艺术不断更新和丰富自己的表现手段和方法。在不久前召开的一次学术会议上，我对德·马尔科夫说："您发明了开放体系的理论，这很好。可是，关于开放体系的声明本身还很难促进思想发展。您说，作为开放体系的社会主义现实主义可以利用各种现代艺术流派所取得的成就。这固然很好。但是，请您具体说明一下，其他现代文艺流派所形成的这些手法、技巧是怎样为我们的社会主义艺术所吸收、利用和改造的呢？您一味宣告：开放，开放！可是下文又如何呢？从另一方面讲，既然社会主义现实主义是开放的，那么它的成就也就应该为其他现代艺术流派所吸收和利用。那么就请您具体指明，我们社会主义文艺的成就是怎样被其他流派所吸收和利用的吧！因为既然彼此都是开放的，那么在两种艺术体系之间就必然发生相互影响和渗透。”可见，所谓“开放体系”的理论目前还停留于发表宣言的阶段。我们承认这一理论，但是我要强调指出，所谓“开放”是对现实生活的开放，因为艺术不需要任何规范，任何清规戒律；开放体系的理论如果得不到进一步的发展，就会成为脱离实际的空中楼阁。这就是我对这一理论的看法。如果德米特里·马尔科夫从您的文章中得知这一点，也许会同我决一死战的，不过好在他还看不懂中文。

刘宁：米哈依尔·鲍里索维奇，某些现代批评家断言在当代世界文学中出现了一种现实主义和现代主义合流或相互接近的普遍趋势。在我国也有类似的看法。不知您对这一问题有何看法？

赫拉普钦科：我不认为正在发生这样的过程。当然，在我们的文学中也有卖弄现代主义，向现代主义献媚的企图。他们自以为现代主义是艺术中最先进的潮流，而以现代主义者自我标榜，则是思想激进的表现。现代主义确实有某些新东西，可是，正如列宁所说，新的东西并不总是最优秀的东西。总的说来，现代主义并没有取得什么值得高度评价的成就。例如，抽象派艺术曾经风靡全球达数十年之久，有不少人崇拜得五体投地，把它视为时代精神的标志，谁如果说一句反对抽象派艺术的话，那无异于宣布自己是保守派。可是过了几十年，这一流派究竟留下了什么呢？当然，留下了一些素描、版画，有的相当精致。但是，已经没有什么人把它当作是艺术发展中举足轻重的潮流了。

还可举法国“新小说”为例。关于这类小说人们说了多少谀美之词，写了多少评论文章！有关书刊都可占满整个图书馆了。然而，不过过了二十多年，这一流派又留下了什么值得称道的成果呢？可以说没有留下什么特别值得一提的遗产。也许对于某些专家来说，“新小说”有一些值得重视的东西。可是，目前还看不出其中有什么真正有价值的东西。

这样的例子不胜枚举。还应该强调指出，由于不善于透过现代主义的迷雾看到真正有价值的东西，有些艺术家被不公正地划入了现代派的行列。例如，有一个相当长的时期，勃洛克（А.А.Блок，1880—1921）在我国被当作象征主义者、现代派的诗人而不受重视，甚至高尔基都对他评价不高。可是随着岁月的流逝，如今勃洛克在我国已经同普希金、莱蒙托夫、涅克拉索夫、马雅可夫斯基、叶赛宁并列为民族诗人。有些人甚至感慨万分地说："瞧，我们达到了何等地步，竟连勃洛克都封为民族诗人了。"可是勃洛克是当之无愧的民族诗人，因为他的作品富于人性的魅力。我认为现代主义是一种否定人的现象，把艺术的非人道化奉为原则，认为艺术与人是相互排斥的，人在艺术中的消失和变形是合乎规律的——这就是现代主义。如果一个艺术家受时潮影响而采取了现代派的某些形式和手法，可是他的创作却富于人道精神，反映了人的愿望和激情，给人以力量和美的享受，难道还能把他列入现代派吗？现代主义之所以为现代主义，并不是由于某个流派这样称呼自己，而是由于这股思潮在本质上疏远人性，厌弃人性，否定人道精神。如果从这样的观点看问题，现代派应该居有何等地位，也就不难判明了，非但勃洛克不是现代派，即使我国的一些象征主义诗人，如巴尔蒙特（К. Д. Бальмонт，1867—1942）也未必能列为现代派，因为在他的诗歌中也有人性的东西。

刘宁：米哈依尔·鲍里索维奇，您在《艺术创作·现实生活·人》一书和近年来的一系列文章中不止一次地提出了当代美学的迫切问题，多方面地探讨了当代文艺学和美学的方法论问题。您的这些研究在我国也引起了浓厚的兴趣。众所周知，近几十年来在有关科学方法论的论著中开始流行这样一些概念，如结构、信息、系统、模型、密码、交流等。在您看来，这些新概念和新方法中有哪些是可以有效地运用于美学和文学分析的，而哪些又会带来简单化、曲解等不良后果？应当怎样在系统综合分析的基础上把传统的方法与新的研究方法结合起来，从而把各种不同方法联结成一个统一的方法论体系呢？

赫拉普钦科：首先，我谈谈结构这个概念。我并不认为这一概念是不可接受的。有人说，这一概念是结构主义者发明的，我并不这样认为。马克思早在《资本论》中就谈到了社会的结构问题，恩格斯在这方面也有不少论述。当然，这是关于结构的哲学理解，后来这一概念逐渐广泛地运用于各门科学领域。在自然科学，特别是生物学中，结构具有巨大的意义。即使在人文科学，例如心理学、文艺学中，结构的概念也日益受到重视。我认为在文艺学中是无法回避这一概念的。即使结构主义者丰富了这一概念，虽然我对此是有怀疑的，这一概念也还是必不可少的。为什么说它必不可少呢？因为结构规定着事物的各个组成部分及其相互关系。当我们谈论作品的时候，如果只提及构思、主题、情节，而不涉及它的结构，那么我们对作品的理解就还是模糊不清的，因为这些因素并不能完全取代结构这一概念。结构所表明的是作品各个不同因素之间的相互联系、彼此渗透和转化以及它们之间的某种矛盾。可以说，文艺学离开了这一概念，就无法继续存在。我相当自如地运用这一概念，并认为它对文艺学研究有很大帮助。

至于说到像密码（код）这样的概念，则来自另一个领域，来自符号学（семиотика）。符号学是同符号和符号体系打交道的科学。符号总是表示或标志某种东西，这也可以说是某种特殊的密码，要了解它所代表的含义，就需要进行破译或释义。在复杂的符号体系中，符号与符号之间还需要转译，否则就更难理解了。这一符号学概念反而增加了我们对文学进行社会历史分析的困难。

比如说，怎样理解托尔斯泰？在他的创作里有什么密码，有什么需要进行破译的符号体系呢？这反而使人们感到迷惑不解了。托尔斯泰一直力求写得通俗易懂，使千百万人都能理解。他曾经说过，他没有兴趣只为千百个有教养的文人雅士写作。对于世界上用各种语言进行阅读的广大读者来说，托尔斯泰实际上也没有什么需要释义之处。除了需要了解一些有关的情况，如需要了解当时俄国的某些生活环境，作品主人公所处的某些现实社会条件，当时的生活习俗，再就是需要了解当时人们的性格、心理、情绪，等等。其实，对于世界各国的文学作品来说，也都需要了解这样一些有关的情况，才能更好地理解作品的内涵。这里并没有什么需要特别破译的密码，因为文学作品所提供的是形象，而不是符号。至于艺术形象和审美符号之间有何联系和区别，想必您已经从我的著述中了解到我的看法，就不必在这里重复了。

我还写过关于模型（модель）的文章。我不太理解模型这一概念怎样运用于文学。例如，就拿阿里斯托芬来说，他的创作又是什么样的模型呢？即使是某个历史时期的希腊社会生活的模型吧，可是它所复制的那个时期的生活对于我们又有多大意义呢？我们感兴趣的是阿里斯托芬的作品与我们时代的生活之间的联系。又如莎士比亚，他是在自己时代的基础上制作生活模型的，可是他塑造的艺术形象却具有广泛的典型意义和永恒的艺术魅力，远远超出了模拟复制生活的模型作用。因此，用模型这一概念来分析文学作品与生活的关系，看来困难不少。更不用说用来分析文学幻想了。比如说，霍夫曼的作品充满了怪诞的幻想，他究竟又在制作什么模型呢？用模型来解释幻想与现实之间的曲折复杂关系，显然是行不通的。

模型这一概念至多能够运用于文学发展过程。文学思潮、文学运动的发展在各国都有一定的类型，它概括了在历史上重复出现的一定关系。至于对文学艺术创作来说，依我看，模型这一概念是不适用的。艺术是多义性的，任何模型都容纳不了如此丰富的含义。艺术是永世长存的，而模型却用完就扔了。难道在莎士比亚时代能够模拟出我们今天对莎士比亚作品的感受吗？荷马的史诗，莎士比亚的戏剧之所以在我们今天还保持着永恒的魅力，是因为它们表现了丰富的、普遍的人性美，而这是任何模型都无法模拟的。

刘宁：在西方和日本的一些翻译机器理论的支持者

认为，随着电子计算机技术的发展，已经有可能利用机器人进行艺术创作，您对此有何看法？

赫拉普钦科：甚至西方模型理论的积极支持者都无法否认，贝多芬的乐曲是无法模型化的。机器编制的乐曲永远也达不到贝多芬的水平。十五至二十年前，我国的索波列夫院士曾发表文章宣称未来的机器人可以思考、发明、创作，可以在智能上同人竞争，甚至预言人与机器将发生不可调和的冲突。一位著名的批评家皮里亚克写了一篇同他争论的文章，题目就叫《您这是当真的吗？》。索波列夫答复说："是的，我是当真的。"十多年过去了，如今已能看出，机器人能做到什么，而有许多事则是它根本做不到的。例如，机器人永远也代替不了贝多芬。即使在棋赛中，机器人也只相当于一个中等棋手的水平。人脑是由几百几千亿高级神经细胞组合而成的复杂机体，即使最高级的电子计算机也不能完全取代它。人类智能是人类长期历史进化和实践经验不断积累的结果。只能是人支配机器，而不是机器支配人。

刘宁：在现代文艺学的各种研究方法中，对于您来说哪一种是最主要、最有发展前途的呢？

赫拉普钦科：我在前面已经谈到了，就是把历史根源的研究同历史职能的研究结合起来。至于其他一些研究方法，也不应笼统地排斥。我认为符号学以及其他一些方法也是可以运用的。还有比较文学、类型学研究等，对于研究文学发展过程的规律也是很有裨益的。在文艺学方法论问题上，应当把眼光放开些。如版本学、心理学等，也都是需要了解和掌握的。对于文艺学这样的人文科学来说，尽可能广泛地了解和掌握一些新的科学知识和方法，还是大有好处的。问题在于要使各种具体研究方法各得其所，建立在统一的方法论基础上，并具有明确的目的性。

例如，我们有不少学者从不同角度研究文学体裁问题。我也准备写一部论体裁的著作，目前尚未脱稿。什么是文学体裁？有哪些体裁？这是大家都清楚的。为什么还要研究体裁呢？是为了文学爱好者，还是为了一些文学专业工作者？研究这个题目应当有一个明确的目的。我想应当是为了阐明文学体裁是怎样形成和发展的，各种不同体裁又是怎样发挥自己作用的。悲剧有悲剧的作用，喜剧有喜剧的作用。它们在观众中引起的审美效果各不相同。我们还应当进一步研究各个不同时代的不同作家是怎样具体运用这些文学体裁的。例如，比较研究奥斯特罗夫斯基和果戈理是怎样运用喜剧体裁的，他们各自的体裁有何特色，等等。这就是说，我主张从文学职能的角度来研究体裁。当然，体裁还有其内在的一些审美特征、审美规律需要研究，但我们研究这些特点毕竟是为了更好地发挥各种体裁的不同作用。正如契诃夫所说，如果舞台墙上挂着一支枪，那么这支枪就应当随着剧情发展而打响。可是我们关于文学体裁的一些研究却老是打不响，这样的科学研究要它何用？

刘宁：在您看来，文学批评在当代文学过程中具有什么作用？您对苏联文学批评的现状有何看法？什么使您高兴，而什么又使您不安呢？

赫拉普钦科：文学批评的现状很难令人乐观。的确，我们有一批无疑富于才华的批评家，如费里克斯·库兹涅佐夫、奥泽罗夫等。但是，批评是一项极其艰巨的工作。究竟难在哪里呢？因为作品刚一问世，批评就要尽快做出评价。需要对作品的思想性和艺术性以及它对现实生活概括的广度和深度及时做出评价，还需要把它同作家的其他作品以及其他一些作家的作品进行比较分析，以便尽可能准确地把握作品的特色，评定它的地位和作用。这就要求批评家具有高瞻远瞩的洞察力。我们有些批评家具有这种洞察力。例如赫连尼科夫曾写过一些评论特里丰诺夫、舒克申的文章，就表现出相当敏锐的洞察力。当然，也有更多的批评家并不具备这种洞察力。我不知道究竟在多大程度上可以培养出这种洞察力，或许这是一种天赋的能力。

在我看来，如今批评还有一种通病。一些批评家经常把文学作品同当前局势，同某种实际需要联系起来评论分析。如写库班地区生活的作品，就同农业经济、土壤改良等现实问题联系起来评论。其实，艺术作品不仅是为今天，而且也是为未来而创作的。问题不仅在于要骂得正确，切合时宜，还要具有艺术生命力。那些在今天看来相当正确的作品是否能在明天或后天也保持其生命力呢？文学作品的价值取决于它概括反映生活的广度和深度，而我们的一些批评家却往往目光短浅，急功近利。真正的文学批评应当深入揭示作品所概括的生活的特点和性质！判明它所反映的生活面的广阔程度以及对发展远景揭示的程度，作品中所塑造的人物性格是否鲜明有力，等等。这当然是十分艰巨的。因此，我们的某些批评家便赶紧转行去搞文艺理论，那里的一切简单得多，也稳当得多。不必去争论契诃夫是不是伟大的作家，这早有定论；也不必去探讨他怎样伟大，这也是众所周知的。而在文学批评领域，却需要判明沃兹涅先斯基是不是真正的诗人，叶夫图申科是不是真正的诗人。我认为，在人文科学中没有比文学批评更艰难的专业了。搞文学史、文学理论的研究要容易得多，甚至搞哲学也比搞文学批评容易。批评家既要懂文学史、文艺理论，也要懂哲学。也许只有研究当代经济理论问题的难度可以与文学批评相比。

刘宁：可能正因为看到了这种难度，别林斯基才把批评称之为“行动中的美学”的吧？

赫拉普钦科：不错，批评应当成为行动中的美学。可是很遗憾，我们的批评却总是行动不起来，有时简直是寸步难行。

刘宁：您怎样看待纪实文学在当代文学中的地位和作用呢？

赫拉普钦科：近年来，纪实散文体裁在全世界都得到了广泛的发展。它甚至震撼了世界，因为它揭示了广大公众所不了解的一些事实真相。纪实散文能传播和报道事实真相，这是很需要的。可是我们这里出现了一些有争议的看法，说纪实散文已在当代文学中占据了主导地位，成为主要的体裁。这种观点在许多方面都是站不住脚的。我确认纪实文学是一种一次性使用的文学。你读了它一次，获得了所需要的信息，就没有兴趣和必要再重读它了。而艺术作品则可以反复阅读，而且每重读一遍，你都会有某些新的体会和收获。因此，我们承认纪实散文的巨大作用，特别是新闻纪录电影的不可低估的巨大贡献（最近上映的一些纪念卫国战争胜利四十周年的纪录影片，重现了当年解放明斯克，解放白俄罗斯的可歌可泣的英勇场面，使人们看了激动不已），与此同时却不应忽视或贬低艺术创作的作用。艺术创作毕竟是另一回事，其中不可能没有对生活的广泛概括，因为这是任何真正文学的基础。

关于这个题目我还可以做进一步的阐述。我已写好了一篇文章，但还没有发表。因此您不可能像在别的问题上那样对我的观点了如指掌。在我看来，纪实文学在整个文学中甚至起了某种消极作用。为什么？因为作家开始习惯于由文献资料、事实、事件来代替他们工作。他们并不怎么关心怎样转述这些事件，怎样表达这些材料，也许根本不必为此操心，因为事实本身会说明一切的。任何文学上的修饰加工也成了多余的事，从作者的观点来看，甚至是有害的事，因为这种修饰加工反而会使事实真相模糊不清。这样就滋长了一种对文学创作、对文学工作的某种怀疑、否定的态度，也可以说是一种过分依赖事实的寄生态度。既然事实本身就足以说明一切，那么还要文学创作、文学技巧干什么。这样文学创作、文学技巧就被贬低到单纯记录事实的一种技艺了。从这里我看到纪实散文风靡一时所带来的某些消极影响。我并不否认纪实散文的巨大作用，但是坚决反对把它提高到文学的主要体裁的地步。文学的主要体裁只能是文学创作，它的基础是对生活的广泛概括和理解。真正的艺术永远是对生活中真、善、美的一种发现，而纪实散文无非是对生活事实的一种记录。当然，这种事实本身也许是非常吸引人的。了解希特勒末日的真相是很有趣的，可是一旦读过了有关记述，就不会有重读的兴趣了。

刘宁：米哈伊尔·鲍里索维奇，目前您正在写什么书？

赫拉普钦科：除写些文艺学方面的文章以外，我主要在整理和修订过去发表过的论文。我准备出一部题为《科学、文学、艺术》的著作。这部书就像是我多年研究工作的总结，其中既汇集了我过去的一些重要研究成果，也包括我近年来形成的一些新观点、新见解。

刘宁：米哈伊尔·鲍里索维奇，您的一些论著已译介到我国。您愿意向您的中国读者讲几句话吗？

赫拉普钦科：首先，我非常高兴地获悉我的一些著作能够在贵国翻译出版，并在读者中找到某些知音。我十分珍视中国读者的意见和反映。我衷心祝愿两国文学交流日益发展，苏联文学能够愈来愈广泛地介绍给中国读者，我们的文艺理论和批评方面的著作也能得到介绍。我衷心地祝愿贵国读者身体健康，诸事顺遂，在工作和生活中取得巨大成功。

第六篇

刘宁与苏联美学家尤·鲍列夫的访谈[1]

编者按：20世纪60年代初，中央为了整顿高校教学秩序，提高教学质量，提出统一编写全国文科教材的任务，当时负责规划和指导文科统编教材工作的周扬同志提出要编一本《美学概论》，并由著名文艺学家、美学家王朝闻同志任主编。从1962年起，刘宁也被抽掉参加了美学编写组的工作，直到1964年编出了讨论稿。那几年间，刘宁每周都抽出大部分时间去中央党校参加编写组的活动，因而有条件摆脱校内系里的一些会议活动和行政杂务的干扰，安下心来系统研读中外美学、文艺理论方面的图书资料，深入探讨、思考一些学术问题。在美学编写组，刘宁除了参加研讨大纲和起草初稿的工作

[1] 编者注：此文最初发表在《外国美学》第5辑，商务印书馆，1989年出版，本次编辑根据刘宁《访苏日记》重新做了编辑。

之外，还承担了收集整理苏联美学资料的任务，写出了长达十几万字的《50年代以来苏联美学界的讨论情况》的专题资料。王朝闻对这份资料十分看重。

1984年，李泽厚到北师大做讲座，特别提到了当年跟刘宁共同编写《美学概论》的往事，高度评价了刘宁对苏联美学的研究。1991年，刘宁带着自己的博士研究生访问王朝闻，王朝闻十分兴奋地谈起编写《美学概论》教材的往事。而刘宁也向王朝闻讲述了1985年在苏联访学，直接与苏联美学家交流的新经历。

尤·鲍列夫于1925年出生，如今依然健在。且在苏联解体之后，十分活跃。至今已经发表550余篇文章，50多篇美学、文化学、文学与艺术历史和理论、批评方法论、符号学、艺术阐释学、接受美学、语文学、诗学等方面的学术专著。他的著作已经被翻译成40多种语言。

尤·鲍列夫也是一个散文作家，他编写的政治讽刺小品很受欢迎。

改革之后，尤·鲍列夫兴趣大变，持续编撰“笑话集”，继编撰六七十年代的笑话集之后，相继出版了《法利赛人》(1992)、《传闻和笑谈中的苏联国家史》(1995年)、《在笑话，民谣、寓言、另类回忆录、传奇、传说中的二十世纪历史简明课程》(1995)、《恒星和流星的生活：二十世纪著名演员、作家、运动员和政治家的生活传闻、笑话和趣闻轶事》(1996)、多卷本《二十世纪的传说和笑话》(1996)、《在历史的传闻和笑谈中的犹太人》(1998)、《权力和下巴》(2003)、《谁反对俄罗斯？不倒翁和一个世界的状态》(2005)等笑话集。同时继续他的美学研究，出版、再版《美学》(2004)、《美学（教科书）》(2005)、《美学：与现实的关系；创造；作品；自然和艺术形式；艺术过程；对艺术的态度》(2005)、《二十世纪艺术文化》(2007)、《社会主义现实主义：当代人的观点和当代的观点》(2008)，《卢纳恰尔斯基传》(青年近卫军"名人传"系列)(2010)

刘宁与尤·鲍列夫的访谈，恰好处在鲍列夫思想发展的分水岭。

访谈题记——苏联当代美学发展趋势

1985年7月，我有幸在莫斯科高尔基世界文学研究所会见了该所研究员、苏联著名美学家尤·鲍列夫，同他进行了两个多小时的交谈。他在谈话中回顾了近三十年来苏联美学的发展进程，介绍了其中的一些经验教训，谈到了他对苏联美学界有争议的美学对象、美的本质以及美学方法论的更新等问题的看法。他还相当详尽地介绍了他近年来着重探讨的一些新课题和新构想，并对当代苏联美学的发展趋势做了展望。

对于我国美学研究和美学爱好者来说，鲍列夫的名字并不陌生。早在五六十年代苏联美学界开展的那场关于美的本质问题的激烈论战中，鲍列夫就作为勇于向传统美学观念挑战的所谓“新审美学派”的代表人物之一而崭露头角。他和斯托洛维奇一起创立的“社会说”观点在苏联国内外都颇有影响，并已逐步形成一个比较完整的体系。鲍列夫在运用“社会说”的基本观点研究一系列审美范畴，并以此为基础建立自己学派的理论体系方面的贡献尤为突出。他的主要著述有：《论喜》（1957）、《基本审美范畴》（1960）、《论悲》（1961）、《美学》（1969至1981年已出第3版）等。他的代表作《美学》是当代苏联最畅销的美学书籍之一，并已译成十几种文字在国外出版，这部书的中译本也已与我国读者见面。

同鲍列夫的交谈给我留下了难忘的印象。谈话的气氛是热烈、坦率、友好的。他在谈话中不仅广泛涉及了我国美学界所关心的一些有争议的理论问题和正在探索的新领域，而且结合亲身体会介绍了一些对我们不无借鉴意义的经验教训。当然，鲍列夫所谈的看法只是苏联各美学学派中的一家之言，但对我们了解当代苏联美学发展的趋势及其存在的问题还是很有裨益的。

刘宁：尤里·鲍里索维奇，我国美学界很关心当代苏联美学思想的发展变化，您认为近年来苏联美学发展中出现了什么具有原则意义的新情况？

尤·鲍列夫：战后我国美学经历了一个复兴阶段，涌现出一代具有新的美学观念的理论工作者。这以前，美学理论的发展实际上多年停滞不前，几乎一片空白，作为一门科学的美学已不复存在。这种局面是由一系列复杂历史原因，包括战争的破坏所造成的。我们没有必要在这里花费时间去讨论这一问题。总之，由于一系列历史条件，在 50 年代初我们这新的一代美学工作者开始迈入学术界。我们是在新的基础上，特别是在 50 年代中期新思潮的影响下，开始探讨美学理论问题的。我们这一代思想比较解放，勇于打破禁区，给美学界带来了新的气象和活力。在这一时期崭露头角的美学新星有：齐斯（А. Я. Зись，1910—1997）教授，他属于比我早十年的老一辈美学家，但也是在50年代才开始积极开展理论活动的；塔尔图大学教授列·斯托洛维奇（Л.Столович，1929—2013）；米·费·奥夫相尼科夫通讯院士（М. Ф. Овсянников，1915—1987），他也属于老一辈美学家，长期研究美学思想史，这些年开始积极探讨新的理论问题，出版了研究黑格尔美学思想的专著；还有阿·布罗夫以及其他一些美学家。这一代美学家从新的角度提出了一系列引起激烈争论的理论问题。

首先提出的是关于艺术本质的问题。当时围绕着1956年出版的阿·布罗夫的《艺术的审美本质》一书展开了相当激烈的争论。在争论中揭示出该书在方法论上存在的一些严重缺陷。该书作者断言，艺术的本质是由它的对象决定的，而这个对象似乎是某种与整个世界相割裂的特殊东西。这便是人或人的性格。在讨论过程中，我发表了这样的看法，即任何一门科学，包括美学在内，都不可能孤立地以客观世界中的某一种或某一类事物作为自己的研究对象。每门学科的对象只是从一定的角度所研究的整个世界。这个问题应当从马克思主义关于社会实践在人类认识过程中的决定作用的观点出发来探讨和解决。就拿医学来说吧，也不能认为它的研究对象只局限于人。医学研究的范围涉及各种化学元素，物理现象，天文地理、阳光、空气、海洋……可以说，包括世界上的一切现象。可是，医学是从所有这些因素，这些现象对人的健康所发生的作用和影响的角度来进行研究的。对于艺术来说，也是如此。它的对象是广泛多样的整个世界，但它是从培养和形成人的个性的角度来反映整个世界的。因此，人的个性并不是艺术的对象，而是艺术的目的。我正是从这次争论中所确立的这一立场出发，开始研究各种审美范畴的。1960 年出版了《基本审美范畴》一书，后来又扩充再版，改名为《审美范畴的系统》。

当然，促使我进行系统美学研究的不仅是同布罗夫的争论。对于形成我们这一代美学家的成长来说，更重要的是 50 年代中期以来围绕着美的本质问题开展的热烈讨论。在我看来，研究这一问题的最有价值的著作是塔尔图大学的斯托洛维奇教授于 1959 年发表的《现实中和艺术中的审美》一书。他是我的亲密朋友。我们当时彼此还没有联系，各自独立地进行研究，却同时得出了大致相同的结论。应当指出，虽然我们不约而同地得出了关于美的社会本质的结论，但他对这一美学基本理论问题的探讨和论证要比我更深刻，更严密。

刘宁：这是否便是当代苏联美学中“社会说”一派的发端呢?

尤·鲍列夫：是的，我们是所谓“社会说”一派的创始人。围绕着这一学派所提出的新观念展开了我国美学史上规模空前的一次最激烈的论战。仅仅针对斯托洛维奇的书就发表了两千五百多篇评论文章。其中有二百多篇是全盘否定的，对“社会说”横加许多罪名，什么主观主义、唯心主义、反马克思主义、反现实主义等等，不一而足。当然，这些罪名如今已烟消云散。我们的著作已得到社会公认，不仅在政治书籍出版社一版再版，而且作为高校通用的教科书发行。这不禁使我想起了著名学者巴甫洛夫说过的一段话。他说，当古希腊数学家毕达哥拉斯发明了他著名的勾股定理后，为了感谢神明，曾宰杀了上千头牛羊作为祭品。从此以后，凡是科学上的重大发明总需要付出某种沉重代价作为祭品。我想，这二百多篇谩骂“社会说”的文章大概也就像古代的牛羊祭品吧。

由此可见，这场论战是我国美学思想发展上的一个重大转折。如果说，斯托洛维奇为“社会说”奠定了理论基础，那么我在进一步贯彻和深化这一理论方面则做出了较多的贡献。我不仅把“社会说”的基本观点首次运用于论证美、崇高、悲剧、喜剧等基本审美范畴，而且首次提出我们的美学不应局限于研究这些现有的基本范畴，而应当适应现代生活和审美观念的发展而扩充和丰富美学的范畴、概念的体系。我在《美学》一书第二版中还曾尝试用图解的方法来表明现代审美范畴的体系结构，其中包括各种不同层次的审美范畴类型，如审美关系的类型，艺术本质的类型，审美活动和艺术欣赏的类型，艺术创作心理的类型，等等。

这一时期以及后来一个时期，苏联美学界的研究兴趣和范围逐步扩大，不再局限于美的本质问题的理论探讨。阿·齐斯在《艺术与美学》(1967年初版，1974年再版）一书中，系统论述了与艺术密切相关的一系列重大美学问题，对进一步揭示审美范畴与艺术把握世界的内在联系做出了贡献。应当指出，美学研究的纵深发展既有积极的方面，也有某些消极方面。积极的方面在于随着美学研究范围的扩大，越来越多的美学家力求对审美和艺术现象进行系统的综合研究，深入揭示和把握现代的审美范畴体系。消极的方面则在于众说纷纭，未能通过充分讨论形成比较一致的基本观点和严密的美学科学体系。当时除了像我和齐斯等个人撰写的美学专著，还出版了集体编写的一些系统论述美学基本原理的论著。例如，我和一些美学家都参加了由奥夫相尼科夫主编的《马克思列宁主义美学》（1973）一书的编写工作，这是一部供高校教学用的系统阐述美学基本原理的教科书，但由于执笔的人比较多，每个人都力求贯彻自己的观点，因而该书未能形成一个严密完整的科学体系。虽然参加集体编书的都是一些很有才华的学者，但由于讨论不够充分，没有达到统一全书观点的目的，主编奥夫相尼科夫本人的基本观点就是倾向自然说的。

美学研究中的另一种偏向是脱离艺术实际的纯思辨倾向。这在列宁格勒学者 M. 卡冈（1921—　）的著作中表现得较为突出。他倡导系统分析的方法，是一位很有才华的美学家，但是他的著作却充斥着烦琐哲学，形而上学的理论思辨，缺乏对艺术现象的具体分析和深入研究。在我看来，这种理论思维方式是不足取的。美学理论应当牢固地建立在具体分析研究审美与艺术实际材料的基础上，而不应从纯粹的哲学思辨中衍生出来。对于我们的美学研究来说，当前存在两种危险倾向。一是经验主义，满足于经验现象的罗列和具体作品的描述而缺乏深刻的理论概括和新鲜的创见。另一种是理论脱离实际的抽象思辨，限于空洞、烦琐的概念推理而脱离生动的艺术、审美活动的实践。美学蓬勃发展的唯一正确途径只能是使理论与实践相联系的途径，不是用艺术的事实来图解概念，而是在丰富的审美和艺术实践的事实基础上进行理论概括，形成严密的科学体系。

总之，经过五六十年代关于美的本质的大论战，开始提出和形成了一系列新概念、新理论。在此基础上继续向纵深发展，逐步建立起审美范畴的科学体系。当然，这场论战的余波在今天也并未完全平息，不时还会遇到针对“社会说”的挑战和责难。但是，总的说来，“社会说”已取得了理论上的胜利。高校的一些美学教材采用了我们的理论体系，并培养出新的一代美学工作者。历史的车轮已不可倒转。

六七十年代我国美学的发展又进入了一个新的阶段，即密切联系各部门艺术的实际，探讨有关艺术发展过程、艺术创作和欣赏规律等方面的美学问题。这一时期，各种部门美学，如音乐美学、绘画雕塑美学、戏剧美学、电影美学、舞蹈美学、建筑美学，以及生产技术美学等在不同程度上得到研究和发展。与此同时，在美学研究中开始注意克服两种偏向。一是所谓“欧洲中心主义”。这是我国文艺学和美学研究中一种根深蒂固的顽症，即只注重欧洲文化艺术而忽视对世界其他地区，特别是对东方文化艺术的研究。这时我开始意识到自己的美学论著存在一个严重的缺陷，其中所引用的材料几乎全部取自欧洲的艺术文化史。我的《美学》在出第三版时，已开始注意弥补这方面的缺陷，增补了有关东方以及非洲、拉美等地区的艺术史料。顺便提一下，我曾经指导过一位朝鲜研究生写有关悲剧的论文。她懂中文，在论文中引用了大量中国古代美学思想方面的资料，使我大开眼界，深受启迪。真可谓“青出于蓝而胜于蓝”了。我深感，要建立美学的科学体系，就必须放眼全球，克服“欧洲中心主义”的狭隘观点。中国、印度、伊朗……以及东方其他一些文明古国都拥有丰富、独特的美学思想和艺术文化。一旦掌握和吸收这些思想资料，就会使我们的美学理论研究思路开阔，进入一个新的境界。

在我们美学前进道路上需要克服的另一个偏向是所

谓“文学中心主义”。长期以来，我们的美学和文艺学研究偏重于文学方面的材料而忽视其他艺术的研究。这就使我们的理论思维局限于一定的模式而缺乏广阔的视野和活力。我和其他一些美学家开始意识到，如果能广泛地概括和运用各门艺术的丰富材料，那么对美、崇高、悲、喜、艺术形象等美学范畴的研究就会更深入，更富有新意。我们开始沿着这个方向进行研究，并取得了可喜的成果，出版了一批论述各门艺术和艺术分类的美学专著。我毕业于高尔基文学研究院，受的是文学专业教育。因此，对于我来说克服“文学中心主义”显得尤为迫切和艰巨。一旦意识到这一点，我就迫使自己在继续担任世界文学研究所文学研究工作的同时，到各艺术院校去兼课，每隔五六年轮换一次。我先后在电影学院、史楚金戏剧学院、莫斯科音乐学院、美术学院、建筑学院等艺术院校任教。在同这些学校的学生、研究生和教师交往的过程中，我学到了不少宝贵的知识，增进了对各门艺术的具体特性和规律的了解。这对于我在新的、更广阔的基础上开展美学研究是大有裨益的。当然，这里谈的只是我个人的体会和经验。可是，我所走过的道路在某种意义上说，也是我们这一代美学工作者走过的共同道路。

我国美学发展的下一个阶段是以深入探讨美学方法论问题为标志的。近8至10年间，我国美学界特别重视方法论的研究，开展了有关传统研究方法与现代新方法、新观念的相互关系问题的讨论，探讨了美学方法论的体系结构、艺术作品的分析方法等问题，出版了一批论文集和专著。看来，我们这一代美学家所提出或引起争论的一系列课题，诸如艺术本质、美的本质、审美范畴、艺术种类等问题在原有水平上都研究得差不多了。我们忽然发现，如果找不到新的研究方法，新的研究途径，就很难提出新的研究课题，开拓新的研究领域，整个美学研究也就无法继续深入，从而达到一个新的水平。这同整个世界美学发展的总趋势也是相吻合的。近年来我参加了一系列国际美学会议，会上都涉及了现代美学的方法论更新问题。许多国际上知名的美学家也都提到了有必要克服美学研究中的“欧洲中心主义”的偏向，强调要重视研究东方艺术文化和美学思想。我还担任了专门介绍研究国外美学流派的丛刊《理论，学派，体系》的编辑工作。目前已编出了第五、六辑，其中加强了对东方，包括中国的美学思想和艺术理论的研究和介绍。

刘宁：不知您是否知道，我国社会科学院哲学所美学研究室正在编写一部五卷本的《中国美学史》，已出版了第一卷。希望这部书对国外美学家了解我国美学思想遗产会有所帮助。

尤·鲍列夫：这对于国际美学界是一个很大的喜讯。希望这部书能尽快译成外文，介绍给世界各国美学工作者。

刘宁：尤里·鲍里索维奇，我们对近年来苏联报刊上开展的有关美学对象、美的本质、艺术的本质等一系列重大美学问题的争论深感兴趣。请您谈谈对这些争论的基本结论和前景的看法？

尤·鲍列夫：我在某种程度上已经回答了这一问题。还可以补充谈一点，这些争论对于促进我国美学思想的蓬勃发展是起了有益的积极作用的。当然，在激烈的论战中双方也彼此扣了一些言过其实的帽子，什么经验主义、唯心主义、主观主义、反马克思主义，等等。这是论战中的消极因素，应当吸取教训，创造一个良好的学术讨论风气。然而总的说来，这些论战还是起了很好的作用。没有自由讨论的学术空气，就不能明辨是非，促进学术思想的发展，就不可能形成新的理论观念。“社会说”这一新的审美观念就是在同传统观念进行激烈论战的过程中形成和发展起来的。“社会说”一问世，就显得很不平常，甚至有点荒谬。记得有位著名物理学家曾经说过：“如果一种新的物理学说显得不够疯狂的话，那么在我看来，就未必会是正确的。”“社会说”问世之初，在不少人看来，简直就是一种荒诞无稽的狂想。怎么能说，彩虹、森林、月光、山泉的美具有社会内容呢？其实，正是在这一看来似乎违背常识的奇特命题中包含着深刻的理论思想，孕育着真理的种子。当然，在这里没有必要再具体加以论证，您对这场争论的进展情况是很熟悉的。我只想说明，我们当时提出“社会说”这一理论构想时，就预料到会遇到传统观念的激烈反抗甚至围攻。但是，任何一种新理论、新学说都需要经受严峻考验，战胜重重阻力，在激烈的论战中来证明自己的合理性和生命力。记得当时有一位教授在一篇论战文章中针对我的观点写道：“如果鲍列夫有关美的社会性的论断能够成立的话，那么白桦树就不仅具有美的特性，而且有能力进行思考了。”我也不甘示弱，在文章中答辩道：“在我看来，不仅白桦树，甚至某些以哲学家自居者也未必具有这种善于思考的可贵品质。”由此可见，当时这场论战是怎样触动了某些人的神经，唇枪舌剑达到了何等激烈的程度。

刘宁：您对关于美学对象的争论有何看法？您在《美学》一书中提出了如下定义："美学，是关于受历史制约的全人类价值的本质的科学，是关于对这种价值的创造、欣赏、评价和掌握的科学"，又说美学是"审美活动与艺术活动的哲学"。在您看来，究竟是什么因素把审美与艺术联结成为美学的统一的特殊对象呢？您认为艺术的本质是审美吗？

尤·鲍列夫：这是一个复杂而重要的美学问题。自古以来，各派美学家就在这一问题上争论不休。我国美学界对这个问题也展开过热烈讨论，但至今还不能做出统一的答案。我在《美学》一书中提出的定义只是一家之言，主要是"社会说"学派的观点。我现在仍然坚持关于美学对象的这一定义。在《美学》一书的英文版和德文版中，我扩大了美学研究的范围，补充了一些新的章节，如作为欣赏对象的艺术，艺术的起源与发展途径，艺术的分类及其变化，从符号学角度看艺术语言，等等。但是，目前我还不准备对美学对象的基本定义做任何变动。

在我看来，审美与艺术之所以构成美学的统一对象，就在于它们具有统一的基础，都是具有全人类意义的价值。由于社会历史的实践，世上各种事物和现象被纳入人的利益范围，它们对于作为物种的人的普遍意义和价值，便是审美的价值。可以说，审美活动就是人所进行的具有全人类意义的一切活动。审美活动要比艺术本身广泛得多。审美既存在于现实中，也存在于艺术中。艺术以外的审美活动包括像园林美化，劳动中的艺术设计（基扎因）以及其他文化体育活动中的审美因素，等等。但是，艺术是审美活动的核心和高级形式，是由审美活动发展而来的。审美在艺术活动中达到最高的、理想的表现。在艺术这种形式中不仅包含审美的内容，而且包含艺术观念和具有一定思想情感意义的形象。因此，无论审美本性及其在现实中的艺术中的丰富表现，还是艺术的本质和规律，均为美学所研究的基本问题。故而可以说，美学也是审美活动和艺术活动的哲学，是关于从审美和艺术角度认识世界的规律的科学。当然，关于审美活动与艺术活动的相互关系还有其他一些模式和提法，这是一个需要进一步探讨的复杂问题。

刘宁：您对美学研究中的所谓“传统方法”和“现代方法”的相互关系问题有何看法？您认为系统分析方法在现代美学中有何意义和作用？

尤·鲍列夫：近年来我国美学界关于美学方法论问题开展了热烈的讨论，一些美学家认为应当坚持所谓“传统的”研究方法，把从其他新兴学科移植来的一些最新研究方法，如控制论、信息论、符号学等视若洪水猛兽；而另一些美学家则认为传统的美学方法已经过时，只有从自然科学等其他学科中移植各种最新的方法和概念，才能振兴美学这门古老的科学。在我看来，这两种极端的看法都站不住脚，但都包含有合理的因素。随着现代科学技术的迅猛发展，出现了一系列新兴的边缘学科，整个现代科学的方法、概念体系都在变化和更新。现代美学当然不能置身于这一历史潮流之外。但是，这并不等于说，一切传统的方法、观念都需要抛弃。这种历史虚无主义态度对美学的发展同样是十分有害的。

我认为，应当在某种统一的方法论原则的基础上，综合吸收美学的传统研究方法和现代科学各种最新方法中的一切合理因素，构成一个完整的开放的美学方法论体系。我给自己提出了这样的任务：在坚持历史主义的辩证法原则的基础上，尽可能充分地吸收传统的和现代的各种方法论经验中一切有价值的因素，建立一个能够对审美和艺术现象从整体上进行系统分析研究的方法论体系。

为什么要建立这样的方法论体系呢，这主要是由美学研究对象本身的特点和现代科学所积累的方法论经验这两方面的前提条件决定的。首先，作为审美活动的高级形式的艺术本身就是一种极其复杂而丰富多彩的现象。我想，在人类所创造的一切精神产品中，可能没有什么比荷马的史诗《伊里亚特》、但丁的《神曲》、莎士比亚的《哈姆雷特》、托尔斯泰的《战争与和平》更博大精深的了。应当怎样来分析这类作品呢？当然不能自囿于一两种方法，而必须充分地利用各种有价值的方法、手段和经验，对作品进行系统的整体性分析。

多年来我一直在进行这样的探索。我在《文学问题》杂志（1977 年第 7 期）上发表的《对艺术作品的系统的整体性分析》一文中，概括地阐述了我关于批评和美学的方法论的基本看法。随后我把这一基本思想运用于具体分析普希金的长诗《青铜骑士》，分四个相互联系的程序或阶段对这部作品进行了由表及里的整体性批评分析。后来我发现遗漏了一个环节或阶段，所以在《美学》一书的英文版和德文版中做了补充，把批评分析的方法分为五个阶段或步骤。

我认为，要窥破作品的实质，就同认识任何一件事物一样，需要完成以下五个步骤或程序。第一，必须依据以往积累的全部实践经验，确定关于对象的某种推测，提出初步的设想。否则就无法判断从何入手来分析对象。第二，从各个角度观察、接触对象，以便揭示其外部联系的含义。第三，深入对象的内部，分解它的结构要素，揭示其内部各要素之间的相互联系和相互作用。第四，考察对象的各种功能、效用，从而确定其社会职能和价值。第五，综合概括以上几个阶段所获得的成果，经过去伪存真，由表及里的连贯思索而达到对对象在整体上的实质性理解。

在我看来，对艺术作品进行整体性的系统分析，也必须完成这样五个步骤或程序。第一，必须根据以往经验选择出发点和对该作品的价值形成一般的初步印象。尽管这一初步印象或概观在以后步步深入的具体分析中会被修正或推翻，也必须事先确定研究的方向和目标。否则就会像左拉笔下的那位医生那样，漫无目的地解剖了一辈子狗，最后一无所获。

第二，从各种不同的角度，采用一切可能的方法来揭示作品的外部联系的含义，确定其价值。例如，运用社会学的方法，揭示作品与产生它的时代，社会环境之间的联系，也就是社会历史根源的分析。运用认识论的方法，揭示作品反映现实所达到的艺术真实的程度，判断作品概括生活的广度和深度，等等。运用历史文化学方法和历史比较方法，揭示作品产生的文化历史背景、渊源，以及该作品与其他艺术作品、艺术潮流之间的相互作用和影响。运用传记学分析法，揭示作品与作家生平、思想发展、创作个性之间的联系。运用创作过程分析法，考察作品的创作历史，揭示作品的创作构思，行文处理和修改、手稿的变异等，以便为解释作品的内涵和价值提供依据。

第三，深入作品内部，剖析和揭示作品的结构、风格、语言、技巧等内在因素的作用和含义。这里包括结构分析，揭示构成作品的诸要素（时间、空间、材料等）之间的相互关系及其整体化。符号学分析对作品的语义、符号体系、密码含义进行阐释，破译。修辞学分析着重研究作品的风格、文体，揭示其语调体系的丰富性。实际上作家往往是靠偏离日常规范语言来创造自己的独特语言风格的。普希金的著名诗句：“我不喜欢没有语法错误的俄语”就道破了这一奥秘。您知道，普希金的著名长诗《青铜骑士》是这样开头的：

На берегу пустынных волн
Стоял он，дум великих полн
（在那空茫的海波之旁
他站着，充满了伟大的思想）

如果用中小学语法规范来衡量，这样的诗句大概只能得两分。可是诗人在这里正是有意偏离通常的语法规范，把日常口语化的修辞因素同颂诗体的庄严语调结合在一起，不仅丰富了整个长诗的语调体系，而且鲜明有力地表现了长诗的基本主题：以彼得大帝的铜像为象征的专制国家利益与小人物个性解放要求之间的悲剧性冲突。

第四，对作品的历史职能的含义和价值的揭示。作品的生命力是通过它对读者、对社会所发挥的精神影响和审美作用而实现的。历史职能的研究就是要通过对作品的出版，它与读者的相互作用，社会舆论的反应和批评界的诠释等各个接受环节的分析，进一步揭示作品在被不同时代、不同层次的读者阅读和欣赏的过程中所发挥的作用和实现的价值。例如，我们通过这种研究，就可以知道普希金的《青铜骑士》在出版前送交尼古拉一世审阅，他成了这部作品的第一个读者。恩格斯非常喜爱这部长诗，曾用它来学习俄文。别林斯基对这部作品也很推崇，认为“这首诗是对彼得大帝最大胆、最庄严的礼赞”。但是，这一评论并不完全符合作者的构思和作品的实际，因为别林斯基当时所读到的是经过图书检查官大量删节的版本，等等。对诸如此类的实际材料的研究，有助于我们进一步了解和判定作品的功能含义和价值。

最后一个阶段，是把前面谈到的各个阶段分析作品外部与内部联系的全部成果加以综合、概括，以形成对作品的系统化的整体性判断。这时所得出的结论性的理解已经比最初对作品的轮廓印象更丰富、更深刻、更具体了。

以上所谈到的也就是我对现代美学和批评的方法论体系的构想。我认为，现代美学的方法论应当是一个严整的科学体系。系统分析的方法本身就要求把审美文化和艺术文化看作具有多层次、多功能的、按一定的方式联系起来的有机整体。与此相适应，研究分析审美文化，艺术文化的方法也不能是单一的，或是各种方法的简单汇集，而应当是具有统一基础的完整的体系。我一直把门捷列夫发现的元素周期律视为科学体系的典范。根据这一体系，甚至可以预测出当时尚未发现的一些元素的存在和性质。我认为，有可能在美学研究中建立类似的方法论科学体系。它应当充分吸收一切传统的和最新的美学学派所积累的知识、经验，一切相关的和邻近的学科的新发现、新手段，在历史主义的原则基础上组成一个完整而灵活的开放性体系。我很珍视这一构想，希望能逐步加以实现。

刘宁：按照您的构想，在现代美学方法论体系中大概也需要吸收从其他自然科学和精密科学中移植来的各种实验、统计方法和手段吧？

尤·鲍列夫：您说得很对。在我构想的方法论体系中，就有数学化、模型化、心理实验、计算机控制系统等从自然科学移植来的方法和技术手段。各门科学的协作只会有助于美学和文艺学的研究。

刘宁：您对作为基扎因（дизайн，即工业艺术设计）理论的技术美学的发展前景有何看法？近年来苏联美学界在这方面的研究有何新进展？

尤·鲍列夫：技术美学是现代美学的一个重要分支。我国设有技术美学研究所，专门研究基扎因的理论及其应用。如今基础美学的研究也不能忽视基扎因。在苏联我可能是最早在美学教科书中列专章介绍基扎因和技术美学、实用美学的美学家之一。技术美学在整个美学科学体系中占有愈来愈重要的地位。我在《美学》第二版中还只是把基扎因作为艺术种类之一，而在第三版中则做了重要修正。如今我认为基扎因是在艺术以外的，人们按照美的规律进行创造的一种审美活动的类型，也是人们从审美上把握周围世界的一种方式。技术美学是伴随着现代工业艺术设计的理论与实践而形成和发展的，它不仅涉及产品艺术造型的设计，而且包括劳动条件、生产环境，居住生活环境的美化。因此，基扎因在一定意义上说，是美学渗透到技术，艺术深入到生产中去的结果，是为人们创造出一个符合人的身心健康发展要求的生产环境和生活环境的有力工具。

此外，我还认为，审美活动并不局限于按照美的规律进行生产创造这样一种类型。在现实生活中，还有按照悲剧、喜剧、崇高等其他审美规律进行创造的多种类型的审美活动。例如，在殡葬仪式，群众性的悼念和缅怀活动，陵园的墓碑雕塑等审美形式中，都有悲剧的审美规律的运用。而一些国家盛行的群众性狂欢节又无不具有鲜明的喜剧、滑稽的审美色彩。

由此可见，基扎因是一种联结科学技术与艺术，对人民的物质生活和精神生活都具有广泛影响的审美活动。它一方面要求运用先进的科学技术；另一方面又要求充分发挥人们的审美经验和艺术想象力，创造出技术先进、实用方便和美观大方的产品。特别是在生产自动化的条件下，随着生产规格化和产品系列化，更需要通过工业艺术设计，才能使批量生产的产品具有较高的审美价值。

技术美学也是加强美学与经济联系的重要纽带。最近我在一次会议上就美学与经济的关系问题做过专题发言。我认为，至少可以从以下三个方面揭示美学与经济的内在联系。首先，从理论上讲，列宁说过，艺术能够“在群众中间唤起艺术家，并使他们得到发展”。这里所说的“艺术家”应当从广义上理解，即能够像艺术家那样对待自己的劳动，在生产活动中自觉按照美的规律进行创造的劳动者。这样的劳动者善于依照任何物种的尺度来生产，从劳动中感到审美创造的乐趣，因而他决不会允许自己出废品。可见，美学是同培养和提高生产力中最积极的因素——生产者的审美文化素质，充分发挥他按照美的规律进行创造的能力有关的。审美教育的根本任务就在于培养和造就全面发展的、具有创造能力的个性。从历史上看，在原始社会，由于生产力低下，人们是在饥寒交迫的驱使下从事劳动的；在奴隶社会、封建社会里人们是在棍棒和皮鞭的威逼下，即超经济剥削下进行劳动的；在资本主义条件下，劳动者可以自由出卖自己的劳动力，但他是在金钱支配下劳动的。在未来的共产主义社会，劳动才成为人们生活的第一需要。这就是说，那时人们都会像艺术家那样，出于对美的创造的内在要求去进行劳动。因此，可以说美学是未来经济的重要因素。

其次，基扎因、技术美学在提高产品的审美价值，增长经济效益方面，起着越来越重要的作用。您知道，在我们这里人们常常抢购进口的皮鞋，尽管这类鞋子并不结实，但造型时髦，外观漂亮。而我们国产的皮鞋却恰好相反，相当结实，而外观却令人望而却步。这就表明，随着生活水平的提高，人们越来越注重商品的审美价值而不是它的实用价值。要改进产品的外观、装潢，从而提高其经济效益，就不能不大力提倡和推广技术美学。

再次，技术美学和艺术一样，都是提高整个社会的精神文明，培养良好的社会道德风尚和健康的审美情操的重要的有效手段。您知道，我们正在采取各种措施同诸如酗酒这样的社会恶习进行斗争。在这场斗争中，不能只依靠民警、醒酒所等强制手段，而必须充分发挥美育的作用。美育可以潜移默化地影响人们的生活态度和道德情操，培养人们具有积极创造美的意向和抵制一切丑的事物的不调和态度。

总之，美学无论在物质文明还是精神文明的建设方面，都将发挥越来越重要的作用。

刘宁：您对当代文艺批评的状况有何看法？您怎样理解美学与文艺批评之间的相互关系？

尤·鲍列夫：我认为美学是艺术批评的理论和方法论，两者之间应当是一种相互促进，彼此协作的关系。我在《美学》一书中辟有专章做了详细的论述。

1972年苏共中央通过了《关于文艺批评》的专门决议以来，我国的文艺批评取得了相当大的进展。各文艺刊物都加强了批评栏目，为读者、批评家与作家之间的访谈、交流开辟了新的园地。在高校增设了有关批评理论和批评史的课程，加强了对文艺批评队伍的培养和建设，等等；另一方面，也应当看到，我们的文艺批评还存在不少亟待克服的缺点：不少批评文章质量不高，内容肤浅，缺乏说服力；批评界还有一味吹捧，不讲原则的不良风气；不注重批评理论和方法的更新，等等。尤其令我感到不安的是，近年来美学理论的发展为丰富和更新文艺批评的观念和方法提供了有利的条件，可是批评家们却似乎对这些理论成果不屑一顾或一无所知。要知道，甚至鞋匠做鞋都少不了必要的工具。可是，我们的批评家们却似乎单凭他们的直觉就在那里随意评论世上的一切作品。

刘宁：尤里·鲍里索维奇，您的《美学》一书已译成中文，即将在我国出版。您能否向我国读者介绍一下这部书的编写原则和主要特点？

尤·鲍列夫：首先，请允许我衷心地感谢您带来的这一喜讯。此书已译成十四种文字在国外出版，这已是第十五种文字的译本了。我特别高兴的是这部书能译成有十亿人口的伟大中国人民的语言出版。中文、俄文、英文大概是世界上运用最为广泛、对传播人类文明贡献最大的三种语言了。请向为翻译和出版这本书尽了力的中国同志们转达我的衷心谢意。

我的这部书大致有以下三个特点：

首先，这部书是我一个人写的，它是一部贯穿着统一的基本观点和方法论原则的完整的著作。这就同奥夫相尼科夫主编的，有二十多人参加集体编写的教科书《马克思列宁主义美学》有所不同。我一般地并不反对集体编书，但这要求作者在长期合作共事过程中形成统一的观点，才能彼此密切配合，不至于在一本书中各唱各的调。

其次，我在这部书中力求密切联系文学艺术的实际来阐述美学理论的基本范畴，尽可能广泛地运用各种艺术以及基扎因等审美活动的具体材料来论证和阐发自己的美学观点。我虽是语文专业出身，但力求克服“文学中心主义”，使这本书建立在广泛概括文艺学和艺术理论的材料的基础上，并提高到哲学美学的理论高度，形成完整的理论体系。

再次，尽可能广泛地吸收现代科学的最新成就，探讨新的研究角度和研究方法，不断更新和丰富自己的理论体系。《美学》一书已出版三次，每次再版都做了较大修改，美学问题的研究范围和结构内容都大大扩展了。我的目标是适应现代科学和艺术实践的迅速发展，建立一个能够综合多种研究角度和研究方法，具有统一的历史主义方法论基础而又灵活多变的美学理论体系。

生活本身的发展向美学不断提出新的研究课题，展示出新的研究领域。建设现代美学的科学体系需要美学家与其他学科的学者加强协作，也需要开展国际美学界之间的交流。我们殷切期望能同贵国美学界同行建立学术交流关系，并衷心祝愿他们健康、幸福，在研究中取得更大成就。

第三编　俄苏文学访谈

第七篇

刘宁与苏联老作家瓦·卡达耶夫的访谈[1]

编者按：1986年4月21日，中国的《参考消息》刊发一则短讯："[塔斯社莫斯科四月十五日电]：瓦连京·卡达耶夫逝世"。这则消息被刘宁剪裁下来，粘贴到自己《访苏日记（1985.2—4月）》中3月30日的日记上。这则消息让由于出访苏联的繁重工作而累病的刘宁重新回到了访问这位老作家的时空中。

1985年3月30日下午，刘宁第一次访问卡达耶夫。7月31日，刘宁第二次访问这位老作家，直接向卡达耶夫询问他写的自传小说《我的镶钻石的王冠》（1977）中那些主人公的真实身份。9月14日又进行了第三次访问。

[1] 编者注：此文原载《苏联文学》1987年第4期。收入本书前，根据刘宁《访苏日记》做了修订。

刘宁访问卡达耶夫，是一次“抢救式”行为。卡达耶夫生于1897年，1985年已经是88岁高龄，转年4月，老作家就逝世了。刘宁与老作家的访谈，成了一次“绝唱”。

十月革命和国内战争期间，因为所居奥德萨的特殊“战况”，红军、白军在南俄黑海边这个港口城市“拉锯”，卡达耶夫有一个复杂的军人经历，但是，他的性格色彩更是文学人。

卡达耶夫十几岁就在报刊发表作品，又经过布宁的指点，深得抒情文学之法。20世纪20年代已经有相当规模的创作，30年代就进入了创作成熟期，他的《时间啊，前进》（1932年）为他赢得了小说创作的荣光，而《白色孤帆》（标题是莱蒙托夫的著名诗句“白光闪闪孤帆独飘零”，1936年）给他带来更大的声望，从此跻身一流作家之列。卡达耶夫的作品，戏剧性强，人物性格鲜明，大多数都被改编成电影，影响很大。卡达耶夫生命力旺盛，他的创作贯串苏联时代始终。他是典型的“苏联文学”的代表。

晚年，卡达耶夫的作品常常虚实相伴，真实的历史和艺术的虚构交织。特别是《我的镶钻石的王冠》一书，因为涉及二十、三十年代的文坛“故事”，引发批评界和当事人“后代”的强烈争论。刘宁当面请教这些“虚构”主人公的真实姓名，卡达耶夫亲自一一“指证”的真人姓名、刘宁当场所记的笔录，应该是俄罗斯文学史极珍贵的文献。

在这场对谈中，关于卡达耶夫师承布宁的访谈值得关注。20世纪80年代，尽管经过解冻，布宁的名字已经回归俄罗斯，但是，因为布宁的“流亡作家”身份，提及时，往往有所忌惮，在有关20世纪的各类文学中，始终不给布宁过多笔墨。但是，卡达耶夫直言不讳自己对布宁的师承。刘宁特别记录了卡达耶夫言及师承布宁时的“干脆”与“明确”，这是一种“提示”，提醒读者：双方的访谈是在一个特别的时空语境中进行的。

作为跨越世纪老作家，卡达耶夫对上代人、同代人、后代人的评述十分直率，展现了与“苏联模式”完全不一样的自由和坦率。

刘宁的访谈，特别记录了卡达耶夫对中国极为友善、极为尊敬的态度，应该注意到，卡达耶夫对自己访华时光的回忆，背景是中苏关系尚没有完全“正常化”的时候，卡达耶夫以及家人对中国文化的高度赞美，是老作家自由率性天性的显露，更是中苏文化交流的佳话。

访谈题记——永恒春天的探求者

1986年春夏之交，我因病在北京西郊一所疗养院疗养。这里环境幽静，景色宜人，只是远离市区，消息比较闭塞。一天，我坐在庭园里的一张长椅上小憩，一面翻阅着家人送来的一些过期报刊。突然，一条令人惊愕的报道映入眼帘："杰出的苏联作家瓦连京·卡达耶夫四月十二日逝世，终年九十岁。他的逝世，使多民族的苏联文学受到沉重的损失……"。

这么说，他已经不在人世了。一阵揪心的痛楚和茫然的失落感蓦地袭上心头。眼前绿树成荫，繁花似锦的景色变得模糊不清了。而越来越清晰地浮现在记忆里的则是他那令人难忘的音容笑貌，他那坦率、热情、亲切的谈话。特别是当他不无激动地回忆起自己在50年代的中国之行时，两眼闪现出喜悦的火花，仿佛他又见到了那"永恒春天"的象征：在那令人心醉的四季如春的昆明市郊，在青山绿水之间的一座小石桥上，伫立着一位手捧金鱼缸的中国老人……

我初次见到他则是前年三月底的事。当时莫斯科还是早春天气，公路两旁树林里的积雪刚开始消融，树梢枝头已日渐返青。我乘着一辆出租汽车赶往位于莫斯科西南郊的别列捷尔金诺村，去拜访当时已年近九旬，被人称作是横跨两个世纪的“活着的经典作家”——瓦连京·彼得罗维奇·卡达耶夫。对于许多文学爱好者来说，他的名字是富于传奇色彩的。他不仅亲身经历了第一次世界大战、十月革命和国内战争，第一个五年计划的工业建设，反法西斯的伟大卫国战争这样一系列震撼世界的重大历史事件，并在自己的作品中生动地反映了这些事件，而且还亲身参加了苏联文学创建和发展的全过程，是它承上启下的开拓者之一。卡达耶夫有幸师承俄国古典文学最后一代宗师布宁和柯罗连科的传统，亲聆他们的指教。他的散文作品曾受到高尔基的高度评价。斯坦尼斯拉夫斯基亲自排演过他写的剧本。他同二三十年代灿若群星的一批诗人、散文家，如马雅可夫斯基、叶赛宁、巴别尔、巴格里茨基、布尔加科夫、左琴科等，过从甚密，情同手足。他的著名长篇小说《时间呀，前进！》从构思到篇名都直接受到马雅可夫斯基的诗篇《时间进行曲》的启迪，而伊利夫和彼得罗夫的脍炙人口的讽刺小说《十二把椅子》的题材则是卡达耶夫授意的……凡此种种，都已构成了苏联文学史上令人难忘的掌故。

卡达耶夫是一位勤奋多产的作家。他在 50 年代以前写的一系列重要作品，如反映第一个五年计划建设的长篇小说《时间呀，前进！》(1932)、以英雄爱国主义为题材的中篇小说《我是劳动人民的儿子》(1937)、《团的儿子》(1945)，以及战后完成的描绘从 1905 年俄国革命到反法西斯战争的壮阔历史画卷《黑海波涛》四部曲等，早就载入了文学史册，为作家赢得了广泛的声誉和爱戴。这些作品也大都译成了中文，受到我国读者的欢迎。可是，到了 60 年代，这位年近古稀的老作家竟又焕发出令人敬佩的创作青春。他先后发表了一系列引人注目的新作，如以列宁在巴黎流亡生活为题材的政论性小说《墙上的小铁门》(1964)，回忆性的抒情哲理小说《圣井》、《遗忘草》(1967)、《积木》(1969)、《是被破坏了的生活，还是天王星的神角》(1972)、《我的镶钻石的王冠》(1977)等。这些作品大多取材于往事回忆，但作者在创作手法和文体风格上进行了大胆的探索，不仅突破了传统小说的结构原则，而且突破了某些传统的文学观念。

这些作品在苏联文坛上引起了不小反响，特别是《我的镶钻石的王冠》因涉及对二三十年代一系列重要文坛人物的评价，几乎引起一场轩然大波，可谓毁誉参半，莫衷一是。一些评论家甚至认为，似乎已经出现了一个与过去迥然不同的“新的卡达耶夫”。

这位卡达耶夫究竟是怎样一个人物？他究竟在追求些什么呢？毋庸讳言，当我怀着喜悦和激动的心情去拜会这位仰慕已久的老作家时，心头还是颇有些疑团和忐忑不安的。

当汽车驶近别列捷尔金诺村时，我越来越被周围优美的景色吸引住了。这里林木苍郁，空气清新。坐在车里已可闻到松针和松脂散发的阵阵清香，沁人心脾。车子转入了一条茂密的林荫夹道，只见两旁林间坐落着一幢幢俄罗斯建筑风格的花园别墅。这里便是遐迩闻名的“作家城”了。据说，十月革命前，这里曾是莫斯科一家大贵族的庄园。后经高尔基倡议，于 30 年代拨交苏联作协，在这里创办了“创作之家”。每年都有一批批作家来此度假，悉心写作。苏联文学基金会还拨款在这一带陆续修建了一幢幢别墅小楼，供一些作家长期租用。像法捷耶夫、费定、楚可夫斯基、帕斯捷尔纳克、列·列昂诺夫等许多著名作家都先后在此居住过，并写出了很多传世佳作。

卡达耶夫的别墅就坐落在这条以绥拉菲莫维奇命名的林荫夹道旁。我下车后，推开园门，只见在苍翠、挺拔的松树、云杉掩映下，露出一幢漂亮的木结构两层楼房。绿色的屋顶、白色的门窗、宽敞的玻璃凉台映衬着镶木雕花的褐色墙壁，显得和谐、悦目、大方。庭园里一片幽静，屋旁杂生着一些紫丁香之类的灌木、花草，看来主人对园艺管理并不经心。

应声出来为我开门的是卡达耶夫的夫人，一位和蔼可亲的银发老太太。她热情地说："请进，我们已恭候多时了，正担心您会找不到地方呢。"其实，我比约定的会见时间（下午两点）还提前到了一刻钟呢。她先带我到过道拐角的衣帽架前脱下外衣和帽子，然后请我走进一间相当宽敞明亮的客厅。靠墙放着一张厚实的紫绒长沙发和两张小沙发。右面是一排面朝花园的大玻璃窗，挂着垂地的长窗帘。屋角放着一架大彩电。靠里墙有一座俄式大壁炉，旁边放着一张装着各种瓷器、茶具的明晃晃的玻璃柜。房子中间是一张铺着精致的台布的长餐桌，两边放有六张靠背椅。房间的布置、陈设并无任何引人注目之处，但整个布局却给人以舒适、亲切之感。

卡达耶夫从楼上书房下来，在客厅门口同我握手问好，表示热忱欢迎。他身材高大，宽肩阔胸，只是背有些伛偻，行动有点迟缓，但步伐稳健，一双粗大的手握起来仍很有力量，稀疏的白发散披在他宽阔的前额上，额头和眼窝四周已布满皱纹，但浓浓的眉毛下一对炯炯有神的眼睛却流露出坦率、热情而又善于观察、深思的神情。他那高高的额头，长长的鹰钩鼻，加上那深邃的目光和显示出毅力的嘴角，不知为什么令我想起了以前见过的一幅黑格尔的相片。但是，他的整个风貌、身材、举止给人的印象却不像一位书斋学者，而更像他在《白色孤帆》等小说中描写的饱经人生沧桑和惊涛骇浪磨炼的黑海老水手。那天他上身套着一件淡褐色的高领毛线衣，下着一条宽松、起皱的长裤，脚踏一双便鞋。后来我几次去他家做客，他也大抵是这身打扮，显然这是他平时穿惯了的家常便服。

卡达耶夫让我在长沙发上同他并排坐下，开始交谈起来。

刘宁：您的作品早已经译介到中国，中国读者十分欢迎。我们北京师范大学苏联文学研究所编选的一本《当代苏联小说选》，也收入您的一篇短篇小说《紫罗兰》。

卡达耶夫：（眼中有喜悦的光芒）谢谢，谢谢！我不懂中文，请您把这篇小说的中译文标题和作者的中译名指给我看看。

刘宁：在这里。

卡达耶夫：（用圆珠笔在目录上自己的篇目和中译名下面画上横线作记号。）我知道，你们过去广泛介绍过我国的文学作品，也包括我的一些作品在内。（他的发音略带南方口音的低沉嗓音）但是，我们对近年来的情况不甚了解，听到你们创办了几种专门介绍苏联文学的刊物，翻译出版了不少当代苏联作家的作品，我感到很高兴。我们也译介了一些中国文学作品，主要是古典文学作品。我读过一些，深感这是人类文化的瑰宝，不仅能打动外国读者的心弦，而且对于我们作家来说，也大有值得借鉴之处。您熟悉的艾德林博士答应给我介绍一些中国当代作家近年来的作品，但很遗憾，至今还未见到。

刘宁：（见卡达耶夫态度和蔼，很健谈，取出录音机和笔记本）能否允许我请您回答一些我国读者和文学工作者感兴趣的问题。

卡达耶夫：（面露难色）我很乐意回答您提的各种问题，但我不习惯谈话录音，最好请您记笔记，然后再整理。如有记不下来的地方，我可以说得慢些。

刘宁：好。（我不便强人所难，便打开笔记本，请他回答问题。实际上，在交谈的过程中，他的谈兴越来越浓，而且谈得那样坦率、真切，以致他往往忘了要照顾我记笔记而说得慢些，我也不时听入了神而忘了记笔记……）

刘宁：瓦连京·彼得罗维奇，您作为苏联文学的开拓者之一，阅历深，见识广。请问在您的生活和创作道路上，什么给您留下了最深刻、最珍贵的印象？您认为，一个作家的生活经历和他的创作道路之间是否有密切联系呢？

卡达耶夫：（对我提的这一问题迟疑了一会儿。这时他的夫人在一旁提醒我说，他耳朵有些背，最好把问题再大声重复一遍。果然，当我凑近卡达耶夫的耳朵，重说一遍之后，他连连点头。）这问题提得好，应当从这儿谈起。不过我的一生是这样的漫长，又不知该从哪儿说起。在我一生中，十月革命是一个转折点，是给我印象最深刻，决定我命运的历史事件。我出身于一个普通教师家庭。第一次世界大战期间赴前线作战，两次受伤，中了毒气弹。当我躺在医院治伤的时候，才知道爆发了十月革命，建立了工农兵苏维埃政权。我衷心欢迎十月革命。当然，我是经过长期探索，才在创作上反映出这一新时代的。我从十三岁起就尝试写诗，并在各种不同思想倾向的刊物上发表作品。战争期间，我写了一些关于前线士兵生活的随笔和通讯。我和雷马克等战争题材作家一样，厌恶帝国主义战争，同情普通士兵的命运。1919 年我加入了红军，同邓尼金白匪作过战，后来复员回敖德萨，当了南方俄罗斯通讯社的记者，在哈尔科夫一带从事宣传报道工作。

1922 年起，我迁居莫斯科，为《汽笛报》撰稿，同时也在《真理报》等报刊上发表一些讽刺小品。这时我开始写中短篇小说，主要表现国内战争时期的英雄浪漫精神，同时讽刺揭露新经济政策时期日益抬头的市侩主义，如中篇小说《盗用公款者》。当时我年少气盛，写得多而杂，而真正有价值的作品不多。后来我才逐渐懂得，一个作家不仅应当深入生活，去寻找主题，积累素材，而且应当全身心地体验生活，真切地感受和理解生活，才能抓住时代的节奏和脉搏，写出真正有价值的作品。

我们这一代人永远不会忘记 30 年代初掀起第一个五年计划建设高潮时的那种群众性的劳动热情和首创精神。我和杰米扬·别德内等一些作家、记者参观了第聂伯水电站等一系列大规模建设工程，最后来到马格尼托戈尔斯克冶金联合企业工地体验生活。这时我像受到电击一样，突然感受到那个时代的节奏和主旋律。马雅可夫斯基已在他的《时间进行曲》中唱出了这一旋律："前进呀，时间！时间呀，前进！"我则要用纪实小说的形式表现这一主题：劳动人民力求超越时间，征服时间，赶在时间的前头去创造自己的新生活。我的这部小说获得了成功，发表在卢那察尔斯基、沃隆斯基创办的《红色处女地》上。

后来我又转向革命历史题材，以我在敖德萨的一段童年生活印象为基础，写出了反映 1905 年俄国第一次革命风暴的长篇小说《白色孤帆》。在我看来，三十年代建设高潮中的首创精神与 1905 年敖德萨工人和海员所表现的奋不顾身的革命英雄主义和追求解放、自由的革命浪漫精神是一脉相承的。后来我又写了这部小说的三部续集，统称《黑海波涛》四部曲，贯穿其中的主题是寓于人之中的历史（история в человеке）。

卫国战争期间，我作为随军记者写了不少报道前线生活的随笔、通讯、小品，但给我印象最深刻的是一些丧失父母的孤儿在前线的遭遇，我亲眼见到一些团队收养了这些孤儿，他们也以团队为家，以战士为榜样。整个团队集体承担起在硝烟弥漫的火线上培养、教育这些孤儿长大成人的父母职责，这些孩子也自豪地称自己为“团的儿子”。我为这些感人的事迹深深打动，写了中篇小说《团的儿子》。小说发表后，甚受读者欢迎，很快译成了许多国家的文字。

刘宁：这部小说确实写得真实感人，在我国青少年中也引起了广泛反响。我一直想知道，您是完全根据真人真事写的吗？小说主人公万尼亚实有其人吗？

卡达耶夫：（笑了笑）这样的事例在当时部队中是相当普遍的，我就遇到过好些这样的孩子。我塑造人物从不拘泥于某个具体原型，而是力求概括他们的典型特征，特别是要突出能够激发我的情感和想象的性格特征。在此我要提起一件往事。当我五十年代访问贵国时，一次去动物园游览，见到许多戴红领巾的可爱的少先队员正在兴致勃勃地观赏笼子里的各种珍禽异兽。可是不知怎的他们认出了我，围着我欢呼跳跃，问长问短，表示要向团的儿子学习。此情此景，令我终身难忘。

刘宁：瓦连京·彼得罗维奇，哪位古典作家对您创作的影响最大？您的创作同哪些文学传统有密切联系？

卡达耶夫：（回答得干脆、明确）布宁对我的创作影响最大。我认为自己是布宁的学生。我还在敖德萨上中学的时候，就同他相识了。我拿着自己写的诗稿去向他请教，他非常耐心地指点，甚至做些修改。后来我还经常去他家做客，把一些短篇小说初稿念给他听。他每次总是细心地提出一些修改意见，把我看作他的学生。他是我文学创作上的启蒙老师。当时文坛上流行着形形色色矫揉造作、无病呻吟的颓废诗风和否定传统的虚无主义情绪，布宁教导我懂得了什么是真正的诗歌，懂得了生活中到处都有诗。只要细心观察生活，善于发现和真切感受生活的诗意，并勤学苦练，不断提高写作技巧，就能写出真正有价值的作品。正是在布宁的影响下，我才形成了对生活诗意的敏锐内在感受，才不断地探索和更新创作手法和技巧。当然，在政治思想立场上，我同他是有分歧的。我属于十月革命后成长起来的一代作家，而他后来却长期流亡国外。然而，布宁作为一位卓越的散文大师和杰出的文体家，至今仍是我们一代又一代散文作家学习的楷模。

访谈场记——遗忘草

谈起布宁，卡达耶夫就流露出难以抑制的深情。后来我读了他回忆布宁的抒情小说《遗忘草》，才进一步了解到布宁对他影响之深。这种影响不仅在于文学技巧风格方面，更重要的是教会了他独立地观察世界，不倦地探索和发现自己独特的艺术境界。“应当完全独立自主地观察周围世界，不仿效任何人，哪怕是列夫·托尔斯泰或普希金。就是说，要善于摆脱任何文学影响，完全独立自主地观察各种现象和事物，并且绝对按照自己的方式来描写它们。”这就是布宁给卡达耶夫的最主要的遗训。

卡达耶夫：我也非常喜爱托尔斯泰和契诃夫，向他们学习到不少东西。但是，我并不模仿任何一位古典作家。我力求博采各家之长，为我所用。我很早就开始文学创作，受到过各方面的影响，对许多当时流行的文学流派发生过兴趣，但我始终保持着自己的创作个性。我有自己探索的主题，这就是：人民的根基何在？知识分子的根基何在？其实，这也正是俄国古典作家按各自不同的方式一直努力探索的中心主题。

刘宁：那么，您对二三十年代的苏联文学如何看待？您在同辈作家中最接近和最喜爱的是哪一位？您又是怎样看待二三十年代的文学传统与当代文学的联系的？

卡达耶夫：（毫不含糊）尤·奥列沙[1]，他是我最亲近、最喜爱的作家。从在敖德萨上中学时候起，我俩就成了莫逆之交，海阔天空，无所不谈，经常彼此朗诵各自的诗作。当然，有时我们也为一些文学问题争吵得面红耳赤。我很喜爱他的诗歌。他富有一种特殊的诗人气质，善于敏锐地感受和发现别人在生活中不易察觉的诗意，并通过鲜明、新奇的比喻、象征、联想表现出来。他的许多诗篇至今仍以其真挚的情感，丰富的想象，新鲜的感受和激昂、奔放的节奏激动着千百万读者的心弦。他虽已故世，但他在同时代的读者心目中已成了一位传奇

[1] 在此有刘宁补注：Ю.К.Олеша（1899—1960）俄罗斯苏维埃作家。二十年代曾与卡达耶夫、巴格里茨基、伊利夫等在敖德萨组织诗社，后在莫斯科《汽笛报》与卡达耶夫共事，写过诗歌，讽刺小品等。主要作品有长篇小说《嫉妒》（1927）、小说集《樱桃核》（1931）、剧本《善行录》、自传性随感集《无日不动笔》（1961）。

式人物。我们比亲兄弟还亲，因为我们是在如火如荼的同一个革命和文学磁场中熔炼成长的。他的一部分心灵已经同我的心灵永远联结在一起了。不知他的遗作《无日不动笔》(《Ни дня без строчки》) 是否已译成了中文?

刘宁:（惭愧。摇头）我自己也还未曾读过这部书。

卡达耶夫:（毋庸置辩的语气强调）这是一部奇书，是苏联抒情散文的瑰宝。这是作者心灵的自白，是一部哲理性与抒情性完美结合的自传性小说。当然，翻译起来，难度也是相当大的。奥列沙是一位杰出的修辞家。他善于用华美、贴切的比喻来表达他那瑰丽的想象和激昂的情感。要知道，诗歌是想象的女儿，或许正好相反，想象是诗歌的女儿。

（又谈起了与他接近的一些同辈散文作家）同我比较接近的散文作家，有巴别尔、左琴科、布尔加科夫等。伊利夫和彼得罗夫是我的亲友，他们的讽刺才能还是我发现的呢。我们都力求表现时代的真实，刻画出二三十年代五光十色的人物群像，把夸张以至荒诞的喜剧情节，讽刺手法与城市日常生活的真实写照有机结合起来。当然，我们又有各自的风格和个性。巴别尔是我们中间的长者，当时他已颇有名气。高尔基和马雅可夫斯基都很赞赏他的散文作品。他写了不少描写骑兵团日常战斗生活的中短篇小说，善于运用俄国南部一带的土语来刻画人物，并富于幽默情趣，甚受读者欢迎。巴别尔的文风看似粗犷，实际上他很崇拜福楼拜那种精雕细刻、字斟句酌的文体。他时常提醒我要用比写诗更精心的态度来写散文，要为每一个短句，每一个形容词绞尽脑汁。这种语不惊人死不休的严肃创作态度固然对我很有教益，但也容易束缚自由想象，陷入玩弄辞藻的形式主义，无异于作茧自缚。谢天谢地，后来我终于摆脱了这种束缚，形成了自己追求朴素、自然、自由联想的散文风格。

我和布尔加科夫也很熟悉。他很有才华，但一生坎坷，命途多舛。他观察敏锐，极富洞察力，善于透过日常生活的表面现象，揭示出别人觉察不到的生活潜流，把握时代的气氛和脉搏。例如，他于1925年写的小说《白卫军》就别开生面，以白卫军官作为作品的主人公，深刻揭示了他们复杂矛盾的心理和内心的痛苦，有力地表现了把自己的命运与注定覆灭的反革命势力联系在一起的那一部分俄国知识分子的深刻悲剧。根据小说改编的剧本《图尔宾一家的命运》在莫斯科上演，获得很大成功，但不久就遭到禁演。他晚年穷困潦倒，埋头写他的不朽之作《大师和玛格丽塔》，反复修改，几易其稿，但在作者生前却没有得到发表机会。我和他在《汽笛报》编辑部共过事。他曾在剧院当众朗诵过我的剧本《盗用公款者》。他还把《大师和玛格丽塔》的部分手稿念给我听，包括小说的开头几章和有关耶稣遇难的圣经故事，征求我的意见。当时我就感到，这是一部将震撼世界的不朽之作。

刘宁：（忍不住插话）我最近才读了这部小说，深为它尖锐揭露现实矛盾的讽刺力量和奇谲怪诞的丰富想象力所征服。不知小说所描绘的二三十年代莫斯科生活，特别是文学界的种种矛盾是否符合当时的生活真实？

卡达耶夫：毫无疑问，这部小说所描写和揭露的那个时代的社会生活和文学界状况是相当真实的。当然，其中关于魔王（沃兰德）逞威、耶稣遇难等情节是幻想虚构的。但整个小说是一个有机整体，幻想和现实两条线索是交错发展，相互辉映的。布尔加科夫在这部书中，同当时的文学批评界做了一番清算，把那些见风使舵、狐假虎威的学霸文痞，那些挥舞“批评”大棒，以扼杀文坛生机为能事的所谓“批评家”们的真实面目揭露得淋漓尽致。这部小说带有自传性。书中那位怀才不遇的落魄大师就是作者的自画像，而玛格丽塔则是以他的夫人为原型的。老实说，如果没有她忠贞不渝的爱情的鼓舞和支持，没有她协助抄写、修改，作者是不可能写出这部传世之作的。

刘宁：我已建议，我们北京师范大学《苏联文学》杂志编辑部尽快向我国读者翻译介绍这部书。

卡达耶夫：（连连点头）是的，应该。（从他的眼神中可以看出，早就该这样做了。）至于谈到二三十年代苏联文学传统对当代文学的影响，可以开诚布公地说，这种传统的继承关系如今已荡然无存了。现在的一些作家完全是另一种写法，他们未必尊重和了解二三十年代文学的优良传统。我们当时的创作从内容到风格形式都同今天作家的写法大相径庭。当年同我一起开始创作探索的那批灿若群星的诗人、散文作家如今已相继去世，似乎只有我一人还活在这世上。一想起他们，一想起与他们一同逝去的那个充满热情和灵感的时代，我的心就久久不能平静……

访谈场记——卡达耶夫的飨宴和茉莉花茶

卡达耶夫的嗓音显得更加苍老、沙哑了，低垂的两眼变得黯然神伤。正当我想转变话题时，卡达耶夫的夫人和女儿进来请我们入席用午餐，等饭后再继续谈。我乘机起身，从提包里取出带来的一点小礼品：一盒花茶，一条丝围巾和几块绣花茶巾，赠送给卡达耶夫的夫人和女儿。她们首先打开茶叶盒，闻了闻。她女儿高兴地欢呼了起来："乌拉，这是我最喜爱的地道茉莉花茶！"她母亲则对围巾和茶巾上的刺绣工艺赞不绝口："中国的手工艺品多么精美，多么高雅的艺术趣味！"

我们在长餐桌旁坐下，卡达耶夫让我坐在他的右手边，他夫人和女儿坐在左边。卡达耶夫夫人亲自给大家分菜。菜肴很丰富，讲究营养，烧得也可口。除冷盘外，有红菜汤、烤仔鸡、炸土豆、醋栗果子冻等。卡达耶夫胃口很好，因有高血压，滴酒不沾。桌上只有矿泉水，没有含酒精的饮料。席间我问了问卡达耶夫的家庭情况。他有一个儿子，一个女儿。儿子巴维尔在某电影制片厂任编剧，也写些儿童文学作品，当时正出差收集创作素材，没有在家。女儿丽达在莫斯科某科研单位工作，是搞外文翻译的，还译过几部小说。她已是两个女儿的母亲了。每逢周末，她带着孩子驾车来看望两位老人，共叙天伦之乐。平时就只有卡达耶夫老两口住在别墅里，这里很安静，便于卡达耶夫创作。他们城里还有一套住宅，但已多年不去住了。卡达耶夫夫人告诉我，卡达耶夫已多年闭门谢客，这次听说有一位中国学者想见他，立即让她回话说：“我很愿意会见来自中国的客人。”卡达耶夫的女儿也插话说：“的确，我们一家很幸福。父亲很热爱中国。从五十年代访问中国归来后，一直津津乐道在贵国的各种见闻。我从小就听到父亲讲这些见闻，连我也对中国的东西着了迷，特别喜爱喝中国芳郁的花茶。”

卡达耶夫兴致勃勃地谈起了他当年访问中国的情景。1957 年他作为苏联文化代表团成员，与田德里亚科夫、艾德林等一起访问了中国，到过北京、上海、广州、昆明等地。在各地的所见所闻，特别是中国人民的勤劳智慧、殷勤好客、彬彬有礼，都给他留下了美好的印象，处处使他感到这是一个有几千年文化历史传统的文明古国。他的记忆力相当惊人，尽管已是近三十年前的往事，但他连一些细节都记得很清楚，追叙得有声有色，娓娓动人。如谈到茅盾在接见他们时，曾请他们稍候，翻译解释说，他刚开完会，要更衣出来接见贵宾。卡达耶夫问道：“你们中国人是否有这样的习惯，接待贵宾不能穿日常服装，要另换一件，以示礼遇。从这里也可以看出中国的古老文明。”接着他又说，中国人不仅注意礼节，而且说话直爽、坦率，以诚相待，这也使他颇有好感。

在上海他听说他的一个剧本已译成了中文，便问是否准备公演。接待的中国同志直言不讳地告诉他，从剧本的思想内容看，在中国是不会公演的。卡达耶夫说："我很欣赏这种直言不讳的态度。真正的朋友之间就是要开诚布公，以诚相见嘛！"

他还兴致勃勃地说起他在北京逛厂甸的情景。他在一家茶叶店买了一斤茶叶，请售货员分成若干包，以便分赠亲友。他说：店伙计包茶叶的动作是那样灵巧、熟练、精确。只用手一折，就像变魔术似的包出了一包包匀称、美观的小包茶叶，每包里还放上几朵洁白的茉莉花。他赞道："我当时都看入迷了，这简直是艺术，哪里是什么卖东西呢！"

我不禁插话说："您要是看到杭州姑娘采茶的动作？那更会惊叹不已了。"

这时，卡达耶夫夫人站起身来，带着一种隆重的神情说："现在就让我们来品尝客人给我们带来的地道中国茶叶吧！"她从餐具柜里取出一只白瓷蓝花茶壶，沏上了茉莉花茶。等茶沏好后，给我们每人都斟了一杯。她和丽达闻着那沁人心脾的清香，面露幸福的神色，似乎比饮美酒更为陶醉了。

卡达耶夫一面饮着茶，一面沉浸在回忆里。他用低缓的声调，深情地说道：

“我永远忘不了在昆明游览时见到的一个奇妙的情景。雨过天晴，青山绿水历历在目，青翠欲滴。我们路过昆明城郊，看到在一方清澈的池塘上横架着一孔半圆形拱桥，和水中的倒影相连结，构成一个美妙的圆弧。在这座石桥上伫立着一位白发老人。他身穿有些破旧的绸长衫，留着花白、细长的胡须，头戴一顶鸡油菌形状的瓜皮小帽。他双手捧着一只透明的玻璃缸，里面有一条金莲花色的龙眼金鱼自在地游着。老人彬彬有礼地请我们买下这条金鱼。他说的是当地南方土语，谁也听不懂他的话。我们默默地走过他的身旁，这位老人还久久地向我们频频点头。当我回首翘望时，忽见远远的地平线上又有一位白发老人用一根扁担挑着两只竹筐，缓缓地向桥走来。远眺他的身影，活像一架会移动的天平。四周如画的景色，衬托着这老人的身影，天光水色与玻璃缸里的金鱼交相辉映，显得那样和谐、恬静、匀称……此情此景，令我终身难忘。从此，昆明在我心目中成了永恒春天的象征。”

话音虽落，但我们还沉浸在他所描述的那诗一般的意境中。还是卡达耶夫夫人打破了沉默，笑着说："瓦连京·彼得罗维奇一直念念不忘这一情景，不知给亲友们讲述过多少遍啦。他还把这位捧金鱼缸的中国老人写进了《圣井》一书里呢！"

饮罢茶，卡达耶夫上楼到书房里取出他近年来出版的书，题赠给我，计有《少年故事》《斯库梁内墓地》《墙上的小铁门》《是破坏了的生活，还是天王星的神角》《我的镶钻石的王冠》等五本。这些书都是在六七十年代写的，体现了卡达耶夫在美学思想和艺术风格方面的新探索。卡达耶夫向我简略地介绍了这些书的内容。

卡达耶夫：这本《墙上的小铁门》，描写列宁流亡国外期间侨居巴黎的生活、在卡普里岛与高尔基以及其他一些杰出历史人物的会见。

刘宁：您是否见过列宁？

卡达耶夫：这部书不是根据亲身的经历或印象写的，那时我还年幼，而是根据我后来去巴黎游览、参观、访问列宁居住过的一些遗址的笔记、回忆写成的。这并不是历史随笔，也不是小说，甚至不是故事。这是以印象引起的联想构成的沉思、回忆，更确切地说，抒情性日记。

这本《是破坏了的生活，还是天王星的神角》是一部回忆作家童年生活的自传体小说。全书由许多片断回忆连缀而成，但贯串着统一的构思，构成一幅抒情性的童年生活的完整图画。这部书已体现我的新散文风格：对世界的具体感性的生动描绘往往同怪诞的想象、自由大胆的联想，抒情的自白和哲理的沉思交织在一起。

《斯库梁内墓地》是一部记叙我们祖辈几代军人保卫祖国，参加1812年卫国战争和1854年塞瓦斯托波尔战役的英勇事迹的纪实性小说。

《少年故事》记叙了我亲身参加第一次世界大战的经历，细致描写了战壕中的日常生活，回顾青春时代的热恋，富于抒情性与哲理性。

以《我的镶钻石的王冠》命名的集子，还包括了《圣井》《遗忘草》两个中篇，构成具有内在思想联系的回忆性三部曲。（卡达耶夫说，这部书集中体现了他在六七十年代的美学观点和艺术风格的新特征，也是他晚年的代表作。）

刘宁：您的这几部书还都没有译介到中国。

卡达耶夫：遗憾！（感到有点失望和伤心。）可能你们的读者也只喜欢我过去写的《时间呀，前进！》《团的儿子》等作品，似乎只有这些作品才反映了当时火热的斗争生活，因而对近年来我写的一些回忆性作品不感兴趣，甚至感到不可理解。国外其他一些国家也大多认为我的代表作是《时间呀，前进！》《白色孤帆》《团的儿子》等。其实，我的作品，无论是前期还是后期创作的，都贯串着一个基本的主题，这就是：人与社会，人与国家。只是我对现代性的理解与现在一些作家和评论家的理解不同。他们认为，只有写今天的生活，起码是战后的生活，才算现代题材，作品也才有现代性。在他们看来，我已经大大落后于时代了，只能回忆回忆第一次世界大战、国内战争、二三十年代的陈年往事，与亡灵访谈而已。不过，对我来说，这一切都属于“现代生活”。“现代性”应当理解为一个大的历史时代。我活了近一个世纪，亲眼见到了 1905 年革命，第一次和第二次世界大战，当然还有十月革命、国内战争，难道所有这些历史事件不是相互联系，彼此影响的吗？难道这些事件、历史传统与我们今天的生活以至明天的前景不是紧密相连，息息相关的吗？我是以今天的眼光去回顾过去，展望未来的……

正在收拾餐桌的丽达听到父亲语调中流露出伤感、抱怨的情绪，插话说："爸爸，你老是不理解今天读者的心理。他们首先感兴趣的当然是正在发生或不久前发生的事。现代人的生活与你们在二三十年代所经历的生活已大不一样了。"

卡达耶夫：（苦笑）您看，不要说在年青一代的心目中，即使在我女儿的心目中，我也成了老顽固了。

刘宁：瓦连京·彼得罗维奇，在我看来，不能说您顽固保守。我们很感兴趣地注意到您在六十年代以来所发表的作品，无论在主题思想、表现方法还是艺术风格上都有很大变化，体现了勇于探索、创新的可贵精神。您的《我的镶钻石的王冠》发表后不久，我就曾建议《苏联文学》编辑部译载，但后来考虑到这部作品涉及二三十年代的许多文坛逸事和人物，并且用的大多是假名，如不在研究的基础上加以必要的注解，恐怕很难为我国读者所理解和接受。我心中早就存在的疑问，现在正好有机会当面请教：请谈谈近年来您在创作上的新探索，为什么在表现方法和艺术风格上会发生一系列引人注目的变化呢？

卡达耶夫：我不同意把近年来的创作同过去的创作割裂和对立起来。的确，我从不固守某种传统或文学形式。要说我的艺术散文近年来形成了一些新特点、新风格的话，那么这一探索并不是突如其来的。早在半个多世纪以前，当我刚开始文学生涯的时候，我就既尝试写诗，又尝试写散文，后来又写过剧本。我如饥似渴地吸收各方面的知识和营养，既向布宁学习，也向马雅可夫斯基学习。二三十年代我们一些志同道合的诗人、散文作家早就在不倦地探索能够充分表现新时代、新思想的新形式和新风格了。我近年的探索不过是过去探索的继续和深化而已。从六十年初写《墙上的小铁门》和《圣井》开始，我就在探索一种打破时序和空间界限，更为自由开放的散文形式。我深信，按时间顺序描叙事件，展开情节的散文已经过时了。这并非我的什么创造发明。陀思妥耶夫斯基早就说过："时间是什么呢？时间并不存在，时间无非是一些数字，时间是存在同虚无的关系。"我也许正是从这里得到启示，力求在散文创作中打破时序和空间限制，进入一种"无拘无束"的自由联想境界吧？近年来，我力求按照自由联想的方法，把对世界的各种具体感受、印象、记忆，甚至梦幻组织搭配起来，形成一幅幅完整的图画，以体现我的统一艺术构思。生活中五光十色的印象通过联想的黏合作用，就形成了一幅幅镶嵌画。看上去五颜六色，杂乱无章，但寓统一于多样性之中，寓和谐于不谐音之中。这就是艺术家的精心创造，其中体现了他对人生哲理的体验。在二十世纪的现代散文中，往往描写成分胜过叙述成分，想象成分胜过写实成分。近年来我在散文创作中采用的方法可以称作“联想结构的方法”（ассоциативный метод построения）这是我的创造发明。用这种方法写的作品可以称作“想象中的小说”（роман в воображении）。这种自由想象并不脱离现实，而是在作家长期生活体验的基础上，经过作家创作个性的折射、内省而对现实所作的选择和概括。

卡达耶夫：（强调）我的创作是来源于现实生活的，我的作品的形式、风格也是取决于内容需要的。您可能注意到了，我近年写的散文作品都不分章节，既不像小说，也不像叙事诗，既不是随想录，也不是回忆录……而是像自由体的散文诗一样，随着思绪、情感的波澜起伏而自然地分成若干长短不一的段落。我往往采用空一行或两行的办法来划分自然段落。

卡达耶夫随手翻开送给我的一本书中的一页，指给我看。果然，任何一部作品都不分章节，而是用空一两行排印的方法分成长短不一的若干自然段落。长的可以一连几页都不空行，短的可以一行自成一段。

刘宁：这种分段法是否表达了思绪和情感起伏的内在节奏，就像马雅可夫斯基的阶梯诗一样。

卡达耶夫：是的。诗歌有节奏，优秀的散文也应有节奏。每部作品都有自己的独特构思，因而也应有自己独特的语言、节奏和结构。此外，采取这种分段法也是促进作者与读者之间交流思想感情的一种手段，可以让读者有一个停顿、思索、回味的余地。从普希金起，俄罗斯散文就在追求一种内在的节奏美，力求寓诗于散文之中。

刘宁：我希望对您的艺术追求了解得更具体一些，就拿您的最引起人们争议的《我的镶钻石的王冠》一书来说吧？您的创作动机是什么？书中什么使您最为激动？自由联想或艺术想象在这部回忆性作品中又起了多大作用呢？

卡达耶夫：其实，这样的问题我以为在书中都说清楚了，可是人们还总是困惑不解。（他有点惆怅。）这是一部回忆我创作初期文艺界生活和我亲密的文坛挚友的书。但我在书中一再提醒读者不要把它看作是一部客观记叙往事的回忆录，因为这是我在垂暮之年对于自己生活和创作的沉思，也是我心灵历程的自白。尽管书中写的一些场景是以真实事件为基础的，但整个叙述的基调是一种从容不迫的联想意识流。并不能说艺术想象在书中起了什么特别重大的作用，起主导作用的是记忆，是自由联想。而记忆是有选择的，有的记得很清楚，就像昨天刚发生的事，而有的则变得模糊不清了。所以我避免用人物的真名，而是用假名或代号。我并不认为自己在任意虚构，相反，比过去写得更真实了。作家应当善于限制自己的想象，主要的应当善于选择。我深信，选择——这是诗的灵魂。自由联想的写法使我能够筛选掉一切多余的、次要的、表面的东西，而深入到事物和生活过程的本质，深入到人物的内心深处。

至于我在这部书中追求什么，什么使我最激动，我在卷首就点明了。我在追求那“永恒的春天”，力求把我青春时代最可贵、最珍惜的友情、欢乐、灵感、探索的苦恼和喜悦，对未来的憧憬和幻想记载下来，把我的那些先后离开人世的才华横溢，个性各异的文坛挚友们的形象铭刻在用语言塑造的塑像中，使他们流芳百世。总之，我想透过自己近一个世纪的生涯和心灵历程，筛选出我们时代精神文明财富的精华，使之永葆青春。不料这部书发表后，却掀起了一场轩然大波。批评界的一些人对我近年来的新探索感到震惊，不知所措，指责我在这部书中任意歪曲历史事实，夸大自己的作用，等等。但令我感到欣慰的是，同时我也收到了千百封读者来信，他们不但理解这部书，而且喜爱它，为书中描写的一些情景、人物所感动。还有一些我的亡友的亲属也给我来电话或来信，感谢我在书中塑造了他们亲人的生动形象。当然，也有的人责怪我在书中没有提及他们的亲人。其实，我的这部书的主要目的并不在于如实记载历史，而是描写和表达我对二三十年代的莫斯科生活的感受，描写我同时代的人，我的文坛挚友的思绪、情感和创作灵感，这同时也是我自己心灵的自白。

刘宁：（我看得出卡达耶夫提到这些往事，内心并不平静，应该转变话题了。）瓦连京·彼得罗维奇，可以谈谈您是怎样锤炼语言风格的吗？您对现代散文风格有何看法？

卡达耶夫：现代散文正在蓬勃发展，有各种不同的风格流派。但我认为现代散文风格的总趋势是趋于自由奔放。它是自由联想的产物，是现代人内心生活的自由流露。我经常阅读现代外国散文作品，受到加缪、萨特、普鲁斯特等现代派，当然还有现代拉美文学中加西亚·马尔克斯等人的所谓“魔幻现实主义”的影响。然而，我并不模仿其中任何一派，任何一个作家。我有自己的创造，力求写得自由奔放，无拘无束。我并不标新立异，凭空创造什么新的语言风格。我在作品中运用的是非常规范、符合文法规则的标准文学语言。我习惯运用生动的普通口语，力求达到准确、简练、流畅、通俗易懂，从不生造什么怪僻的词汇、形容词之类。

我把注意力集中在文体结构上，力求准确、自然地表达我对世界的感受、联想，从而体现出自己的独特创作个性和文体风貌。我认为巴甫洛夫的高级神经学说也为现代文学创作指明了道路。回忆、联想、幻想以及梦幻、下意识等心理活动都能通过大脑的条件反射等生理心理机能而得到科学的解释。我一直在探索诗和散文的奥秘。这奥秘大概就在于人对世界的复杂微妙的感受和心理反应，就在于外界作用于我的感官而产生的各种感觉、印象，情绪、记忆之间的相互交织、彼此渗透的组合作用。

（卡达耶夫沉默了一会儿，继续回答我的问题。不无伤感）当然，近年来我的一些作品受到了一些人的曲解和误解，有的甚至被视作异端，禁止出版或再版。如我写过一个中篇小说《维特曾经写过》(*Уже написан Вертер*)，交给《新世界》杂志编辑部，久久不能发表。后来在当时还在世的该刊主编纳罗夫恰托夫的支持下，终于发表了。但却遭到上面的非议，一直不能出单行本，也不让收入文集。可是，我有自己的读者，他们欢迎我的作品，理解我的作品，这就足以使我欣慰了。

刘宁：二三十年代苏联文坛上流派纷呈，各放异彩。第一次全苏作家代表大会提出社会主义现实主义的口号之后，是否趋于统一了呢？

卡达耶夫：(提起二三十年代的苏联文学，他的眼里就闪现出喜悦的光彩。)那的确是一个文坛上群星璀璨，大放异彩的时代。那时不仅有唱出时代最强音的优秀诗歌，而且有很优秀的散文。如伊凡诺夫、巴别尔、曼杰利什坦姆、帕斯捷尔纳克等，都写有不少散文佳作。不少人不了解，马雅可夫斯基也写得一手好散文。帕斯捷尔纳克的长篇小说《日瓦戈医生》也是很出色的散文作品。可惜，他们都已先后逝世，只剩下我孤零零一个人了。

卡达耶夫：至于说到什么是社会主义现实主义，谁也说不清楚。这纯粹是一种抽象概念，抽象公式，谁也不会按照这种或那种抽象概念去创作的。什么是自然主义，我能理解，什么是现实主义，就不好理解。什么是社会主义现实主义，则更无法理解了。我了解什么是唯物主义，什么是唯心主义。我相信唯物主义。我深知，没有生活，作家无法写作，没有想象、联想、灵感，作家也无法写作。我按照自己经过长期探索形成的自由联想的方法进行创作。如果读者能够理解我的作品，并为我的作品所打动，引起共鸣，我也就别无他求了。

访谈场记——贴满"标签"的旅行箱

这番话自然使我感到有些意外。因为不仅他满怀深情一再提到的马雅可夫斯基、巴别尔、伊凡诺夫等二三十年代的诗人、散文作家早已作为社会主义现实主义文学的开拓者而载入文学史册，而且卡达耶夫本人当时写的《时间呀，前进！》等一些作品也早被公认为那一时期社会主义现实主义的典范作品。后来我读到了《遗忘草》中有关布宁的一段谈话的记载，才似乎对卡达耶夫所说的这番话的含义有所理解。当年卡达耶夫也曾问过布宁属于哪个文学流派。布宁深以为苦地回答说："咳，所有关于这些流派的说法都是一派胡言！批评家们什么流派不曾称呼过我：颓废派，印象主义者，神秘主义者，现实主义者，超现实主义者，寻神说者，自然主义者，天知道给我贴过多少各色各样的标签啊，以致我终于成了一只环球旅行的提包，上面贴满了五光十色、引人注目的标签。这难道能少许阐明我作为艺术家的本质吗？一点不能！我就是我，唯一的，不可重复的，就像任何一个活在世上的人一样。这就是问题的实质。"布宁还意味深长地对卡达耶夫说："阁下，同样的命运也在等待着您。您也会成为一只贴满标签的箱子的。请记住我的话吧！"

也许，事隔半个多世纪之后，卡达耶夫也将为批评家乱贴标签，不尊重作家的创作个性，把"社会主义现实主义"变成某种整齐划一的清规戒律所苦吧。但是，作为苏联文学的开拓者之一，卡达耶夫在思想立场上是同后来由于害怕革命而亡命国外的布宁明确划清了界限的。当布宁讥笑卡达耶夫等一代新作家是被战争和革命冲昏了头脑的“垮掉的一代”的时候，卡达耶夫庄严地反驳说：“我们俄国的这一代可不是垮掉的一代。它虽然可能毁灭，但并没有毁灭。战争摧残了它，可是伟大的革命拯救和医治了它。无论我曾经是怎样一个人，我的一生和创作都应归功于革命。只归功于它。”又说：“我是革命的儿子。也许是个坏儿子。但毕竟是儿子。”我认为，这些话都是发自肺腑之言。

刘宁：请谈谈苏联文学的现状。

卡达耶夫：尽管还有不尽如人意之处，总的状况还是令人鼓舞的。令人欣慰的是近年来涌现了一批很有才华的新作家。如拉斯普京的中篇小说《活着，但要记住》就是一部不可多得的佳作，我很欣赏。只是小说的结尾处理得不自然：这样性格的女主人公不可能为了灵魂如此卑下的丈夫投河自尽。田德里亚科夫是我在文学讲习所指导过的学生，他很有才华，可惜过早去世了。特里丰诺夫也富有才华，他是作为莫斯科风土人情、日常生活的写实家而闻名的。但在我看来，他不过是个中流作家，他的名气有点过分夸大了。至于邦达列夫、卡尔波夫等，都写过一些战争题材的纪实作品，他们是作为军人而登上文坛的。我也是军人出身，也打过仗，但我并不认为一个真正的作家可以专门写战争题材。现实生活是一个错综复杂的整体，既有战争，也有和平，既有城市生活，也有乡村生活。托尔斯泰并不专写战争，屠格涅夫并不专写农村，陀思妥耶夫斯基也不专写城市。真正的作家所写的中心主题永远是人，是人与社会，人与时代，人与历史。

刘宁：您，卡达耶夫，是否有文学上的追随者？

卡达耶夫：这很难讲。因为每个作家接受的文学影响都不是单方面的。不久前，阿纳托里·金给我寄来了他的《松鼠》一书。我读了这部作品，觉得作者很有才华，也许在一定程度上受了我的创作的影响。此外，如爱沙尼亚的作家马蒂·温特的长篇小说《秋天的舞会》也具有心理描写细腻，文笔流畅自然，想象丰富，情感真挚等特点。看来，我在散文风格方面的探索和创新不会后继无人了。

说到这里，卡达耶夫饱经沧桑、布满皱纹的脸上露出了欣慰的笑容。

刘宁：最后，我想问您的工作制度和方法。

卡达耶夫：我遵循列夫·托尔斯泰的工作方法：每天起得很早，在园子里稍做活动后，一直写作到中午。您今天来访前，我就正在书房写作，已一连工作了几个小时了。我每天坚持至少写作两三个小时。晚上我不工作，我年事已高，精力不济，不能工作那么长时间了。

卡达耶夫夫人这时插话：他晚上除了电视新闻，别的节目很少看，但有中国歌唱家、舞蹈家访问演出的节目，他是从不放过的。

卡达耶夫：天气好的时候，我喜欢到附近森林小道散散步。我的一些创作灵感往往是在漫步途中涌现的。有时我也做些笔记，在一些零散纸片上记下一些印象、构思。我积累了好些笔记本，但在创作中很少利用其中记载的材料。我也写日记，但只简略地记下每天的主要事项。比如您今天来访，我晚上在日记里就会记上一笔。

访谈场记——俄罗斯红茶和中国兰花

说到这里，卡达耶夫的夫人又殷勤地邀请我与他们一起用茶。她用俄罗斯茶炊煮的浓浓的红茶和自家烘制的果馅糕饼来款待我，笑着说："这次我们要用地道俄罗斯方式招待您喝茶了。"但是，她又情不自禁地披上我赠送的那条白丝围巾，转着身子让卡达耶夫和女儿欣赏。接着又问我上面绣的什么花和字样。我解释说：这上面绣的是一幅中国画，兰花象征高洁、幽雅，下角是画家的钤印和落款。这时卡达耶夫忽然想起了一件心事：他访问中国时，茅盾曾送他一枚刻有他的中文名字的印章，装在一只带印泥的雅致的印盒内。他一直珍藏着，但后来不知怎样弄丢了。他十分遗憾地说："否则，我这次给您的赠书，就可以盖上这样的印章了。"我安慰他说，也许可以设法托人从国内再刻一枚。

用完茶点，天色已晚。我起身告辞，卡达耶夫夫妇一直送我到门口。卡达耶夫再三叮嘱我，看完他赠的书有什么问题，可以随时再来问他。卡达耶夫的女儿怕我认不得回去的路，驾着自己的一辆红色日古里轿车把我送到电气火车站。当我乘郊区火车回到市区时，莫斯科已是暮色苍茫，万家灯火了。

访谈后记——中国印章和镶钻石的王冠

后来我又两次去过卡达耶夫家做客。一次是在七月底。雨过天晴，披上夏装的别列捷尔金诺山村显得分外妖娆，处处绿树成荫，芳草鲜美。卡达耶夫夫妇殷勤地招待我在玻璃凉台上吃午餐，这次他们的儿子巴维尔也在场作陪。大家谈得很融洽、热烈、亲切。我把托人从国内捎来的一方刻有卡达耶夫四个字的石章和印泥盒送给卡达耶夫。他十分高兴地收下了，说："在我垂暮之年，能收到来自中国的如此珍贵的礼物，内心十分感激。"饭后，卡达耶夫详细地解答了我在阅读他的《我的镶钻石的王冠》等作品中遇到的一些具体疑难问题。例如，书中涉及的一系列化名人物究竟是指哪些真实文坛历史人物，所描写的一些事件和人物相互关系究竟哪些是真实的，哪些是虚构的，等等。卡达耶夫的谈兴甚浓，给我讲了不少当时文坛上的奇闻逸事，使我大开眼界。

九月中旬，我回国前夕又专程去彼列捷尔金诺村向卡达耶夫和列·列昂诺夫两位老作家辞行。卡达耶夫夫妇说了许多依依惜别的热情话语，并赠送了我一只水晶玻璃花瓶。卡达耶夫深情地说："在我的记忆里，中国永远是一个像昆明那样四季如春、鲜花怒放的美丽国家。我深深怀念当年热情友好地接待过我的中国朋友们。那些当年在北京动物园围着要我签名的少先队员们现在都已长大成人了。

我向他们致以良好的祝愿。当年在昆明郊外遇到的那位手捧金鱼缸的老人不仅永远铭刻在我的记忆中，还写进了我的书中……他大概已不在人世了，愿他的灵魂安息吧！”

当我写这篇纪念文章的时候，正值卡达耶夫逝世一周年。北京的四五月正是桃红柳绿，春色宜人的大好季节。此时在莫斯科郊外的别列捷尔金诺村，大概也是满园春色关不住了吧？令人黯然神伤的是在那里的林荫小道上再也见不到这位白发苍苍的老人漫步的身影了。可是，他半生孜孜不倦地追求和讴歌的“永恒春天”——那给人类生活带来希望、幸福和欢乐的一切真、善、美的事物，却是永远不会消逝的。

愿他的灵魂安息吧！

第八篇

刘宁与列·列昂诺夫的访谈[1]

编者按：苏联时代的著名作家列·列昂诺夫是棵常青树，1899年生，1994年逝世。95个岁月，经历了帝俄时代、苏联时代、俄罗斯联邦时代。他的创作参与了整个20世纪俄罗斯文学的发展过程。

1915年，他开始发表诗歌作品。1920年作为在读的莫斯科大学学生，参加工农红军，在南方战线作战，成为战地记者。战场归来之后，他积极进行戏剧创作，20年代，他已经获得较大成功。1939年，列·列昂诺夫推出剧本《暴风雪》，演出不久，就被禁演，因为其中涉及了30年代后期的政治生活，他求助当时的最高权威日丹诺夫，却遭到日丹诺夫训骂。直到1962年10月18日，

---

[1] 编者注：此文原载《世界文学》1987年第2期，此次根据刘宁《访苏日记》做了重新编辑。

苏共中央宣布为这部作品恢复名誉。

受俄罗斯文学传统影响，列·列昂诺夫追求创作的深刻性，追求创作出探究时代大主题并超越时代的鸿篇巨制。《暴风雪》的遭遇，没有打消他触及敏感问题的创作力。在俄罗斯文学，同时也在世界文学范围内，他率先敏感地发现了“森林”与“开发”的问题。他在20世纪50年代初，写出《俄罗斯森林》。小说表面上写的是关于俄罗斯森林的“农林学”的科学学派之争，是“经济题材”和“科学题材”，但是，小说探索的问题超越了经济领域和科学领域，它所探讨的是俄罗斯生态、世界生态，继而上升到从哲理的高度探索俄罗斯大地以及整个地球的人与自然的关系。《俄罗斯森林》获得极大成功，获1957年列宁奖金。

此后，列·列昂诺夫几乎沉寂，全力以赴创作一部大型作品。这就是他去世前一年发表的《金字塔》。这是一部长达1500页的巨著，列·列昂诺夫从20世纪40年代就开始动笔，经过半个世纪的漫长创作历程。这是一部“魔幻小说（роман-наваждение）”，作者用古犹太的《以诺书》、古埃及的《亡灵书》构为“互文”，探索当下生活背后的哲理。这是在苏联时代和解体关头探索上帝、起源、耶稣、法老、圣母、天使、魔鬼等等神秘问题的“哲理—神秘小说”。

刘宁访问列·列昂诺夫的时候，正是作家创作这个“大部头”作品的“尖峰”期，作家把话题几次引到“哲学”上，恰好是其创作兴奋所致。

1972年，在多次落选之后，苏联科学院高层特为他增设名额，尽管有很大阻力，最终列·列昂诺夫还是被选入苏联科学院院士。

刘宁对列·列昂诺夫的访谈，由这位老作家亲口向一个外国研究者讲述苏联文学发展史，讲述俄罗斯文学史，讲述自己在86岁的高龄依然顽强地构建未来的文学大厦，这些话语的存留，是俄罗斯境内也难以寻觅的档案。

刘宁对列·列昂诺夫的访谈，至少三次。第一次是1985年6月9日，在莫斯科郊区的作家村别列捷尔金诺。第二次是1985年9月14日，还是别列捷尔金诺。另一次是1988年11月6日，在莫斯科。刘宁十分重视对列·列昂诺夫的访问，每一次都有详尽的访谈记录。

访谈题记——今天的作家应当成为哲学家

1985年6月初的一个星期日，我由苏联汉学家李福清博士陪同，专程到莫斯科郊区的别列捷尔金诺村访问了正在乡间别墅消夏的苏联著名老作家列·列昂诺夫。

列昂尼德·列昂诺夫的名字对我国读者来说并不陌生。他是苏联文学的开拓者之一。在肖洛霍夫逝世以后，他可以说是苏联老一辈作家中最负盛名的代表。他经历了十月革命的风暴，从20年代起即从事小说和戏剧的创作，先后发表过《獾》《小偷》《索溪》《斯库达列夫斯基》《通向海洋之路》《俄罗斯森林》等著名长篇小说以及许多中、短篇小说。他的优秀剧作《侵略》《金马车》等，在苏联剧坛上独树一帜，至今仍是一些剧院的保留剧目。列·列昂诺夫创作才华曾受到高尔基的高度评价，被誉为"当代最有天才的作家之一"。在长达半个多世纪的文学生涯中，列·列昂诺夫为苏联文学的发展做出了多方面的重大贡献，赢得了国内外广大读者的喜爱和尊敬。他长期担任苏联作协理事会书记、苏联科学院院士等职，曾多次荣获列宁勋章，并被授予社会主义劳动英雄称号。

列·列昂诺夫已年逾八旬，平时深居简出，很少会客。在苏联文坛上，像他这样亲身参加了苏联文学创建和发展的全过程，至今还健在的老一辈作家已是屈指可数了。

别列捷尔金诺站是一个不起眼的小站，附近几乎看不到什么住宅和商店。可是，这里却是遐迩闻名的“作家城”的所在地。像法捷耶夫、费定、楚可夫斯基、帕斯捷尔纳克、卡达耶夫、西蒙诺夫等著名作家都先后在此居住过，并写出了许多传世佳作。楚可夫斯基、帕斯捷尔纳克等作家逝世后，还根据他们的遗愿安葬在村边寂静的山林墓地里。

列·列昂诺夫的别墅就坐落在这条以绥拉菲莫维奇命名的街道上。这是一座进深相当大的花园别墅，庭园内佳树成荫，遍种奇花异草。在绿树掩映下，有两幢漂亮的木结构小屋，靠园门的一幢是列·列昂诺夫的女儿住的，靠后的一幢是列·列昂诺夫本人住的。

我们来到了后面一幢别墅的客厅。这间客厅不算宽敞，陈设也相当俭朴。靠窗放着一张长方木桌，周围放着几把靠背椅。墙上挂着几幅风景画和照片。屋角还放着装茶具的玻璃柜和冰箱之类。我环顾了一会儿，才发现使这间屋子真正生色增辉的并不是任何屋内的家具、摆设，而是从那两扇敞开的玻璃窗外映入眼帘的满园秀丽景色。

列·列昂诺夫从隔壁书房快步走出来，同我们握手问好，表示热忱欢迎。他中等个子，身材瘦削，戴一副深色窄框老花眼镜，须发斑白，但一双深邃的眼睛却炯炯有神。他显得比我从相片上得到的印象更为苍老，像是一位文质彬彬、过惯书斋生活的老学者。但是，在交谈过程中，我却发现这位年已古稀的老人不仅精神矍铄，而且举止灵活，表情丰富，不时打着手势，甚至敲击桌子来加强语气。

列·列昂诺夫请我们在长桌前坐下，开始热烈交谈起来。

刘宁：这是中国新近出版的您的小说《俄罗斯森林》的中译本，这是我们北京师范大学出版的《苏联文学》杂志，赠送给您。您的作品译成中文的还不多，这可能是由于您的作品富于哲理性，语言丰富，寓意深刻，翻译起来难度较大。

列·列昂诺夫：我早已理解这一情况。我的作品不仅翻译起来比较困难，而且难以改编成戏剧或电影。我对几部根据我的作品改编的电影都不很满意，剧院的导演和演员在上演我的剧本时，也往往感到有些场面和台词很难处理。其实，一个作家没有必要让读者吃自己嚼烂了的东西。如果写出的作品让人一览无余，味同嚼蜡，那还有什么改编的价值呢。比如陀思妥耶夫斯基的《卡拉玛佐夫兄弟》中的一些人物访谈，在看似平淡无奇的寥寥数语中蕴含着多么丰富而深刻的哲理含义和心理内涵。

刘宁：非常感谢您接受我们的访问，如果可以的话，能否请您回答我国读者和文学工作者感兴趣的一些问题。

列·列昂诺夫：非常高兴回答中国朋友的问题。

刘宁：列昂尼德·马克西莫维奇，您作为苏联老一辈作家的杰出代表，走过了光荣而漫长的生活和创作道路。请问，在这条道路上什么给您留下了最深刻、最珍贵的印象？什么对您成为一个作家影响最大？

列·列昂诺夫：两年前，当高尔基纪念馆经过修葺重新揭幕时，我应邀发表了讲话。我一般不善于即席演说，这次却情不自禁地回忆起一段难忘的往事。我说，也许1927年在高尔基家做客的一段时日是我一生中最幸福的日子了。那时我的长篇小说《小偷》刚问世，高尔基来信邀请我和妻子赴意大利索伦托他家做客。我们受到了高尔基十分亲切、友好的接待，心情很舒畅。那里的一家大出版社还准备出版我的作品选集，过去他们在俄罗斯作家中只出版过托尔斯泰、契诃夫的作品。这一年，我的一个剧本（《温其洛夫斯克》）在莫斯科艺术剧院首演成功。意大利的五月，风和日丽，夏景宜人。当时我才28岁，结婚刚四年，可谓风华正茂，前程似锦……

但是，在这以后，我的生活中就只有工作、工作……整日就是伏案写作。此外，我还迷恋上了植物学。我千方百计地收集世界各地的植物品种，在我的花园温室里培植有一些奇花异草，其中有几种还来自中国呢。一些生物系的大学生在写学位论文时还利用过我所收集的植物标本。我曾幻想过周游世界的一些名山大川，如攀登阿尔卑斯山、喜马拉雅山，漫游扬子江、印度尼西亚群岛、巴西丛林……尽管这些夙愿都未能实现，但在此基础上，我却写出了长篇小说《通向海洋之路》（1935）。小说主人公库里洛夫虽然身患重病，在梦境中却神游世界各地，预见到革命的东方在扬子江畔的兴起。

在我看来，文学作品中一些最鲜明、最感人的场景、情节往往是作者生活中一些感受最深的经历、体验的反映。如果一个作家的生平确实值得研究的话，那么不妨做这样一个试验。可以任选一位作家，尽管我们对他的生平一无所知，但根据他的全部作品，根据他作品中一系列写得最真切感人的情节、场面，也可以撰写出他的生平传记来。这样的试验也许可以揭示出一个作家所创造的艺术世界究竟是怎样形成的。就像我们可以把一幢大厦分解为各个构成部分，而这些砖瓦、木料、石块、水泥等构件，又无不取之于自然界一样。

刘宁：请谈谈在古典作家中谁对您的创作影响最大？您的创作同哪些文学传统有密切联系？

列·列昂诺夫：人们早就把我的创作同陀思妥耶夫斯基的传统联系在一起了。早在 1925 年，当我的作品首次译成德文在国外出版时，出版者就把我称作“陀思妥耶夫斯基在俄国的门徒”了。当然，把我的名字同陀思妥耶夫斯基这样一位旷世奇才联系在一起，无非是出版商的一种招揽顾客的广告宣传。但是，无可否认，每个作家都有各自师承的文学传统，而陀思妥耶夫斯基对我的创作的影响确实超过了其他古典作家。我在 1924 年就说过，“我们不应当数典忘祖，忘记了自己坐在谁的交椅里”。在深入揭示现代人的复杂性格，揭示人与世界的复杂联系方面，陀思妥耶夫斯基是前无古人的。罗马尼亚的一家杂志《20 世纪》曾请我谈谈对陀思妥耶夫斯基和列夫·托尔斯泰的看法。我画了这样一幅图来说明自己的看法。（说到这里，列·列昂诺夫随手拿起我放在桌上的笔记本和圆珠笔，在本上画了一张图，先是画了一个长方形，然后在中间横向画了一条线，横线上面是一排树，横线下面是倒影。见刘宁《访苏日记（1985.4—6月）》6月9日一则）

列·列昂诺夫：请看，如果中间这条横线标志着河岸，那么上面这些曲线则代表岸边耸立的一片丛林，而下面这些弯弯曲曲、错综复杂的线条则是这片丛林在水中的倒影。这水中的倒影不是要比那岸上林木本身更曲折有致，更深沉感人吗？在我看来，托尔斯泰就好比这林子，而陀思妥耶夫斯基则是这倒影。我感兴趣的并不是对事件本身的如实记述，而是这些事件在人的心灵深处的折射和沉淀，是人与世界的复杂关系在艺术家个性中的反映。如果只是为了了解事件本身，那只要去读新闻报道或回忆录就够了……陀思妥耶夫斯基之所以比托尔斯泰这样的文学泰斗显得更为深刻，正因为他具有向纵深开掘人的复杂内心世界的惊人才能，他创造的艺术世界渗透着他那炽热而深沉的个性。正是陀思妥耶夫斯基的启迪引导着我去深入探索人的复杂内心世界和个性的本质。这也是艺术力求表现的主要对象。

刘宁：在您的同辈作家中，您最接近和喜爱的是哪一位？您怎样看待过去的传统与当代苏联文学的联系呢？

列·列昂诺夫：我难以回答这个问题。在同辈作家中，我们分别属于各种不同流派。我不善于，也不习惯议论同时代的其他作家。但是，我认为，我们生活在一个伟大的转折时代，人类未来五百年的命运将取决于今天。文学应当促进关于时代真理的深刻思考。然而，今天的世界文学却缺乏这样的思考。在西方一些国家，人们的物质生活尽管相当富裕，但在精神上却相当空虚、贫乏。在其他一些国家也缺乏进行这种宏观哲理思考的激素和器官。我这样讲，当然不是说我自己就善于这样思考，而是说在今天这个时代特别需要这样的思考。今天不仅需要有综观世界各地事件的横向思考，更需要有深入追溯、探讨人类历史和文化渊源的纵向思考。诸如创造古代文明的一些民族的兴衰，暴力在历史上的作用，人与自然的相互关系等等问题，无不值得人们去深入探讨。这种探讨的难度当然很大，但对于人类今后的命运却具有重要意义。我觉得，这是能够帮助人们在世界历史的迷津中判明方向，找到正确出路的唯一途径。今天的作家应当成为哲学家。我希望能有作家、艺术家承担起这样的重任，把关于人类历史命运的深入思考通过鲜明、丰满、生动的艺术形象传达给读者，促使更多的人去思考时代的重大问题。今天的人们是多么需要深思啊！

刘宁：列昂尼德·马克西莫维奇，您的创作的题材相当广泛，究竟什么题材对您说来是最主要的呢？据说，每个作家都有他最贴心的主要作品，您认为，哪一部书是您的主要作品呢？

列·列昂诺夫：对于我来说，主要作品是我还没有写出来的那一部书。我正在写一部长篇小说，很多年以前就动笔了，至今只发表了片断。我担心自己年事已高，没有时间把它写完了。我的文集已经可以出十几卷，可是我想写的主要作品还没有写出来。其实，一个作家毕生所写的就是一个基本主题，他的全部创作无非是在不同时期，从各种不同角度对这一基本主题所作的或深或浅的探索。就好像各族人民世世代代都在歌颂、赞美普照大地的太阳，却永远不会穷尽这一主题一样。

刘宁：现在请您谈谈创作长篇小说《俄罗斯森林》的动机是什么，这部书中什么使您最为激动？您是怎样实现小说构思的呢？

列·列昂诺夫：这部小说的构思，说来话长。我父亲是一位农民出身的新闻记者。我虽然从小生长在城市，但一直向往农村，眷恋大自然的美。后来我成了作家，但对植物学一直怀有浓厚的兴趣。您现在从窗外看到的满园林木、花草，都是我多年来亲手栽培起来的。

人与自然的相互关系是我长期思考与探索的一个主题。我越来越为俄罗斯森林的命运忧虑不安。1947 年我写了一篇题为《保护绿色之友》的文章，打响了保护和合理利用森林资源的第一炮。当时还很少有人充分意识到这一问题的严重性和紧迫性。人们到处都在滥砍滥伐。不仅在俄国，而且在世界各地森林都面临着一场浩劫。随着人口的增长，工业和城市的发展，毁林开荒，毁林筑路建矿等现象日趋严重，加之连年的战乱灾荒，更加速了森林的大量被毁。俄罗斯一向以富甲天下的森林资源闻名于世。但是，几个世纪以来，俄罗斯笼罩在一片阴森森的斧光锯影之中，森林资源日趋枯竭。农民习惯于焚林肥田，用整根整根原木垒砌房屋；政府建造军舰，修筑铁路，迅速吞噬着百年巨林；国库连年亏空，也要靠向西欧出口大量木材来弥补。只要稍稍回顾一下历史，就可以看出俄罗斯的命运从来是与森林的命运息息相关的。

大自然似乎在用森林这座宝库考验人类的理智和良

心。俄国和国外的一些先进的林学家早就在呼吁保护和合理利用森林资源。德国人很聪明，在 19 世纪末就发明了一种持续不断地合理利用森林资源的轮回采伐制。根据这一学说，森林的年采伐量不应该超过年增殖量。他们在东普鲁士一带推行了这一方法，获得了良好效果。俄国杰出的林学家，如图尔斯基、莫罗佐夫、柯普钦科等人，也都极力主张在俄国建立这种合理利用森林的制度。遗憾的是，他们的呼吁在很长时期都没有得到人们的理解和支持。十月革命以后，苏维埃政权一时也顾不上抓这方面的工作，滥砍滥伐之风在一些地区仍在蔓延。甚至连叶卡捷琳娜女皇时期栽植的一些林区也砍光了。1935—1936 年间，我国学术界曾就森林资源的保护和利用问题展开过争论，但后来一些林学家却因为主张恢复森林轮伐制而被扣上了阻碍和破坏国民经济发展计划的罪名，甚至被捕入狱。

怎样对待森林资源以至整个自然环境、自然资源，这不仅是涉及一个国家或地区的资源开发的国民经济问题，而且是一个涉及为子孙后代造福还是造孽，人类的文明和良知能否得到继承和发扬光大的重大问题。马克思早就希望人类能够学会预见一切活动的长远后果。他说过，任何一种自然财富都不是只赋予哪一代人的，它们属于整个民族和人类的千秋万代。自然本是统一的有机体，牵一发而动全身。例如，在我国北方，许多世纪的滥砍滥伐导致北部辽阔平原的沼泽化和冻土苔原化。如果不坚决扭转这一趋势，那么调节水分、气温的植被将不复存在，柔弱的树籽再也无法突破苔毡出苗成长，整个北方就将沦为不毛之地。这对全国水土和气候的影响将是灾难性的。森林是人类的绿色之友，是值得大力讴歌的。正是对俄罗斯森林的命运的思考，对人与自然、人与历史这一主题的思考，促使我构思和写出了《俄罗斯森林》这部小说。

当然，不仅在我国，而且在世界各地都面临着保护森林资源，维护生态平衡的严重任务。这就要求各国人民就这样一些涉及人类未来命运和子孙后代幸福的重大问题进行友好交流，开展国际合作。文学可以而且应当在促进各国人民相互了解和友好合作方面发挥积极的作用。让我们放眼世界，面向未来，多考虑这样一些重大问题吧。

刘宁：您的这部小说中的主人公，如维赫罗夫和格拉齐安斯基，是否有生活原型呢？

列·列昂诺夫：维赫罗夫这个人物就是我的写照。我有过令人心酸的苦难经历，在30年代也受过歧视和迫害。甚至连我的妻子都被封锁消息，不让她了解报刊上对我恶意中伤的真相。我个人遇到的这些不愉快的事，已没有必要再旧事重提了。一般说来，我书中的人物虽没有直接生活原型，却是以我的亲身感受和体验为基础的。就以格拉齐安斯基这个人物来说，他并没有直接的原型，但我在生活中确实遇到过不少这种类型的两面派、伪君子。他们善于用堂皇的革命词句掩盖自己的丑恶灵魂，用意识形态斗争做幌子，打击别人，抬高自己。我在刻画这类人物时，并不满足于揭露其丑恶面目，描绘其性格特征，而是力求深入揭示形成这种人物性格的社会心理根源，揭示支配他们言行的隐秘的内心动机，就像研究任何一种生物，都需要深入剖析其孕育生长过程一样。一株植物，如果种子胚胎发育不良，根部受了损伤，那么它的整个树冠、枝茎就会出现畸形，得不到正常的发育。人物性格的形成是一个更加复杂的过程，我们决不应该停留于外部特征的表面描述，而应深入剖析其复杂的内心矛盾和动因。

刘宁：您是怎样锤炼语言风格的呢？您对现代小说的技巧有何看法？

列·列昂诺夫：恐怕在这个问题上我只能旧调重弹

了。我认为艺术家应当对艺术抱一种虔诚的崇敬态度，就像过去文艺复兴时代的大师达·芬奇、米开朗琪罗，后来的现实主义经典作家巴尔扎克、托尔斯泰对艺术所抱的那种献身精神一样。如今艺术在一些人的心目中已经贬低为一种商品、一种手艺了。一些作者急于出书，捞稿费，很少推敲作品的艺术技巧，特别是小说的结构。

譬如说，我有一本书要出版，它定价为三个卢布。一个与我素不相识的读者本来可以用这三个卢布买一瓶伏特加酒或一公斤香肠，而现在却用来买了我的这本书。难道我就不应当尽力把书写得更好些吗？首先应当精心安排全书的结构，使读者能够手不释卷地从头至尾读完它。如果读者在读开头的十几页时，就由于文字散乱而分散注意力，他怎么还会有兴趣继续读下去呢？作者应当像司机那样精打细算地使用燃料，这样才有把握把车子开到目的地。

作品的结构、布局是一个十分复杂的问题。小说各个章节、段落之间的衔接、对应、比例，都需要花费许多心血来安排、构思。这并不是什么单纯的技巧问题，而是为了充分体现作品的主题思想和深入把握情节发展的内在线索。民主德国的一位批评家曾做过这样一个有趣的试验，把一些长篇小说的情节结构用几何曲线、图表数字来加以表示，然后比较分析其得失。结果表明，现代小说的一个通病是结构松散、情节拖沓、不善于删繁就简。要知道，文学创作就好比沙里淘金。如果淘洗掉金沙中的一半泥沙、杂质，那么它的含金量也就相应地提高了一倍。同样，作者如果尽量删去作品中一切纷繁、多余的东西，那么它的艺术质量和感染力也就会相应地得到提高。可能有些作者舍不得这样做，因为按印张计酬的稿费也相应地减少了。

我对文学创作一直抱着一种敬畏的态度。早在30年代，我就提出这样的看法：实际上，任何一叠空白稿纸都可以看作是一部潜在的杰作。可以用它来写出一部《伊利昂纪》那样的不朽史诗，当然，也可能用它来写出一部很快被人遗忘的无聊之作。面对洁白的稿纸，我总有一种诚惶诚恐之感，担心笔下写不出像样的东西，反而糟蹋了可能用它来写出的杰作。

我不相信什么神来之笔，掌握艺术技巧是要付出艰巨劳动的。这道理是显而易见的。比如说，如果问我有没有男低音的嗓子？当然有。但如果要我唱上一段咏叹调，那就非得先苦练五年声乐不可。

刘宁：您对现实主义在我们时代的命运有何看法？

列·列昂诺夫：我认为现实主义是唯一可行的途径。我们需要现实主义，因为我们需要了解生活，掌握生活的基本知识。艺术家可以自由地想象，这是他的权利和特长。人们往往是根据一个艺术家的想象力丰富与否来判断他的才华的。但是，艺术想象不可能脱离生活基础。一个艺术家需要具备多方面的生活知识，例如：大车是怎样构造的、怎样扬鞭赶马、怎样用杠杆搬动重物、怎样钓鱼狩猎，等等。托尔斯泰曾经写信向人请教乡下农民盖房是怎样架设大梁的，因为他感到不弄清楚其中的某些细节，就无法把一部小说写下去。

我从来不相信那些先锋派艺术家所标榜的“革新”。没有生活根基的“革新”，只能是昙花一现。艺术上的成就是永无止境的。真正的艺术都是呕心沥血之作，往往需要艺术家付出毕生的精力。艺术天才的悲剧就在于他永远也达不到他毕生所企求攀登的艺术顶峰。我国天才风景画家希什金毕生讴歌俄罗斯森林，可谓登峰造极了吧？可是人们在他逝世后举行的遗作展览会上惊讶地发现，在画家遗留下的铅笔素描、未完成的草图中还包含着多么丰富的灵感和美妙的构思啊！画家在寥寥数笔的铅笔素描中，捕捉到了森林变幻莫测的光线、色调，传神地表达了俄罗斯森林奇特的美。只有把全副身心献给俄罗斯大自然的艺术家，才能创造这样的艺术奇迹。

如今一些年轻艺术家，却总想标新立异，走捷径。有的人还没有写出什么有分量的作品，就急于给自己树碑立传。一些人搞小圈子，相互吹捧，不是封这个为托尔斯泰、陀思妥耶夫斯基，就是捧那个为果戈理、谢德林。真不知天高地厚！记得古代阿拉伯人有句谚语："诗人笔下的墨迹，就像殉难圣徒洒下的血迹一样圣洁。"今天又有多少诗人能够无愧于这句谚语呢？

刘宁：您对今天苏联文学的状况有何看法？什么使您高兴，什么又使您感到不安呢？

列·列昂诺夫：我作为苏联文坛的普通一兵，很难对此发表什么意见。我们有不少有才华的作家，这是令人高兴的事。但是我们各自属于不同的艺术流派，我很难评判别人创作上的得失。

我只想说明一点：艺术家从来是从自己创作的错误中学习，并逐步成长起来的。如果一个艺术家学会分辨自己创作中有哪些错误和败笔，他就会趋于成熟。如果一个艺术家只是考虑怎样才能捞到更多的奖金和荣誉，博得观众的喝彩和掌声，他在艺术上也就日暮途穷了。

艺术家可以而且应当为自己而创作。如果他缺乏内在的创作要求和冲动，而只是一味地迎合某些读者的口味，还能创作出什么有价值的作品来呢?

刘宁：您一般是用打字机写作的吗？您的工作制度和创作计划如何?

列·列昂诺夫：我没有什么严格的创作计划，也不爱谈论自己尚未实现的创作计划。我不仅用打字机写作，也用钢笔、铅笔在一些零碎纸片上写作。用什么工具来写作对我是无关紧要的，问题在于要写出好作品来。就像妇女的美貌主要在于天生丽质，而不在于装饰打扮一样。

刘宁：您读过中国古典作家或现代作家的作品吗？您的印象如何?

列·列昂诺夫：我以前读过一些中国古典文学作品，给我留下了难忘的印象。不过由于翻译过来的语言比较生硬难懂，人名地名也不易记住，我现在很难说出具体的意见。但是，我一直很崇拜中国的艺术。中国的瓷器、铜器、刺绣、牙雕，都是精美绝伦、举世闻名的。我过去见到过一座铜铸的中国罗汉，其造型的生动，神态的逼真，至今使我难忘。

前些时候，中国杂技团曾来莫斯科演出，他们的精湛技艺使观众为之倾倒。有一位 75 岁的老人表演长枪，令人眼花缭乱，叹为观止。这种高超演技是从小勤学苦练的结果，一招一式都凝结着演出者多年的心血和汗水。据剧院一位工作人员告诉我，杂技团的一位年轻演员在演出时稍有失误，他的师傅，那位老艺人便要求他在散场后把这一动作再练习五十遍。我看，这种对艺术一丝不苟的严肃态度，正是今天值得大力提倡和学习借鉴的。

刘宁：您对中苏两国之间的文化交流关系有何想法？您愿意向您的中国读者和同行们讲几句话吗？

列·列昂诺夫：请向我们的伟大邻邦友人——中国人民转达我的良好祝愿，希望我们能生活在非常友好的气氛中，不仅建立正式的文化交流关系，而且建立民间个人之间的友好关系。古代哲人关于各民族友好相处的大同世界曾有过许多美好的设想。而今天一些人却由于现代科学技术的高度发展而变得狂妄自大起来，说什么只要扔两三枚炸弹，就可以毁灭任何一个国家。即使如此，难道整个人类就不受放射尘埃的毒害了吗？我认为，人类的正常良心是不会容忍这种灾难发生的。当今世界上，一方面科学技术、物质文明有了相当大的发展，另一方面人们的道德水准、精神文明却没有相应地大幅度提高。

至今在一些地区战火纷飞，居民流离失所，青年充当炮灰，在国际上恐怖事件层出不穷……这些触目惊心的悲剧难道还不应该促使人们猛醒，引起我们的深思吗？文学家更应当多思考、多交流，因为文化艺术的交流是促进各国人民相互了解，增进彼此友谊的有力工具。

我还要向我的同行，中国作家们表达良好的祝愿。希望他们在表现自己的主题时不要急于求成。尽管我们在追求一位姑娘的时候，心中的目标很明确；但也不能鲁莽从事。先得同她在月光下散散步，请她看看电影，跳跳舞，谈谈心，才能瓜熟蒂落，水到渠成。如果心急如火，刚同姑娘相识不久，就约人家幽会，那怎能不失败呢？作家的创作也是如此。切忌刚形成某个主题，就急于动笔。要使构思酝酿得尽可能成熟一些，当你胸有成竹的时候，自然下笔若有神了。

李福清博士推荐我读过一些反映中国“文化大革命”的中短篇小说，如冯骥才的《啊！》等。这些作品相当真实感人地描写了当时发生的严酷悲剧，给我留下了深刻的印象。我总觉得，也许当时生活中发生的一些事比书中所描写的更为悲惨、残酷。但是，作家并不需要把这些事都一一如实地表现出来，而是要表现出这种可能性，使读者去想象。列夫·托尔斯泰说过，死亡本身并不恐怖，最恐怖的是临死的预感，垂死的状态。艺术家就是要力求把这种濒临死亡的心理状态揭示出来，这才能震撼人心。要达到这种艺术境界，就要求作家在表现所选定的主题时，使构思酝酿得更成熟一些。

当然，作家要写出好作品，还需要具备创作才能。记得有位共青团书记曾在一次创作会议上无可奈何地承认说："同志们，遗憾的是，从事文艺创作还需要具备这方面的才能。"的确，如果你在别的许多方面都很有才干，唯独缺乏创作才能，那何必在文学创作上浪费精力，折磨自己和老婆孩子呢？

总之，文学创作是一项极其艰苦的工作。没有艰苦奋斗、埋头苦干、自我牺牲的精神，是不可能取得真正的成就的。让我们向巴尔扎克、托尔斯泰这样的文学巨匠学习，以他们那种为艺术献身的精神共勉吧！

访谈场记——作家村中作家庭院里的"森林"

会见和谈话已进行了近两个小时。列·列昂诺夫虽然一直谈兴甚浓，但是我们担心他过于疲劳，便起身告辞。列·列昂诺夫从隔壁书房取出两本书，题赠给我。一本是长篇小说《俄罗斯森林》，另一本是中篇小说《攻克维里科舒木斯克》。接着，他又领我们参观了他的书房和花房。书房布置得也很简朴，靠窗放着一张大写字台，上有一架轻便打字机，旁边堆满了稿纸、改稿用的铅笔以及胶水、剪子等文具。一盏带天蓝色灯罩的台灯放在桌子的一角。靠左手的玻璃橱柜上放着一台收音机，供主人休息时收听音乐和新闻。靠后墙的一排书架上放着各种书籍、杂志、文件夹以及药瓶等。屋的另一角放有一张铺着卧具的单人沙发床。看来这间书房同时也兼做主人的卧室。书房有一扇门直通后面的花房，这是原来一间宽敞的厢房改建的。这里的三面墙上都安装了豁亮的大玻璃窗，阳光充足，空气流畅。屋里摆满了各种赏心悦目的盆栽观赏植物，其中有不少不知其名的珍奇品种。列·列昂诺夫最喜爱产自南美的仙人掌、仙人球，他亲手搜集和培植的品种就有近百种之多。在屋角的桌上和搁架上放着各种园艺工具，剪枝、嫁接用的刀、剪，培土用的小铲、小锄，以及灌溉、喷药用的喷壶、喷雾器、橡皮水管等，应有尽有。看来列·列昂诺夫的大部分余暇是在这里度过的。

列·列昂诺夫一直陪送我们到庭园的大门口。握别时，他忽然想起什么似的，指着园门口两株参天的云杉对我说："我要对刚才同您的谈话做一点更正。这两棵树是前人栽的，而园内的其他树木则都是我亲手栽种的。"我回顾园内，郁郁葱葱，花果累累。这是这位白发苍苍的老人数十年如一日，辛勤耕耘，精心栽培的结果。他热爱生活，热爱自然，热爱人类。正是这种浑厚的爱驱使他一直站在苏联文学开拓者的行列，不倦地探求时代的真理和人性的奥秘，呕心沥血地为世人留下了一篇篇脍炙人口的佳作。在挥手向这位老作家告别时，我久久凝视着他伫立在绿树花丛间的身影，默默祝愿他健康长寿，在创作中取得新的丰收。

访谈后记——九十岁老作家的祈愿

1988在回国前夕，我还专程到列·列昂诺夫的寓所看望了这位年近九旬，资深望重的老作家。他热情地接待了我，并清楚地记得三年前在别列捷尔金诺村别墅同我亲切交谈的情景。他说:“您大概还记得,那时我就说过,文学应当促进关于时代真理的深刻思考,应当促进各国人民就维护世界和平,生态环境等涉及人类根本利益的重大问题进行友好交流,开展国际合作。我虽已风烛残年,却高兴地看到近年来不仅世界各国文化知识界人士广泛开展了友好访谈和交流,而且一些政治家、政府首脑也开始能从全人类利益、全球生态平衡的角度考虑问题,并从对抗转向访谈了。”他为戈尔巴乔夫将访问中国,同邓小平等中国领导人会晤感到十分欣慰。他说:“这是我在垂暮之年听到的一个最令人欢欣鼓舞的消息。邓小平是一位了不起的政治家,他善于总结中国革命的历史经验教训,使中国摆脱‘文化大革命’造成的深重危机,走上改革,开放的现代化道路。戈尔巴乔夫提出的新思维也是要为苏联摆脱停滞和落后,为人类摆脱核威胁和生态危机而觅找一条真正的出路。我相信他们是会找到共同语言的。”

第九篇

刘宁与加·特罗耶波利斯基的访谈

编者按：加·特罗耶波利斯基的两部作品会永垂青史。一部是《农艺师的札记》，另一部是《白比姆黑耳朵》。

俄罗斯的“札记”（записки，原意指一组随意记下的笔记）文体，有两大传统：一个是1835年果戈理《狂人日记》创立的“幽室日记”型，陀思妥耶夫斯基的《地下室手记》、托尔斯泰的《狂人日记》都是延续这一文体类型；1847年，屠格涅夫发表《猎人笔记》，“札记”转而成为“观察笔记”，笔记作者以漫游的姿态，记录身边的现实，《农艺师的札记》属于屠格涅夫“观察笔记”型。1952年，奥维奇金的系列纪实性随笔《区里的日常生活》第一篇在《新世界》杂志发表，特罗耶波利斯基受到很大的启发，把自己的“札记”也投寄给《新世界》，当时特罗耶波利斯基已经47岁，毫无文学之名，但是时任主编特瓦尔多夫斯基慧眼识珠，立即发表了这个农艺师的“观察记”。《农艺师的札记》和“区里生活”与“乡村札记”形成了一个呼应，两位“乡土文学”的开拓者的续篇轮番在《新世界》发表，掀起苏联文学的新浪潮。这一点，与1847年屠格涅夫发表《猎人笔记》的境况十分相似。《农艺师的札记》以一个“农艺师”的眼睛来观察，收录了苏联战后乡村的现实，它的真实性和主流媒体讲述的优越性形成很大的差距，因此引发了激烈争论。

刘宁深知这一次浪潮的文学史意义，1984年秋一到莫斯科，就开始寻找当事人特罗耶波利斯基，经苏联作协的努力，终成这篇珍贵的访谈。

小说《白比姆黑耳朵》发表于1971年，写的是一条叫“比姆”的小狗。这条对主人忠心耿耿的小狗，在主人到莫斯科治病之后，开始了寻找主人的“长征”，一路上历尽“沧桑”，饱览世态炎凉。小说一发表，立刻获得巨大成功，曾经被苏联文学理论视为“局限性”的“人道主义”，一夜之间再次回归俄罗斯。这是一部不会被历史淹没的小说，由于它的人性刻画的深度，由于它对人与动物、与大自然关系的细致入微的体悟，把整个苏联文学提升到世界文学的最高处。《白比姆黑耳朵》超越了国别，超越了政治，超越了流派，超越了时代。刘宁对特罗耶波利斯基的访问很自然会把《白比姆黑耳朵》作为中心问题。

特罗耶波利斯基1905年出生，1995年去世，享年90岁，又是一位横贯20世纪的里程碑式的人物。

刘宁的访谈，拉近了中国读者和这位成就独特的苏联作家的距离，通过特罗耶波利斯基的自我阐释，可以在阅读他的作品时体会得更生动，更深刻。

访谈时间是1985年4月11日。

访谈题记——乡土文学的开拓者

我在莫斯科访学期间（1984年9月—1985年9月），很想采访一些久负盛名的“乡土文学”作家，但由于他们大都居住在外省，甚至是边远农村地区，一时很难找到这样的机会。我把这一愿望告诉了著名文学评论家，莫斯科大学兼职能教授阿·奥甫恰连科，他曾热心地为我引见了一些知名的当代作家，这次他也答应帮忙。1985年4月的一天，奥甫恰连科给我来电话，说在作协理事会上遇见了由外地来莫斯科开会的乡土文学作家特罗耶波利斯基，同他谈起了我的愿望，他表示很愿意会见我。奥甫恰连科还叮嘱我说："他已经八十岁了，办完事很快就回外地，你可要抓住这次机会。"我抓紧打电话同下榻宾馆的特罗耶波利斯基联系，约定第二天上午他去作协外事委员会办完事后在作协会面。

刘宁：尊敬的加弗里何尔·尼古拉耶维奇，这是您的《白比姆黑耳朵》的中译本，这是北京师范大学苏联文学研究所出版的《苏联文学》杂志。

特罗耶波利斯基：非常感谢！我去年就看到《白比姆黑耳朵》的中译本了。

刘宁：是的，那是第一版，我给您的是第二版，发行量近十万册。无论成年人还是青少年都很喜欢读您的这部作品。

特罗耶波利斯基：我们两国人民和文学家之间有着传统的友谊，这些年中断了，大家都希望尽快恢复和发展这一友好关系。

刘宁：我可以向您提中国读者和研究者感兴趣的几个问题吗？

特罗耶波利斯基：当然。非常感谢！

刘宁：加弗里何尔·尼古拉耶维奇，您认为，作家的生平经历对他的文学创作有何意义？在您的生涯中什么经历留下了最深刻、最弥足珍贵的记忆呢？

特罗耶波利斯基：很难简短回答这一问题，因为需要回顾自己的一生，但我可以试着简略地谈谈。我生在农村，在农村上学，在农村成为一名农艺师。我从事了多年的育种工作，我所培育的一个良种在黑土地带得到了广泛推广。我热爱农艺工作，为自己在育种方面取得成就而感到自豪。我甚至出了两本介绍自己育种实验方面的经验的书，这些书至今还有一定参考价值。例如，我发明的父本与母本环形种植杂交育种法在一些有关专业书籍中还常被提及。我从事文学创作已是较晚的事，那是因为我有感而作，不能不写。农艺工作、育种试验如此强烈地吸引着我，以至于我埋头于农艺工作达四分之一世纪之久，无暇他顾。我在《新世界》杂志上发表第一批短篇小说已是 1953 年的事，当时我已 49 岁。

刘宁：这是指《农艺师的札记》吗？

特罗耶波利斯基：是的，从这部作品开始，我受到了亚历山大·特里丰诺维奇·特瓦尔多夫斯基（1910—1971）

的赏识。他简直就是拉住我的手，揪住我的衣领，让我站出来，说："往前走！"我以为这是我的唯一文学尝试，不料却成了我的开山之作，一部作品接一部作品，一发不可收拾。所以我把这部处女作献给了亚历山大·特瓦尔多夫斯基——我在世界上最亲近的人。因此，我可以用一句话来回答您所提的问题：什么对我的文学创作影响最大？这就是时代的需要，时代迫切需要写农村，写出农村真相的书。我按照屠格涅夫的传统写这部书，每个短篇都独立成章，有各自的标题，但合起来，又是一部完整的书。

刘宁：您花了很长时间来准备写这部书吗？

特罗耶波利斯基：是的，我花了很长时间来积累、整理素材，农村的现实、农村的人与事，一边思考，一边写札记。1952 年我把第一个短篇寄给了《新世界》编辑部。很快，大概隔了一周，我就接到了特瓦尔多夫斯基的回信，信中催促说："您还有类似的短篇吗？请速寄来。"我于是把平时积累写的东西修改整理出来，陆续都寄给了他。这些札记都是在 1953 年发表的，如果我不是日积月累早就写好了，怎么可能在一年之内写出这么多篇作品来呢？我是一个慢性子的人，写东西很慢，我写

《白比姆黑耳朵》花了整整6年。这部小说原来篇幅很长，有20个印张，后来我删减了一半，压缩到10个印张。当今时代要求写得尽量简短些，人们每天被大量信息所困扰，没有时间和耐心来读那些鸿篇巨制。今天的读者读完《战争与和平》至少要花半年时间，他哪里去找这么多闲暇时间呢！人们要求文风简练些，总之，文字简练是衡量现代文学作品的艺术性的主要标志之一。

刘宁：促使您写《白比姆黑耳朵》的动机是什么呢？

特罗耶波利斯基：很难讲有什么具体的动机，促使我写这部中篇小说。我只是长时间地思考我们的时代，我们的社会，于是产生了想简练地展示我们现实中形形色色的人物，从下层到上层的想法。起初我尝试树立某个主人公，一个非常善良、正面的人物，通过他的坎坷经历，展现城市和农村、工厂和农庄，刻画与他打交道的各式各样人物：工人与农庄庄员、建筑者与耕种者、劳动者与寄生虫，等等。但是，这一切都化为泡影，因为我构思的这个主人公只能是尘世绝无仅有的圣人。大概因为我一生都与狗为伴，我突然有这样一个想法：如果通过一只狗的遭遇来写这一切，又会怎样呢？通过狗的眼睛，从狗的视角，从非一般人的立场来观察世界，来看我们社会，看周围的各种人，我们是谁？我们是怎样的人？我们处于怎样的精神状态？哪里是划分善与恶的界限？如果从一般人的观点来谈论这样一些问题，那往往会流于喋喋不休、令人生厌的说教。可是从狗的视角来看，那就不大一样了。

刘宁：这可是您的一大艺术发现。不仅贵国的广大读者，包括中国的许多读者在内，都是饱含着热泪读完您的关于白比姆黑耳朵的遭遇的。很多人流着泪看完您的小说，看完根据您的小说改编的电影。如何达到这种感人肺腑的艺术效果呢？

特罗耶波利斯基：您知道，一部作品能够引起读者流泪，也就是触动他的灵魂，促使他反省自己。一个冷酷的人是不会为一条狗的故事而流泪的，而一个善良的人都会为这个故事所打动，而去思考、联想到我们现实生活中的许多类似的人与事。我们习惯于回避提及生活中悲惨和苦难的事，总觉得我们这一代人所经受的苦难太深重，不能让下一代、孩子们再受这样的苦，所以尽量不让他们接触、了解人世间的悲苦、世态的炎凉，尽量不让他们伤心流泪。其实，这只会使人们从小丧失同情心，变得冷漠无情！不必为成人流泪而羞愧，也不必为孩子们伤心而担忧。

刘宁：请问，您在写作第一部短篇小说集《农艺师的札记》时，是否读过奥维奇金的《区里的日常生活》？您的文学创作是否受到奥维奇金的影响？

特罗耶波利斯基：是的，我读过奥维奇金的《区里的日常生活》，并受到了很大启发。记得那是1952年的秋季，大田作业已告结束，我正在写一年农艺师工作的总结。这时我读到了《新世界》9月号上发表的奥维奇金的第一篇农村特写《区里的日常生活》。我受到了极大震撼，如梦初醒一般，原来可以这样真实地写农村生活。于是我翻箱倒柜，找出了自己多年来写的笔记、特写，开始整理、修改，到11月底我给《新世界》编辑部寄出了第一篇短篇小说，这便是《农艺师的札记》的开篇之作。

刘宁：一些评论家认为，您属于"奥维奇金流派"，是五六十年代兴起的"乡土作家"之一，您怎样看这一评价？

特罗耶波利斯基：我认为，奥维奇金以他的勇气和坦率，过人的才华和真情为我们打开了一扇文学禁区——乡村文学的大门。紧随奥维奇金之后，涌现了一批直面农村严酷生活真实的作家群。当然，我是其中之一，50年代我就结识了奥维奇金，同他成为无话不谈的知交。我同他也时有争论，那时我写了一些讽刺小说，奥维奇金却不以为然，认为我的风格擅长抒情，而不是讽刺。特瓦尔多夫斯基知道了我们的争论，裁决说：特罗耶波利斯基既是抒情作家，也是讽刺作家。我与奥维奇金的交往转变成一种非常温暖的友情。他在去世前一年还从塔什干给我写了一封感人肺腑的信。

刘宁：哪一位古典作家对您的影响最大？您的创作与哪一种文学传统密切联系？

特罗耶波利斯基：这是一个理所当然的问题。要评价任何一位作家的创作，都必须提出这一问题。因为任何一门艺术，包括文学在内，都不是凭空产生的。历代文学家都在继承、发扬前代文学传统的基础上向前发展。一位真正的作家也只有在他善于借鉴前代作家的创作经验，善于继承和发扬古典文学的优秀传统的情况下，才能在艺术上有所发现，有所创新。每个时代都有自己的经典作家，但经典作家也有真伪之分。伪经典作家很快被人们遗忘，而真正经典作家的作品都流传了下来。例如，在普希金的同时代有个叫格鲁巴耶夫（Голубоев）的作家，他出版的作品有33卷之多，可是时至今日，还有谁知道他呢？我很早就读了屠格涅夫的许多作品，他的小说《初恋》我在13岁上中学的时候就读过了。当然，屠格涅夫的文学传统对于我的创作的影响是显而易见的，这从我的第一部短篇小说集起名《农艺师的札记》，就可以看出《猎人笔记》的影响。我是沿着屠格涅夫的足迹前进的。我深信，屠格涅夫是俄国新型短篇小说的奠基人，我只是在不同时代运用他所开拓的笔记小说的形式来表达现代的生活内容而已。其次，我非常喜爱普希金的作品，他的许多诗歌我都可以背诵。我在15岁的时候，已经能够把莱蒙托夫的长诗《恶魔》从头到尾，一字不差地背诵下来，当然现在我已做不到了。我父亲家里有相当丰富的藏书。他是一位乡村神甫。您知道，在革命前的俄国，乡村中最有学问和教养的人就是神甫了，他上过中学，受过完备的文化教育。在当时我父亲还是一位思想相当进步的知识分子。他的兄弟，我的叔叔是一个政治犯，被判刑流放，在一个居民点停留居住不能超过一个星期。他几乎走遍了整个俄国，后来我的父亲收留了他，在我们村里度过了余生。我的婶娘也是一位革命者，参加过1905年的俄国革命，10年前我为她送了葬。所以，我从小就是在这样一个有文化教养，有革命理想的家庭环境的熏陶下成长起来的。这些都不能不对我日后的文学创作发生影响。

刘宁：正因为如此，所以在您的作品中处处可以感到对俄国知识分子，对那些为理想而忘我牺牲的人所持有的一种深深的敬爱之情。《白比姆黑耳朵》的主人公伊凡·伊凡内奇就是这样一个非常善良，具有一颗金子般的同情心的人，一位典型的俄国知识分子。您是这样构思的吗？

特罗耶波利斯基：您注意到他是一个寡言少语的人吗？要知道，任何话语都不能塑造一个人物，人物是通过他的行为来塑造的。可以用10个印张的篇幅来写一个人物滔滔不绝所说的话，可是却对刻画他的性格毫无帮助。重要的不是他说了什么，而是他做了什么。我把伊凡·伊凡内奇构思为一个卫国战争的退伍老兵，受过伤，心脏附近留有弹片。这是一种隐喻，隐喻在卫国战争中牺牲和受伤的一代人包括心脏受伤的人。这是一种包罗万象和审视人类的目光，由此而来通过狗的遭遇来写人，写人性的善恶。试看比姆是如何观察主人伊凡·伊凡内奇的：譬如，主人站在窗前凝望着远方，久久地沉思。这时，狗就蹲在旁边，也凝望着，沉思着。狗的神情仿佛在说："我亲爱的朋友马上就会坐到桌旁……用小棍在白纸上画。小棍会发出沙沙的声音。"而主人于是说："比姆，怎么样，咱们来工作吧。"于是，真的坐下了。这段描写用了还不到一页纸。需要叙述主人公的生平传记，但我把传记省略了，只保留了这样的细节：主人公常常伫立在窗前，回头望着墙上挂着的亡妻和过早夭折的儿子的照片，然后当着比姆的面，对照片上的女人说："你看，我已经觉得轻松些了。我已经不是孤单一个人了。"您知道，像这样简洁地描写一个人，是很难的。

刘宁：您不觉得中篇小说《白比姆黑耳朵》的结局太悲惨了吗？据我所知，小说和同名电影的结尾曾在广大读者和观众中引起激烈争论。不少人，尤其是青少年，都认为故事结尾让比姆等不到主人回来就悲惨地死去太残忍了，伤害了孩子们幼小脆弱的心灵。您怎样看呢？

特罗耶波利斯基：小说出版，尤其是同名影片放映后，我接到了无数读者的来信，包括国外一些读者的来信。您知道，这部小说几乎在世界所有国家都翻译出版了，在美国、南美洲、加拿大，在欧洲各国，包括社会主义国家和资本主义国家，在苏联各加盟共和国，自治共和国都出了当地语言的译本。成千上万封读者来信，经常提出您提的这个问题：为什么要写这样悲惨的结尾——让比姆死去。我只能写这样的结尾，如果不这样写，写比姆与主人大团圆，就会违背严酷的生活真实，就会陷于温情的感伤主义。在小说的结尾，我用了半页多纸描写了伊凡·伊凡内奇来到春天的林间空地，那里埋葬着他的忠诚朋友——比姆。忽然他感到森林轻松地叹息，这是因为"希望变成现实的时刻来到了"。这奇迹就是春天，就是大地如春，万物复苏！虽然林中还有人在放枪，但春回大地、人与自然和谐相处的步伐是不可阻挡的。这就是我写这部小说的主旨，如果我不这样处理小说结尾，小说的主旨就得不到体现，或者说，得不到充分体现！

刘宁：能否把农村题材看作您创作的主要题材？您怎样看待科技革命对于现代农村生活带来的精神影响呢？

特罗耶波利斯基：至今我主要写的是农村题材，但现代农村生活有了哪些变化，科技革命带来了什么影响，这些问题我都难以回答。60年前比较容易回答农村是怎么样的问题，因为那时的俄国农村是停滞不前的，千百年也没有发生多大变化。革命后农村发生了巨大变化，突然诞生了新的农村。我写过一部长篇小说《黑土地》（1961），描写了俄国中部黑土地带农村发生的反霸剿匪斗争和农业集体化运动。小说的结尾说：一些人认为，这是农村毁灭的开始，而另一些人则认为，这是新农村、新生活的开端。几十年过去了，时间作出了回答。新农村经历了各种风浪，站住了脚。经过工业化、农业集体化以及现在进行的改革和科技革命，农村居民的生活和精神面貌发生了深刻变化。不少青壮年去城市、工地、工厂工作，成了工人。我国工人阶级约有一半是从农村来的，千百万农民离乡背井，来到城市打工，这可是一个巨大而深刻的转变，其中不乏足以引起作家、艺术家关注和创作兴趣的生动素材。大规模的移民、流动人口不仅改变了农村面貌，也改变了城市面貌。农民变成工人，不仅是工作岗位、身份的改变，而且是千百年沿袭下来的传统生活习惯和心理的转变，这往往是一个缓慢而痛苦的过程。留在农村的人口减少了，却要生产出养活城市和全国居民的粮食、蔬菜，这是一个艰巨的任务。技术革命促进了农业生产的发展和管理方式的改革，农村需要掌握先进技术、具有科学文化修养的新型农民、新型经营管理者。当然，这些新人只有冲破和克服保守势力所设的重重障碍，才能逐步成长起来。您从我写的《农艺师的札记》，还有《米特里奇》（也早译成了中文）等作品中，就可以看到新农村成长和发展的艰难过程。但是，我始终是一个乐观主义者。如今不少农村青年上了中学，又到技术学校接受专业训练，然而成为具有文化修养的新一代农机师、农艺师，重新回到农村工作，他们肩负着振兴农业，重建新农村的希望。我甚至预见到，随着经济改革和科技革命的深入开展，终有一天会出现人们由城市回流到农村的前景！

刘宁：您对今天苏联文学的现状有何看法？什么令您高兴，什么又使您感到不安呢？

特罗耶波利斯基：我未必能回答这一问题，因为我对苏联文学的现状缺乏全面了解。当然，我熟悉几十位作家，他们的作品我大多阅读，同其中一些人我有争论，同其他一些人则没有争论。我尤其感兴趣的是年轻一代作家的作品，也就是我的子辈作家，如拉斯普京、阿斯塔菲耶夫、瓦西里·别洛夫、瓦西里·贝科夫等人的作品，他们善于写今天的农村生活，小心翼翼地保护俄国的传统美德和文化习俗。我与他们同属一个流派，难怪我与他们之间保持着最密切的联系。如沃罗涅日市的一些年青作家，《高涨》（Подъём）杂志的编委波波夫、戈尔诺夫等都是我指导的文学讲习班的学员。我把当代苏联作家大致分为三类：一类是苏联文学的老近卫军，包括参加革命和卫国战争的一些老作家，如肖洛霍夫、特瓦尔多夫斯基等。他们创立和开拓了新型的苏维埃文学。我可以不带任何沙文主义情绪地说，这是世界上最优秀的文学。第二类是那些在卫国战争期间诞生和成长起来的作家。战争给他们带来了永远不忘的心灵创伤，他们永远记得战争中牺牲的父母、亲友，人们所受的种种苦难。这些栩栩如生的童年印象促使他们拿起笔来写卫国战争，而他们写得相当好，很有新意，尽管他们并没有亲身参加战争。如果说前线作家写的是火线上的战争，战争中的战争，那么新一代作家写的就是人们心灵所感受的战争，孩童敏感的心灵所感受到的战争。第三类作家是那些战后出生的，对战争缺乏亲身感受的作家。但是这些作家所写的作品都具有一股浓厚的抒情性。他们虽然未亲历过战争，却从亲身参加或感受过战争的祖父母、父母亲老一代人那里听说过有关战争的故事。我并不觉得这对我们的文学创作有什么不好，相反，我深信从这一代年轻作家中会涌现出几位写战争题材的高手。

从文学史上看，例如，写了战争史诗《战争与和平》的伟大作家列夫·托尔斯泰并没有亲身参加1812年卫国战争，当时他还没有出生。他开始写《战争与和平》时，1812年战争已过去40年了。他为了写这部小说，研读了浩如烟海的有关历史文献资料，仅他收集、整理的有关书信就达600多封之多。您如果参观托翁的故居，“亚斯纳亚·波良纳”，并有机会查阅作家收藏的历史文献档案的话，您就会为作家的历史知识的博大精深和为创作小说付出的巨大心血而惊叹不已。我深信在今天，年轻一代的作家中间也会写出无愧于时代的战争史诗作品的，让我们拭目以待吧！在这方面我也是乐观主义者。

刘宁：请谈谈您在创作中语言修辞方面的奥秘。您对于现代散文的语言风格有何看法？

特罗耶波利斯基：我不喜欢对创作问题进行什么深奥的理论思考。我写作的语言就如同我说话的语言一样，自然，流畅，不做任何修饰。我并没有创造发明任何词条，也没有任何故作新奇的遣词造句。我用的语言是从小就学会说的纯正的俄语。当然，现在文学界有一种呼声，提倡保护俄罗斯民间语言的纯洁性，抵御外来话的侵袭、污染。可是，您要知道，在我们所处的科技革命和全球化浪潮风起云涌的时代，要维持祖国语言的原生态是如何的困难。如今在任何一门科学领域，无论是医学，还是物理学，都不断涌现许多新词、新术语，而这些术语是国际通用的。在国际学术会议上，只要写出公式，画出图式，各国科学家都能明白。由此而来的是大量新词条、新术语渗入我们的日常用语。受大量外来语影响的不仅有俄语，而且世界其他各国语言也无法幸免。在日常用语中也是如此。我可以给您描绘一个具体情景为例，看看其中有多少俄语，多少外来语：Я пошёл на вокзал，останвился в своем купе，потом взял чемадан，пошёл через перрон，там купил билет и сел в вагон，и занял свое место в купе。在这段话中，只有一个俄语词——место，其他所有词都是外来语。其中有法语、德语、希腊语，甚至还有突厥语——чемадан。就拿表达长度的量值名称而言，通用的既非俄语，也非汉语，如被认为是俄语的метр（公尺、米），сантиметр（公分，厘米）都是外来语，就拿一般认为是俄语 аршин（俄尺）来说，就其词源而言，也是外来的突厥语，鞑靼语。如果一定要找固有的俄语尺度的话，那就只有 стопа（一步），локоть（一肘，约等于 0.5 米），четверть（四分之一俄尺）了。难道为了维护俄语的纯洁性，我们还要复古，用脚步、胳膊肘来量长度吗？民族的联合必然带来文化的交流，语言的彼此丰富。因此，我只从一个角度来要求文学语言，就是简洁、准确与合乎逻辑。

刘宁：现在请谈谈您的写作计划，您正在写什么作品呢？

特罗耶波利斯基：我不准备谈自己的写作计划。有一次我对一个刊物的编辑谈了自己正在写什么作品，结果该刊物就在封面上刊发目录预告，说我的什么新作即将在该刊发表，使我很被动。

刘宁：那么您有什么书即将出版呢？

特罗耶波利斯基：一家出版社准备出我的五卷本文集，我正在做校订工作。

刘宁：最后，您愿意通过我们刊物向您的中国读者讲几句话吗？

特罗耶波利斯基：我当然很愿意借此机会向中国读者们表达我的衷心谢意，感谢他们真诚地接受了我的作品。他们为之感动、流泪的地方，也正是我创作时为之感动、流泪的地方。我们苏联人从来就真诚地希望同中国人民友好相处。历史已经证实了这一点：我们两国人民谁也离不开谁，只有真诚地、友好地相处，彼此才能繁荣昌盛。近年来两国关系的改善和转暖，使我们感到多么高兴，您在这里已经亲眼见证了这一点。两个伟大的人民重新走到了一起，就像两个老朋友分别重逢一样地使人高兴。

第十篇

刘宁与苏作协第一书记格·马尔科夫的访谈[1]

编者按：格·马尔科夫是一个作家，同时也是苏联时代的文化官员，1971年以后，担任苏联文化界高级职务：苏联作协第一书记。从1971年至1990年，一直是苏共中央委员会成员。1977年成为苏联作协主席。1986年，苏联政治体制改革不久，马尔科夫主动要求离开领导岗位。1991年因病去世。

这样的身份使其话语自然带有“官方”的特点，但是，处于访谈的语境当中，特别是在谈到自己的创作道路的时候，马尔科夫也不一味地打“官腔”。所以，访谈中的马尔科夫的话语，就出现了一种特别的状态：官方话语的正统性和个人创作经验的私人性相混合，主流话语的程

[1] 编者注：本文原载《苏联文学》1986年第2期，此次根据刘宁《访苏日记》做了重新编辑。

式化和个体成长体验的个性化相融合，十月革命后社会主义价值取向和西伯利亚贫苦家庭渊源的思想倾向相熔铸。

这是苏联解体前，苏联文学的一个典型样本。

刘宁充分利用访学的机会，全方位接触苏联文学，从理论到创作，从个体作家到组织机构，都列入他的访谈计划。他与马尔科夫的访谈具有强烈的时代痕迹，是不可多得的历史文献。

访谈题记——深入生活、面向未来

1985 年 8—9 月间，我曾有幸在莫斯科苏联作协两次会见苏联作协第一书记、著名作家格·莫·马尔科夫，并同他进行了长达三个多小时的谈话。他在谈话中不仅相当详尽地介绍了自己的创作道路、创作经验，谈到了他对苏联文学的现状以及文学界有争议的一些问题的看法，而且表达了他对中国人民的友好感情和对发展两国文化交流关系的热烈期望。

对于中国的苏联文学爱好者和研究工作者来说，格·马尔科夫的名字是相当熟悉的。他的一些主要作品，如长篇小说《大地的精华》《西伯利亚》，中篇小说《风中芦苇》《遗嘱》等，已陆续译介到中国。他的新作——长篇小说《面向未来》第一卷敏锐地反映了苏联现代生活中的一系列迫切问题，在国内外引起了热烈反响，并拍摄成五集系列影片公映。至于格·马尔科夫作为作协主要领导人在历次全苏作家代表大会和作协理事会上所做的报告、讲话以及发表的文章等，则更是我们研究苏联当代文学和文艺政策不可缺少的重要文献资料。

同马尔科夫的会见给我留下了深刻的印象。他从西伯利亚穷乡僻壤的一个放羊娃，通过刻苦自学和生活的磨炼，成长为苏联当代的著名作家、作协的主要领导人，至今还不断有具有广泛影响的新作问世。他的创作道路和创作经验无疑是值得我们研究和借鉴的。下面便是我根据当时录音整理的马尔科夫两次谈话的主要内容。

刘宁与苏作协第一书记格·马尔科夫的访谈。

刘宁：格奥尔基·莫凯耶维奇，您作为一位来自人民底层，出身于西伯利亚世代猎户的作家，走过了一条艰苦奋斗的光荣道路。请问，在这条生活道路上，什么给您留下了最深刻、最可贵的印象，什么对您成为一个作家影响最大？

马尔科夫：这个问题并不简单。我遵循我们的导师马克辛姆·高尔基的观点，认为对一个作家具有决定意义的是他在童年时期形成的印象。因此，我在谈到自己的创作经验和文学观点的一些文章中，不止一次地强调了这种早年印象的重要性和作家保持与自己所出身的环境之间的密切联系的必要性。具体到我本人来说，如果我不是西伯利亚人，不是在原始森林中度过自己的童年和少年，不是熟悉当地的猎人和农民，不是在不同程度上亲身参加了改造和建设西伯利亚新生活的斗争的话，那么我就不能写出任何东西。迄今为止我所写的一切，都是同这段生活印象紧密相连的。我不知道这算优点还是缺点，反正我在文学上是个专一的人。我眷恋自己的故乡，总感到她的恩情难以偿还。我从事文学工作已有几十年了，但从未有哪一年哪一月，如果从思念角度讲，则从未有哪一天脱离过养育我的故乡故土。她永远是我赞美的对象、惊叹的对象、研究的对象，也是促使我在艺术上能有所发现的对象。

我出生于西伯利亚托木斯克州的一个猎户家庭。我的童年是在荒无人烟的莽莽原始森林中度过的，那是位于楚累姆河支流的一个小村落，远在托木斯克市东北一百三十多公里之外。在这个与世隔绝的穷乡僻壤里，似乎不可能接触到沸腾的社会生活。然而我却是首先卷入社会生活的漩涡，然后才参与文学生活的。很早我就加入了共青团。那还是1924年为纪念列宁逝世而征收党团员的时候。当时我还不满十三岁。那年从托木斯克大学派来了几位共产党员，在我家乡一带开展宣传鼓动工作，建立共青团组织。那时还很不平静，时有残余的白匪猖狂活动。当时加入共青团是要冒风险的。按照团章规定，至少需要有三名正式团员，才能建立团支部。可是好不容易才发展了两名团员。我很想入团，但年龄还差两岁。人们在权衡利弊之后说："还是让我们对革命犯个小小的错误，给他虚报两岁吧。这样我们就可以建立团支部啦！"就这样，我加入了共青团，并有相当长一个时期隐瞒了两岁。这便是我参与社会生活迈出的第一步。

我的选择并不是偶然的。我们家乡一带很久以来就是政治犯流放地。在帝俄时代，从彼得堡和莫斯科流放到这里的一批批政治犯中，有不少学者、工程师、技师。他们学识渊博，目光远大，对勘察和开发西伯利亚自然资源深感兴趣。布尔什维克党人在那时就相信革命胜利后，西伯利亚的富饶资源会发挥巨大作用。我父亲莫凯依·弗罗洛维奇是当地祖传的老猎人，出名的打猎高手，能工巧匠。我家人口众多，母亲目不识丁，生育了十几个孩子，我是第十三个。这样一大家子，全靠父亲打猎捕鱼糊口。父亲经常率领渔猎互助组成员沿着鄂毕河流域往返五六百公里去搜索猎物。他对这一带的山川地貌了如指掌。因此，政治流放犯很乐意同他交朋友，经常请他担任地质勘察的向导。同政治流放犯的交往也使我父亲得益匪浅。他成了我们这一带猎户农民中最有政治头脑、博学多识并喜爱文学作品的人。他后来被选为托木斯克州最早成立的农业公社的第一任主席并非偶然。在父亲当年建立农业公社的那个地区，如今已发现了巨大的天然气油田和其他矿藏。可见，在各个时代和各代人之间是存在着生动的历史联系的。我写的长篇小说《父与子》就反映了这种时代之间的历史联系。它虽然不完全是一部自传体小说，但在很大程度上取材于我们家族的历史。总之，我如果不是首先在社会生活方面确定了自己的立足点，就不可能在文学方面找到自己的立足点。

我步入文学生活的经历也很有趣。由于家境贫寒，我很早就参加了劳动。我八岁时，父亲就带我到原始森林里打猎，教我识别飞禽走兽、采集蘑菇干果。我上了小学之后，在农忙季节，还得去给富农放羊打短工。有一次遇上荒年歉收，我给村里的一个牧人当下手，为三户富农放牧牲口。那个牧人比我大不了几岁，是从波罗的海沿岸逃亡来的一个十八岁的孤儿。我们把牲口赶到山上放牧后，便跑到邻近一个村落去洗澡。等我们赶回来时，发现牲口遭到了狼群的袭击，好几只羊被狼叼走了。牧主闻讯赶来，大发雷霆，把可怜的牧人打得死去活来。我只挨了一顿臭骂，因为牧主知道我父亲是弹无虚发的神枪手，不敢惹怒他。我抑制不住满腔怒火，写了一篇揭露这件事的通讯，标题就叫“狼群肆虐”，投寄到《托木斯克农民报》。通讯很快发表了，虽然稿子经过编辑加工已面目全非，但标题还是原来的。出乎我的意料，通讯发生了立竿见影的效果。区里立即派人来组织发动当地群众围捕狼群，为民除害，参加的有好几百人。这是我首次在报刊上发表“作品”，它使我幼小的心灵懂得了文字宣传在发动人民群众方面所具有的巨大鼓动力量。

从此以后，我成了托木斯克地区一些报刊的积极撰稿人和农村通讯员。当时这一带的阶级斗争还相当激烈，我在通讯报道中对当地社会主义改造中的事件作出了积极的反应。经过一系列社会政治斗争的实际锻炼，我成长为一名职业共青团干部。起初担任团支部书记，后来当团区委书记，一直提升到州委以至整个西伯利亚边区团中央执委会的负责干部。

三十年代是我国青年向科学文化大进军的年代。我在担任繁重的共青团工作的同时，尽量挤时间自修，并于1929年秋进入了托木斯克大学函授班学习。辅导我们文学班学习的是薇拉·尼古拉耶夫娜·纳乌莫娃—希罗基赫教授。她是著名的民粹派作家H.N.纳乌莫夫（1838—1901）的女儿，从小在西欧受过良好教育，懂五六国语言。她学识渊博，为人热忱，对我们这些来自农村的穷孩子特别爱护和关心，但在学习上要求很严格。记得她经常对我们说："你们不要只学教科书和教学大纲规定的东西。学文学一定要读原著，不要局限于文选读本里摘录的片断。学古希腊文学，就得原原本本地读《伊里亚特》和《奥德赛》。不读完我指定的这些原著，你们就别来找我辅导。"

在这样的良师指点下，我培养了博览群书，钻研原著的兴趣。托木斯克大学的图书馆是在西伯利亚采金巨富A.M.西比利亚科夫捐献的一批珍贵图书的基础上建立起来的，藏书非常丰富。我利用这里的藏书，如饥似渴地汲取各方面的知识，特别是有关西伯利亚的历史、经济、地理和自然资源方面的知识。托木斯克大学自1888年建校以来，就有开展社会调查和广泛勘察当地自然资源的传统，积累了丰富的科研资料。这些材料引起了我对开发西伯利亚资源的课题的浓厚兴趣。后来我在创作长篇小说《西伯利亚》《大地的精华》时，也曾利用过这些资料。

当然，对这一主题的兴趣主要还是来自我的生活经验。三十年代开始第一个五年计划时，开发西伯利亚的问题日益引起人们的重视。共青团组织动员了成千上万的男女青年去参加开发和建设西西伯利亚的库兹涅茨油田、钢铁生产基地等大型基建项目。西西伯利亚共青团州委会委派我主编《布尔什维克接班人》报。我在编辑工作中经常得到老一辈革命家的指导和帮助，特别是当时担任西西伯利亚布尔什维克党州委会第一书记的P.N.埃依赫（1890—1940）对我的工作尤为关心。他是一位拉脱维亚工人出身的久经考验的老布尔什维克，因领导工人运动而被捕，流放西伯利亚期间领导了当地的革命运动，深受人民群众爱戴。令人惋惜的是，在斯大林个人迷信时期他含冤而死。如今里加市还为他树立了纪念像。

正是在老一辈革命家的指引和帮助下，我走上了为革命而写作的道路。当时我积累了不少素材，写了一系列评论、通讯、报道和随笔，都是反映火热的革命斗争和经济建设的。我于1932年出版的第一本小册子就是研究经济问题的，标题是《把共青团的后备力量献给库兹涅茨大型煤田》。我在书中引用了大量经济统计数字作为论据。时至今日，我一直保持着对国民经济问题的浓厚兴趣，经常翻阅各种经济统计材料、工厂和集体农庄的统计报告，等等。我在新作《面向未来》中也涉及当前我国国民经济中的一些迫切问题，引起了普遍的重视。根据这部小说第一部改编拍摄的影片上映后，也获得了很大成功。

总之，在我写的一系列作品中，虽然涉及许多复杂的国民经济问题，但很少在这方面出差错。这是因为我对所涉及的问题都不是凭道听途说，而是凭自己的亲身经历和周密调查的材料来加以分析和判断的。这里谈到的还只是我在进入文学创作以前的生活准备，然而如果没有这样多方面的准备，我也就不可能写出后来的这些作品。对一个作家来说，这种早期的生活经历实在太重要了。我们现在的一些年轻作家所缺乏的正是这种社会经验，而这种经验并不是唾手可得的。应当深入生活，透彻地了解生活。

刘宁：格奥尔基·莫凯耶维奇，当您成为专业作家，同时还担负了如此繁重的社会工作以后，您是怎样保持和更新自己同过去的生活环境的联系的呢？按照您的看法，作家的生活经验和他的创作进程是怎样相互作用的呢？

马尔科夫：为了写长篇小说《西伯利亚》，我专程回西伯利亚进行了五次创作旅行。州委会为我提供了一艘具有现代化生活设备的汽艇，沿着鄂毕河进行考察。我深入林海草原，走访猎户渔民，还重新访问了父亲当年带我去打过猎的地方。我惊喜地发现那一带已建起了一系列现代化企业，至少有三个渔猎联合企业是以我父亲的名字命名的。我还不止一次去秋明油田访问和考察，对那一带的风土人情也很熟悉。当我碰到在当地工作的学者和党政干部时，总爱同他们聊聊家常。

一个作家必须具备一定的生活知识。我认为，尽管一个作家不可缺少才华，但首要的条件是生活经验、生活知识。无论一个作家怎样有才华，如果他生活空虚，缺乏饱经忧患而获得的生活经验，又不掌握经过细心观察和研究的生活素材，那么他是不可能有多大作为的。他会搜索枯肠，吮吸指头，冥思苦想地杜撰虚构。这样写出来的作品不是生活的真实，而是生活的赝品。可以说这是一种文学上先天营养不良造成的畸形病态。

刘宁：格奥尔基·莫凯耶维奇，您不止一次地强调过这样的思想："创作的首要座右铭是生活"，"只有在同生活环境保持密切联系的条件下，才有可能产生真正的艺术作品"。的确，生活是创作的唯一源泉和基础，可是除了生活之外，作家还得继承和借鉴一定的文学传统。您是怎样看待古典文学传统对现代作家的作用呢？在俄罗斯古典作家中，您感到最亲切、最可贵的是哪一位，您感到格格不入的又有谁？

马尔科夫：我认为作家保持同自己生活环境的密切联系具有极为重要的意义。上次我已经谈到，如果我不是一直保持着与自己出身的生活环境的密切联系的话，那就不可能写出后来的任何作品。生活环境不仅为作家的创作提供素材，提供情节冲突和人物的原型，而且鼓舞、推动和号召作家积极干预生活，不让他的良心平静。可以坦率地说，如果没有童年时代的丰富感受，我是什么都写不出来的。从这里可以找到我创作的最初动机。我是在猎人中间，在林间篝火旁接受最初的艺术教育的……

我想再强调一下，人民的潮流，人民的基础，人民的智慧是世界上最强大的力量。如果一个艺术家能保持与人民的密切联系，从这永不衰竭的源泉汲取灵感，那么即使他的文学才能有所局限，他的创作也是富有活力的。

现在我准备回答您提的后一部分问题。的确，深入人民生活固然是文学创作的基础和源泉，但如果不继承过去文学的优秀传统，不借鉴古典作家的创作经验，也是不可能写出好作品的。对于我来说，古典作家的经验是神圣的。我在许多讲话和文章中一再谈到了这一点。我们不过是世世代代营造的文学大厦的一砖一瓦，在我们之前已经积累了极其丰富的创作经验，提供了高度完美的艺术珍品。古典作家所达到的艺术水平在许多方面还是我们今天望尘莫及的。

我珍视所有古典作家的创作经验，但对他们创作的爱好并非一视同仁。就精神气质和影响大小而言，我感到最亲切的古典作家是列夫·托尔斯泰。我不仅反复阅读过他的作品，而且研究过他的一些手稿。我曾多次去莫斯科的托翁故居博物馆，细心查阅作家的手稿、日记、札记等资料，力求深入了解他的创作过程和创作经验。托尔斯泰的秘书、已故的H. H. 古谢夫在这方面给了我很大帮助。托尔斯泰在创作中所付出的巨大劳动使我深为震惊。应当说，文学创作不仅是一种精神创造活动，而且是一种可以同拉犁耕地相比的辛勤体力劳动。当作家坐在书桌前写作时，他也会累得头昏眼花，腰酸背痛，两手发麻。为了向托翁学习，我曾把他的一些作品，如《哥萨克人》从头到尾抄写一遍，反复揣摩体会。

我所崇拜的另一位大师是高尔基。当然，从世界观来说，我对他最亲近。我从来不把高尔基区分为早期的或晚期的。有些评论家把高尔基的创作区分为许多阶段，什么早期浪漫主义阶段，什么批判现实主义阶段，等等。高尔基的创作在我的直接感受中，从来是个整体。我很早就喜爱读他的作品。在西伯利亚乡下小屋的煤油灯下，我如饥似渴地阅读过高尔基的一些短篇小说，如《在木筏上》《玛莉娃》《二十六个和一个》等。

我所喜爱的另一个俄罗斯作家是陀思妥耶夫斯基。在我看来，他是俄国历史以及俄罗斯民族的智慧和才华的一种特殊表现。我高度敬仰他的才华，但他的作品并不能像列夫·托尔斯泰和高尔基的作品那样引起我的强烈共鸣。

在苏联作家中，对我影响最大的是维·雅·希什科夫（1873—1945）。我由衷地喜爱他，崇拜他，但后来又同他发生过争论。您知道，他是西伯利亚人，他的名字在我们家乡一带是富于传奇色彩的。他有很长一段时间在托木斯克地区的交通管理部门工作，深入勘察和测量过这一带的山川河流。我的父亲很可能当年还同他一起钓过鱼，喝过鱼汤。在民间流传着不少有关他的事迹和品德的传说。我在为他的作品选集写的序言中还引用过某些传说，以说明他在当地庄稼人心目中是怎样一个令人喜爱的人物。

刘宁：是否可以把希什科夫看作是西伯利亚文学的创始人之一呢?

马尔科夫：完全可以。无论从哪个角度看，他都是当之无愧的。从他的生活经验看，他在西伯利亚度过了大半生，十分熟悉西伯利亚风土人情、山川地貌。从创作题材看，他写的主要是西伯利亚农民的生活和斗争。我反复阅读和宣传过他的作品，但后来越是深入研究，便越是发现其中有一些看法值得争论。希什科夫是城市居民，外来户。的确，他很熟悉西伯利亚的习俗风情，但他毕竟不是用本地人，而是用外来人的眼光来观察和理解这一切的。例如，他描写当地的民族关系，就只强调俄罗斯人对当地少数民族的援助和影响。但是，另一方面，俄罗斯人也向其他民族学习到不少东西。我在这方面就有切身的体会。看来，希什科夫并不了解这一点。他在一些作品中过分渲染西伯利亚农村的愚昧、黑暗、自私、落后的一面，而看不到各族劳动人民勤劳勇敢、互助友爱的积极因素。

我们今天的某些时髦作家不去研究这些历史经验，却动不动就怀疑一切，把集体化运动说得一无是处。我在长篇小说《父与子》中，针对这股思潮，力求写出西伯利亚地区集体化运动的历史真实，既不掩盖它的悲剧性，也不一味抹黑。我为自己的父辈在托木斯克地区创立了第一个农业渔猎公社而感到自豪。

后来我感到有必要进一步揭示开发西西伯利亚的历史。布尔什维克政治流放犯早在十月革命前就在这一带进行了地质勘察。这一历史事实最能表明十月革命的性质：它不仅要摧毁旧世界，更要建设一个新世界。为了写长篇小说《西伯利亚》，我查阅了大量历史资料，多次去鄂毕河流域旅行、访问。我在小说中描写了布尔什维克阿基姆奉党中央命令从西伯利亚流放地逃往国外，去抢救著名学者利哈乔夫遗留下的有关研究西伯利亚资源的珍贵档案资料的艰险历程。

刘宁：阿基姆这个人物是否有原型呢?

马尔科夫：当然，甚至有几个原型。阿基姆的某些性格特征就取材于当年在这一带流放过的斯维德洛夫。当然，有关当年地下党组织活动的档案资料很少保存下来，关于阿基姆逃亡的经历和具体路线的描写并没有任何历史文献作为依据。但是，小说发表后，我却接到了不少来信，说小说中的某人某事与写信者的经历相吻合。例如，有一位莫斯科的妇女来信说，小说中的女主人公卡佳的经历就很像她。她当年也曾受党组织派遣，去给一位准备从西伯利亚流放地逃往国外的布尔什维克政治犯转递护照和路费。可是她在托木斯克受阻，并在那里迎接了十月革命。后来她还留在那里担任了一个时期工人补习学校的教员。

学者利哈乔夫的形象也不是没有生活原型作为依据的。革命前在托木斯克大学就有一批杰出的学者致力于西伯利亚自然资源的勘察和研究工作。如“俄国地质学之父”B.A. 奥勃鲁切夫院士、M.A. 乌索夫院士、П. Н. 克雷洛夫通讯院士等曾对这一带的自然资源先后进行过十八次大规模的综合勘察，为开发西伯利亚做出了巨大贡献。他们不仅富有献身精神，而且不少人思想进步，在当时就与布尔什维克领导的革命运动有着这样或那样的联系。

总之，每当在文学创作中遇到难题时，我总要求教于古典作家的经验。不久前，当我着手创作自己最富于现代性的长篇小说《面向未来》时，我又一次重温了列夫·托尔斯泰的许多作品。我在这部小说中涉及了一系列当代社会生活的迫切问题，涉及了我们党的策略、党的工作。我并不是作为一个单纯的揭露者来涉及这些问题的。如果党的工作中存在缺点、失误，那么我自己也感到负有一份责任。我不能也不愿把责任都推到别人头上。这使我在小说中能够从原则性的立场出发，考察和描写现代生活中的各种复杂的矛盾和问题：在哪些方面取得了成就，在哪些方面由于什么原因而落后了。为了面向未来世纪的挑战，我们必须深入生活，揭露矛盾，总结历史的经验教训。

我的这部小说第一部已译成多种文字在国外出版，

不仅在东欧而且在西德这样的发达资本主义国家里都受到了欢迎。西德有的评论说，从这部小说中可以看出，即使在俄国这样一个具有自己特殊生活方式、特殊困难和问题的国家里，也有不少问题是与我们相同的。在表现和刻画现代人的性格特征方面也有一些相通之处。由此可见，尽管彼此之间存在着这样那样的分歧，但在通过文学培养和形成人的个性方面毕竟还是有一些共同原则可循的。

这就是我对您的问题的回答。我认为，我们的古典作家，包括苏联经典作家在内，给我们留下的丰富遗产和经验是永远值得我们借鉴的。这是我们莫大的幸福。而我们的不幸则在于我们在创作中遇到困难的时候，有时不是去向古典作家积累的丰富经验请教，而是自作聪明地在那里冥思苦想，闭门造车。

刘宁：您认为现代西伯利亚文学有哪些主要特点？在这一文学内部又有哪些风格流派？

马尔科夫：苏联文学的风格流派是极其丰富多彩的。我们的思想敌人污蔑苏联文学的风格单调贫乏，这是毫无根据的。对于所谓“西伯利亚文学”来说，也是如此。我认为，“西伯利亚文学”这一术语是不能令人满意的。

不如称之为“关于西伯利亚的俄罗斯文学”或“在西伯利亚地区的俄罗斯文学”。只有在相对的意义上，才能接受“西伯利亚文学”这一术语。因为这一术语容易在原则上造成混乱，把所谓“西伯利亚文学”与整个俄罗斯文学割裂和对立起来，使地方主义者乘机一哄而起。虽说“西伯利亚文学”具有自己的地方特色，但这一文学本身却具有极其多样的风格流派。拉斯普京是一种风格，扎雷金又是另一种风格，阿斯塔菲耶夫、萨尔达科夫，舒克申也都各具特色。我也有自己的风格。如果要问，在这些各有千秋的风格流派中，哪一种最值得提倡、最有希望独占鳌头，那么我只有说：不知道。我所希望的只是各种风格流派能发展得更加多样化，更加丰富多彩。

至于说在对待西伯利亚题材的态度方面，那么我们之间是有区别、有分歧的。当然，我们的出发点是一致的，都以人与自然为中心主题，然而我们对于自然的态度却各不相同。阿斯塔菲耶夫有自己的观点，而我并不同意他的看法。我持这样的立场，即认为我们周围的自然界是为了人而存在的，人应当对自然界负责，但自然界并不是不可侵犯的。相反，它一直是同人类息息相关的。自然之所以构成一种伟大的因素和力量，正因为人类在自己生存和发展的一切阶段上都离不开它。西伯利亚——这是幅员辽阔的地方，它的景色壮丽，资源富饶，气候严酷。生活在西伯利亚的人们，无论是农民、工人，还是学者、干部，谁都不能脱离这里的自然环境。

我对西伯利亚自然界所持的态度早在长篇小说《西伯利亚》中就有明确的表述。我主张生产性的自然界（Производящая Природа），而拉斯普京等其他一些作家则主张不可侵犯的自然界（Неприкасаемая Природа）。如拉斯普京的《别了，马焦拉村》以及他的近作《火灾》等，还有阿斯塔菲耶夫的《鱼王》、萨尔达科夫的一些作品，都表现了后一种观点。我认为，在这里并没有二者中必择其一的问题。人类要生存，就不可能不利用和开发自然资源，从自然界谋取生活资料。但是，对自然界的开发和加工如果超出了合理的限度，那就成了对自然界的掠夺，其后果是不堪设想的。在这方面我们有过不少令人疾首的失误，教训是相当深刻的。我在小说《面向未来》中，相当尖锐地批评了在我国土壤改良工作中存在的缺点和问题，并提出了突破现行条例框框的一些合理化建议。不久前，我和一些作家访问了土壤改良和水产部，了解到在这方面存在的问题和准备采取的改进措施。情况尽管严重，但只要我们充分重视，并采取一切先进的科学技术措施，那么在保护和改善自然环境方面还是大有可为的。然而那些主张自然界不可侵犯的作家却认为，即使采取了保护自然环境的一切先进科学技术措施，也不能改变二者必择其一的局面。我不能同意这种观点，因为这会导致悲观失望，丧失批判分析的态度，使人们失去争取美好前景的信心。

刘宁：格奥尔基·莫凯耶维奇，您对今天苏联文学的现状怎样看？什么使您感到高兴，而什么又使您感到不安？您认为与前十年相比，八十年代的文学具有什么新的特点？

马尔科夫：这问题不简单。我力求扼要地加以解答。什么使我感到高兴呢？这就是我国文学不断前进的运动。事实如此，我们并没有踏步不前。当然，每年的具体情况并不相同。这一年文学可能发展得比较顺利，创作丰收，而另一年则可能不怎么顺利，引人注目的作品较少，形成了某种间歇状态……然而对于如今用 78 种文字写作和出版的整个苏联文学来说，这种不断前进的运动却是最有代表性的特征。我认为这一运动的主要特点在于文学日趋活跃，更加接近群众的生活，接近人民的根基。

一方面，从横向看，文学不断扩大了表现范围，开拓了一个又一个新的题材领域。正如人们所说，如今从高加索的崇山峻岭直至北极的冰天雪地，无处不是我国文学骏马驰骋的领域。另一方面，从纵向看，文学对现实生活的反映，更富于洞察力了。对人的观察研究变得更加多层次、多侧面了。我们对人物性格的刻画曾经历过各种不同的阶段。您大概还记得，五十年代盛行过的所谓“生产小说”曾把视野局限于表现在生产岗位、生产过程中的人，似乎主人公除了生产革新，什么都不感兴趣。当然，我并不想抹杀这类小说在一定时期所起的作用。可是现在再写这样的小说，就是不可想象的了。因为文学的经验和生活的经验都已经起了变化，变得更丰富，更多样化了。今天的文学更注重心理描写，更注重观察，更富于探索的热情。在我看来，这便是我们八十年代文学的一个显著特征。由此而来的是政治小说的繁荣和政论性的增强。只要翻阅一下我们的报刊，就可以发现在文学栏目中不仅有抒情性的诗歌、散文，而且有题材广泛，形式多样的政论。与此同时，作家从事国际题材创作的积极性也提高了。当然，过去我们就有写国际题材的传统，但近年来又有了新的发展。

刘宁：您不认为战争题材和乡村题材近年来有衰竭的趋势吗？

马尔科夫：不，决不认为。战争题材文学已经有不少可喜的发展。令人最为可喜的则是，近年来已开始有一批从未参加过战争的新作家致力于战争题材的创作。而且，他们中间有些人写得相当真实、动人。他们的作品观察敏锐，笔触细腻，使一些经过战火考验的老一辈作家都感到吃惊。您想必了解这方面情况，我就不具体举例了。

刘宁：您怎样看待创作界关于现代生活条件下正面人物应当是怎样的这一争论呢？在您看来，近年来有哪些文学主人公可以称作是真正的正面人物呢？

马尔科夫：首先，我认为文学总要给人们带来积极的理想。实际上，文学作为一门艺术之所以能够存在至今，正因为它揭示和支持了人性中积极、美好的因素。否则，各民族文学中的珍品为什么能历经时间的考验而流传至今呢？集中体现时代的主要特征的正面人物是一种有机的复杂现象。有的作家可能把他表现得积极一些，而有的则表现得消极一些。但无论怎样具体表现，这种给人们带来正面理想的要求都是文学作为一种艺术体系，在本质上具有的内在特性。

其次，还应当指出，以往关于正面人物的争论往往由于纠缠名词术语的烦琐解释而弄得声名狼藉。从五十年代开始，就争论什么是理想人物，什么是正面人物，各有什么特征，等等。难道问题在于名词术语？这样的争论即使再争上一百年，也是毫无结果的。问题在于艺术家负有这样一种责任：那些把他视为先知和导师的人们期待着他能说出关于生活真谛的肺腑之言。如果缺乏这样的肺腑之言，那么文学的目的就丧失了，它的社会作用就削弱了，而文学家的辛勤劳动也就落空了。这就是为什么近年来我们越来越强调作家坚持积极的社会立场的重要性的缘故。现在还有一些人打着广泛表现人的生活的旗号，放弃一个作家深入生活、揭示生活的主流和本质特征的任务。

当然，这并不意味着我们就应该把正面人物当作偶像来崇拜。然而，文学必须揭示生活的真实，而真实就在于无论过去，现在还是将来，世界都是由人们所建造的，历史也是由人民推动前进的。如果你是个艺术家的话，就向人们揭示这一生活的真实和奥秘吧。现代生活日趋复杂，科学技术日新月异，人们的心理面貌也随之发生了深刻的变化。追求物质享受、技术至上的潮流正在威胁着人类的精神文明和道德价值。这不仅是我国文学，也是世界各国文学所面临的一个严重挑战。

一些人批评我们坚持社会主义现实主义的原则，可是世界上其他与此相对立的形形色色艺术流派不过是昙花一现，而我们的艺术却至今还健在。

刘宁：在您看来，社会主义现实主义是苏联文艺的唯一创作方法，还是主导的创作方法？除此之外，在苏联文学中还有其他创作方法吗？

马尔科夫：社会主义现实主义这一创作方法完全符合苏联文学的内在要求和它的广泛任务。不仅如此，这一方法的潜力是无止境的，它并不局限于我们今天文艺所达到的水平。这一方法是广阔无际的，任何把它归结为某种提纲、结构或几个要点的企图，都是庸俗粗暴的歪曲和不可宽恕的谎言。社会主义现实主义方法本身是社会现实生活及其全部多样性、复杂性和美好前景的反映。如果我们不能预见现实发展的前景，那么我们今天的生活还有什么目标和理想可言呢？

刘宁：革命浪漫主义是否仍然作为社会主义现实主义的一个组成部分而发挥作用呢？

马尔科夫：毫无疑问。过去人类文化艺术中所创造的一切优秀的艺术传统、经验和方法，都不是同社会主义现实主义相隔绝的，而是有机地被它所吸收、消化和改造。社会主义现实主义文学在新的历史条件下又以新的艺术经验和方法丰富了整个人类艺术宝库。

刘宁：现在请您谈谈您的创作计划。您正在写什么作品呢?

马尔科夫：长篇小说《面向未来》的第一部已经问世。为了迎接党代会的召开，我准备发表小说第二部的前半部，共九章。篇幅不长，大约有八至九个印张。在新的篇章里，小说主人公已不再局限于熟悉情况，调查研究，而是开始采取行动，做出抉择。我正在写这一部分，并准备写完小说第二部的后半部。我并不想赶进度，超越事件本身发展的进程。我密切注视着有关情况的发展和变化，经常到各地去考察，访问，收集生活素材。我作为党中央委员，最高苏维埃代表，有广泛接触和了解情况的方便条件。有时我正全神贯注地写作，却不时接到通知，要我参加各种社会活动，外出访问等，真叫人厌烦。可是，通过这些活动，可以扩大眼界，增长见识，积累生活素材，对一个作家也是有裨益的。

我们作协的任务之一，就在于协调这两方面的关系。一方面，要动员和支持作家尽可能广泛接触实际，深入生活，督促他们下去；另一方面，又要劝他们适可而止，够了，够了，静心坐下来写作吧！我们作协的领导方法是避免任何强迫命令，尽量说服，耐心劝说。因此，我们经常要同来自各地的作家谈心，听取他们的意见，同时也耐心做他们的工作。

刘宁：格奥尔基·莫凯耶维奇，最后请您谈谈您对我们两国之间的文化交流关系有何想法？您是否读过中国现代作家的某些作品，印象如何？您愿意通过我们刊物向您的中国读者和同行们讲几句话吗？

马尔科夫：感谢您提出这个问题，我充分体会到它的全部重大意义。首先，我热切盼望着苏中两国之间的文化交流关系得到充分的发展。我认为这对于苏联人民和中国人民来说，都具有重大的意义。近些年来，我们翻译出版了大量中国古典文学的作品，同时也痛感在翻译出版现代中国文学作品方面还有相当大的差距。我相信，在中国当代文坛上正在发生令人深感兴趣的变化，对此我们已经有所风闻，但只限于一般的消息报道，还很少见到这方面的新作品。我们在译介工作方面还是有很大潜力的。就拿您熟悉的我们作协主办的刊物《外国文学》来说，就可以在这方面发挥更大的作用。因此，我们很乐意更多地读到你们的古典文学作品和现代文学作品。对于中国文学的伟大遗产和优秀传统在人类文化宝库中具有的重大作用，我们从来不曾怀疑过。贵国老一辈的现代作家中，也有不少人是我们所熟悉和了解的。从郭沫若、茅盾起，我都亲自接待过、交谈过。无论我在伊尔库茨克还是后来在莫斯科担任作协工作时，我都多次接待和迎送过中国来访的作家们。对于像我这样一个生活经历同中国有过密切联系的人来说，过去那段关系冷淡的时期是精神上的一个重大损失。我是真诚地这样对您讲的。

至于说到中国读者，我想请您转达对他们的最美好的祝愿，如果他们读过我的作品，请转达我的衷心谢意，感谢他们的厚爱和热忱的反应。

至于说到我们的中国同行们，我们期待着同他们直接交往、会见。我相信，我们能够找到共同的兴趣，并深信这种交往不仅有助于我们彼此之间的了解，而且有助于促进我们两国伟大人民之间的相互了解。我相信，加强两国的文化交流，无论对于苏联文学还是中国文学的进一步繁荣，都是大有裨益的。

最后，我还要对您的来访和关心表示感谢，并希望把我的谈话看作仅仅是我个人的意见。也许别的同志对我所讲的内容会有异议，但我毕竟讲出了自己的心里话。

访谈附记：苏作协理事会第一书记马尔科夫给《苏联杂志》主编刘宁教授的信。

尊敬的教授，请您向《苏联文学》杂志的各位编辑，向把我的作品译成汉语的各位译者，转达我诚挚的谢意。同时，我也要向所有关心我的作品的中国读者表示感谢。我作为一名苏联作家，知道自己有如此多的作品被译成伟大中国人民的语言，作为这些作家之一，感到十分欣慰和高兴。

我们在莫斯科的交谈中，曾经多次提到中苏之间文化交流的前景，在我看来，这个前景确实是无限的，因为这种交流反映了我们两个邻近民族和人民的根本利益，因为在我们两国人民的历史命运中，在为社会解放和进步而进行的斗争中，有很多共同之处。

最后，我表示坚信，在我们两国人民的文化交流这项崇高的工作中，苏联作家协会一定不会辜负中国同行和朋友们的期望。

向您致敬！

格奥尔基·马尔科夫

1985年9月9日于莫斯科

（连铁翻译）

第十一篇

刘宁与奥·冈察尔的访谈[1]

编者按：奥·冈察尔（1918—1995）是苏联时代乌克兰文学的代表，1985年之后，在苏联改革运动中，冈察尔积极活动，成为乌克兰独立运动的先锋。1991年，他出版了《何以生存：乌克兰民族复兴之路》，在乌克兰影响极大。1995年逝世后，他的影响仍在，2005年被授予“乌克兰英雄”称号。

20世纪30年代，冈察尔在文学上显露头角，1941年，奔赴卫国战争前线，屡次立功。战后，他发表长篇三部曲《旗手》(《阿尔卑斯山》《蓝色的多瑙河》《金色的布拉格》)（1946至1948年），小说描写苏联人在卫国战争中表现出来的革命英雄主义精神，受到广泛好评，

[1] 编者注：此文原载《苏联文学》1987年第2期，此次发表时，重新做了编辑。

两度（1948年和1949年）获得斯大林奖金。1951年，他曾发表一部特别的随笔集《中国近邻》，表现出对新中国的友好态度。20世纪60年代以后，冈察尔连续推出产生巨大影响的作品：长篇小说《人和武器》（1960，获1962年乌克兰国家奖）、《小铃铛》（1963，获1964年列宁奖金）、《大教堂》（1968，引发巨大争议）、《飓风》（1970）、《爱情之岸》（1976，获1978年全苏工人题材优秀作品奖）等。80年代他又发表了一部引起广泛关注的长篇小说《你的朝霞》（1980，获1982年苏联国家奖金）。

冈察尔曾任乌克兰作协主席、乌克兰科学院院士，以及苏联作协书记和全苏共产党中央候补委员。

20世纪一百年，俄罗斯、乌克兰发生了一系列戏剧性变化，人在历史中，那些积极参与历史的人，也会遭遇更多的戏剧性经历。1985年是历史巨变的关口，刘宁对冈察尔的访谈，留下了一段时代的足迹。

访谈题记——做客乌克兰

1985年8月，我曾赴苏联基辅市进行了为期两个星期的学术考察。负责接待的基辅大学为我安排了一个内容相当丰富、紧凑的活动日程表。除了重点考察基辅大学、乌克兰科学院文学研究所等教学、科研单位对苏联文学特别是乌克兰文学的教学和研究情况外，还安排了大量参观访问当地名胜古迹、历史博物馆、文学纪念馆等活动。其中有一项活动是应我的要求安排的，就是访问乌克兰作协，与冈察尔等乌克兰知名作家会见。当时正值盛夏度假季节，许多作家还在外地或郊区别墅休假，安排这样的活动是相当困难的。经主人与作协多次联系，我终于在结束考察、离开基辅的前两天如愿以偿了。

这一天风和日丽，碧空如洗。在阳光沐浴下，索菲亚教堂、安德烈耶夫教堂，基辅——彼契尔寺院等遐迩闻名的古老建筑的金顶塔楼显得格外金碧辉煌，绚丽多姿。市区街道整洁，两旁绿树成荫。街心花园和广场布有喷水池、雕像、纪念碑，绿草如茵，鲜花怒放。远处，碧波荡漾的第聂伯河就像一条绿色的缎带，蜿蜒流过。两岸景色分外秀丽，使依山傍水的整个基辅市宛如一座令人神往的大花园。

下午二时许，我由基辅大学语文系的一位女教师梅列任斯卡娅陪同，来到坐落在基辅市中心的一条幽静的街道——奥尔忠尼启则街2号的乌克兰作协。这是一幢十九世纪宫廷风格的三层建筑，正门白色花岗岩墙面和檐壁上有精美浮雕，颇为典雅。据说，十月革命前，这里曾是基辅省长的官邸。我们一进门，便被领到二楼的一间会议室，参加这次会见的几位乌克兰作协负责人和作家已在那里等候。这是一间宽敞、明亮、装饰相当雅致的大厅。墙上挂有谢甫琴科、弗兰科、乌克兰英卡等乌克兰古典作家的画像和精美的乌克兰织锦壁画、彩盘画等。靠墙还有一座荷兰式的大型瓷砖壁炉，两旁是陈列古玩、礼品的花木镶饰的壁架。屋子中央放着一张雕花橡木长桌，上面已摆好了各种果汁饮料、糕点和茶具。天花板上悬着两盏水晶吊灯，面对花园的窗户挂着做工精致的窗帘。整个房间的陈设、装饰给人一种富有乌克兰民族色彩的古色古香的印象。

乌克兰著名作家、苏联作协理事会书记冈察尔和乌克兰作协第一书记、散文作家扎格列别利内首先迎上前来，同我热情握手问候，并介绍其他在座的人同我认识。其中有散文作家弗·卡尼维茨、阿·西佐年科，诗人兼乌克兰作协主办的《环球》杂志主编维·科罗基奇，在翻译介绍中国古典文学和现代文学方面成绩卓著的汉学家伊·奇尔科，乌克兰作协对外联络委员会副主席雅·奥克秀塔等。宾主在长桌两旁入座后，扎格列别利内开始致欢迎词。他扼要地介绍了乌克兰作协和文学创作的基本情况。目前乌克兰作协拥有一千多名会员，包括八十多名批评家，一百多名翻译家。在乌克兰一些主要城市都设有作协分会。作协的任务在于促进各种体裁的文学创作和评论活动，促进苏联各民族作家之间的友谊和对外文化交流关系。作协理事会下设散文、诗歌、戏剧等创作委员会，对外联络委员会由冈察尔兼任主席。扎格列别利内认为，近年来乌克兰文学呈现出蓬勃发展的好势头，特别是长篇小说的创作相当繁荣。如冈察尔的《你的霞光》、穆什凯基克的《阵地》、扎格列别利内的《奔》等，都分别获得全苏国家文艺奖和乌克兰文艺奖。相形之下，短篇小说的创作不够景气。为了提倡和鼓励这一体裁的创作，乌克兰作协特意设立了扬诺夫斯基短篇小说创作奖。诗歌创作也令人担忧：一些作品内容贫乏、空洞，甚至是无病呻吟之作，有的不讲究音韵、格律，缺乏诗的魅力。值得骄傲的是乌克兰的翻译文学相当发达，成绩显著。近年来，用乌克兰文大量翻译出版了世界各国的文学名著和当代优秀作品。平均在乌克兰出版的每三部文学作品中，就有一部是翻译作品。这是苏联任何其他加盟共和国所望尘莫及的。许多中国古典名著和鲁迅、茅盾、老舍、巴金等现代作家的代表作已陆续译成乌克兰文出版，引起乌克兰读者的浓厚兴趣。仅在座的汉学家奇尔科近十年来翻译介绍的就有巴金的《家》、老舍的《骆驼祥子》、茅盾的《腐蚀》、蒲松龄的《聊斋故事选》等十余种。

接着，冈察尔发表了热情洋溢的讲话。他回顾了五十年代初访问中国的动人情景，对新中国人民，特别是青年所表现的昂扬革命激情和先人后己、助人为乐的高尚道德面貌赞不绝口。这一切给他留下了终身难忘的美好印象。他表示希望能有更多的中国作家、学者来乌克兰访问，并通过文学交流关系的恢复和发展促进两国人民之间的友谊和相互了解。

随后，我应邀介绍了近年来中国对苏联多民族文学的翻译出版和研究的情况。我谈到，这几年中国对俄苏文学，包括乌克兰文学的翻译、研究工作相当活跃。不但乌克兰古典文学的经典作品，如《伊戈尔远征记》、谢甫琴科的《科布扎歌手》、乌克兰英卡的诗篇、柯秋宾斯基的小说选等已陆续译介到中国，而且大量翻译出版了乌克兰当代文学的优秀作品。冈察尔的三部曲《旗手》早在五十年代就有了中译本，近年来又译介了他的《小铃铛》《飓风》《爱之岸》等长篇小说，还出了高莽同志选译的《冈察尔短篇小说集》，其中《永不掉队》一篇曾收入我国中学语文教材，在青少年中广为传诵。此外，如扎格列别利内的长篇小说《奔》、科罗米耶兹的剧本《粗暴的安琪儿》等也都有了中译本。中国近年来涌现的一批外国文学刊物上也不时刊有评介乌克兰文学的作品和文章。如我们的《苏联文学》杂志为纪念谢甫琴科诞生 170 周年就出了专辑，选登了诗人的一组抒情诗和评介他的诗歌的文章。我当面把带来的高莽同志译的短篇小说集《永不掉队》，郑文樾、朱逸森同志译的《飓风》转送给冈察尔，把长篇小说《奔》的中译本转送给扎格列别利内，并把 1985 年出的四期《苏联文学》赠给乌克兰作协。

会场的气氛显得更加活跃了。与会的作家们纷纷提出他们感兴趣的一些问题和建议。《环球》杂志主编科罗基奇建议与我们的刊物建立协作关系，互相推荐译介作品和评论文章。他还当场约我为他主编的刊物写一篇介绍中国近年来译介、研究苏联文学的情况的文章。盛情难却，我只好在离开基辅的前夜赶写了一篇短文送去，后来以《鲁迅的光荣传统》为标题发表在该刊 1986 年第 2 期上。我还代表《苏联文学》编辑部，希望乌克兰作协的同志能推荐一些当代中短篇小说和诗歌，以便我们刊物可以选编一期介绍当代乌克兰文学的专辑，以飨读者。在冈察尔、奥克秀塔等乌克兰作协负责人的积极支持和协助下，如今这一建议也终于实现了。

会见结束后，冈察尔和扎格列别利内还分别接受了我的采访，回答了我提出的有关他们的创作和乌克兰文学现状的一些问题。因篇幅所限，下面先把冈察尔谈话的主要内容整理发表，以飨读者。

刘宁：亚历山大·杰连季耶维奇，您作为一位来自乌克兰人民底层，亲身经历了战火考验的作家，走过了艰苦奋斗的光辉道路。请问，在这条道路上什么给您留下了最深刻而宝贵的印象？什么对您成为一个作家影响最大？

冈察尔：首先我要感谢您给我带来了近年来我的一些作品译成中文、受到贵国读者欢迎的喜讯。这使我回忆起了我一生中最重大、最幸福的事件之一：对刚诞生的、充满革命朝气的新中国的访问。我亲眼看到了亿万中国人民意气风发，斗志昂扬的革命精神面貌，这对于我们这些经历了反法西斯战争严酷考验的苏联作家来说，是十分亲切而珍贵的。最令我难忘的是我有机会参观访问了中国农村，看到了普通农民是怎样辛勤劳动，创建自己新生活的。中国工人农民勤劳勇敢、艰苦朴素的优秀品质给我留下了深刻的印象。我对中国的悠久灿烂的文化和五四以来的新文学充满了敬意，特别是鲁迅和茅盾的作品使我对伟大中国人民的觉醒和奋起早就有所了解。当然，百闻不如一见。对新中国的访问给我留下了终身难忘的美好印象。

至于说到我的创作道路，正如您已经提到的，我来自人民底层，我是在乌克兰人民及其文化传统的哺育下成为一个作家的。我出生于乌克兰南部波尔塔瓦地区的一个农民家庭。这一富饶美丽的黑土地曾经哺育过乌克兰文学的许多经典作家。如您所熟悉的果戈理的早期作品就取材于这一地区。当我步入文学界的时候，乌克兰文学早已形成了自己悠久而深厚的优良传统。早在十一世纪就产生了像《伊戈尔远征记》这样灿烂的书面文学作品。乌克兰的伟大人民诗人塔·格·谢甫琴科（1814—1861）奠定了乌克兰现代文学的民主主义和现实主义的基础。列·乌克兰英卡（1871—1913）、米·米·柯秋宾斯基（1864—1913）等人的作品继承和发展了这一优良传统。我要特别提及的是给乌克兰文学赢得世界声誉的杰出作家、诗人、学者伊·亚·弗兰科（1856—1916）的卓越贡献。他学识渊博，才华横溢，著有小说、诗歌、戏剧、文学评论等方面的作品近 5000 篇。我们正在编辑出版他的文集，共达 50 卷。明年将隆重纪念弗兰科诞生一百三十周年，根据联合国教科文组织的计划，还将举行“伊凡·弗兰科与世界文学”的学术讨论会。弗兰科十分重视乌克兰人民的文化教育和思想启蒙工作，大量翻译介绍了西方和东方的优秀文学作品和先进的科学文化著作。可以想见，面对着这样一批无限忠于人民的灿若群星的先驱者，我在迈入文坛的时候，深切地感到自己肩负的责任之重大！

1941 年我从大学志愿参军，亲身经历了卫国战争由撤退到反攻，进而解放东欧的全过程，深切体验到人民的苦难和欢乐，以及他们为保卫祖国而英勇献身的英雄主义精神。战后我又重入大学学习，开始从事文学创作。虽然战前我已发表过一些短篇小说，但我认为我的真正文学生涯是从创作和发表三部曲《旗手》（1946—1948）

开始的。这是以我在战争中的亲身经历和感受为基础创作的三部长篇小说《阿尔卑斯山》《蓝色的多瑙河》《金色的布拉格》。记得我在访问贵国时，曾惊喜地发现书店里有《蓝色的多瑙河》的中译本出售。据说，还相当受读者欢迎。后来我又陆续写出了一系列作品，既有取材于乌克兰的历史和反法西斯战争的，也有反映现实生活，表现现代人的精神面貌的。其中一部分作品，据您刚才介绍，也已译介到贵国去了。请您向译者和出版者转达我的衷心谢意。

我最近的一部新作是长篇小说《你的霞光》(1980)。我很重视这部作品，因为在某种意义上说它是我以往创作道路的总结，其中综合体现了我多年来的思索、感受和激情。据说，这部小说写得还比较成功，为此获得了国家文艺奖。目前我正在写一系列短篇小说。您知道，我是从写短篇小说开始自己的创作道路的。我国文学具有创作短篇小说的优良传统。在俄罗斯文学中涌现了如契诃夫、库普林、蒲宁、高尔基这样卓越的短篇大师。在乌克兰文学中也拥有如米·柯秋宾斯基（1864—1913）、瓦·斯捷凡尼克（1871—1936）、斯·瓦西里钦科（1878—1932）这样杰出的短篇能手。在当代乌克兰文坛上也有不少喜爱和擅长这一体裁的作家。我在经过多年专心创作长篇小说之后，重新感到自己有不少构思需要通过短篇小说的形式才能充分体现。短篇小说有其他文学体裁所不可企及的特长。它使作家能精心琢磨、推敲每一个句子，达到言简意赅、意境深远的效果。有些评论家断言短篇小说这一体裁已趋于衰落，我从不相信这种预言。据我所知，不仅在我国文学中，而且在许多其他国家的文学中也都保持着对短篇小说的浓厚兴趣。

刘宁：在古典作家中，谁使您感到最亲切，对您的创作影响最大？您的创作同哪些乌克兰文学传统有密切联系？民间文学传统对您的创作起了什么作用？

冈察尔：我已经部分回答了这一问题。可以补充说一下，在乌克兰古典作家中对我影响最大的首先是伟大人民诗人谢甫琴科。他的诗集《科布扎歌手》可以说是我们每个乌克兰人案头必备之书，是我们的“圣经”。它反映了我们乌克兰人民生活的各个方面，她的可歌可泣的历史，她对光明的未来和幸福的憧憬。尽管这部书写于19世纪，可是它丝毫也没有过时。它迄今仍保持着永恒的艺术魅力，以其精湛的艺术技巧令人惊叹不已。它的生命力就在于深刻地表现了人类的普遍情感，而这种情感是永不枯竭的。

果戈理也是我们乌克兰人最崇敬和喜爱的一位古典作家。在果戈理的笔下，乌克兰的自然风光是多么绮丽迷人，乌克兰的民族性格是多么豪放幽默，乌克兰的民间传说又闪耀着多么神奇怪异的色彩啊！除了果戈理，我感到最亲切的另一位古典作家是列夫·托尔斯泰。我从小就喜爱阅读他的作品，这种兴趣至今未减。他不仅作为一位伟大的艺术家，而且作为一位伟大的人道主义者，至今仍是我们学习的典范。他一生孜孜不倦的道德探索为我们今天的作家提供了一个应当如何生活、如何做人、如何写作的光辉榜样。的确，在他的创作和伟大人格中集中反映了人民的思绪、愿望和道德审美理想。

当我开始文学生涯时，乌克兰文学界的一些杰出的前辈作家如优秀诗人巴·狄青纳（1891—1967）、马·雷里斯基（1895—1964），卓越的小说家扬诺夫斯基（1902—1954）等都还健在。我有幸同他们一起工作多年，亲聆教诲，得益匪浅。还有杰出的电影大师阿·杜甫仁科（1894—1956）也同我相交多年，对于我最初的一些文学尝试给予了很大帮助和鼓励。对这些文学前辈的奖掖扶持，我永远怀着真挚的谢意。乌克兰文学中代代相传的这些优良传统激励着我们严格要求自己，在创作上精益求精，努力创作出无愧于我们时代和人民的优秀作品。

刘宁：您认为您的主要创作题材是什么？您对近年来战争题材和农村题材的创作状况有何看法？

冈察尔：要知道，我从未给自己提出过什么写战争题材或写农村题材的任务。对于我来说，最主要的任务永远是研究人。我认为，这是崇高的人道主义任务。无论是我们过去的古典作家，还是今天的现代作家，都面临着这一任务。不论我写什么，取材于过去的反法西斯战争，还是取材于今天的现实生活，我注意的中心总是具有各种思想、情感的人，也就是二十世纪的现代人。我力求揭示他与其他人，与其他民族、国家的人们之间的相互关系，表现他在当代科技革命条件下的思绪和感受。当然，我力求塑造出我所喜爱的同时代人的形象，他内心孕育着我所珍视的思想。他是国际主义者，人道主义者。他思考着人类的明天，思考着怎样防止战争，怎样维护生态平衡，怎样根除核战争的威胁。这种为世界命运、人类明天而忧虑不安的忧患意识正在广泛地渗入人们的心灵，因为人们都力求摆脱这种不安定的因素，增进人与人，国与国之间的友谊和谅解。人们都希望自己的子孙后代能生活在一个和平、幸福、繁荣的社会环境里，都希望人类居住的地球能变得更加清洁、美丽，都希望能够充分发挥自己的创造才能和潜力。

文学艺术在帮助人们实现自己的美好愿望方面可以发挥有力的作用。它可以在不同国家、不同民族的人们之间架起交流思想情感的桥梁，促进人们之间的相互理解和相互信任。正因为如此，我对您主编的《苏联文学》杂志在这方面所做的贡献表示诚挚的敬意。

刘宁：从长篇小说《小铃铛》起，您近年来的作品几乎全是取材于当代生活，并提出了一系列关于在当今动荡不安的世界上人及其精神生活、人性的命运的迫切问题。请谈谈，什么促使您提出这些问题，以供读者思考和决断？是否有某种共同的构思或内在的思想动机把您近年来的长篇小说《爱之岸》《飓风》《你的霞光》联系在一起？

冈察尔：看来，您相当敏锐地注意到了从《小铃铛》起，我近年来的作品都贯穿着一种对现代人的命运忧虑不安的思想情绪。这种主题思想是从生活本身中汲取来的，并不是来自作家事先拟定的某种写作提纲。作家只要细心倾听时代的节奏和人民的心声，就可以感受到这种与日俱增的、普遍的忧患意识，就会产生在自己创作中加以表现的强烈愿望。例如，《小铃铛》是由相对独立而又相互连贯的十二个短篇构成的，其中每一篇的主人公都是热爱和平、劳动，富于对未来的幻想的普通苏维埃人。他们通过各自不同的经历和感受，意识到对保卫和平，防止战争所承担的责任。如远洋轮船船长塔罗申科日日夜夜思念着祖国的亲人，思考着人类的未来，呼吁停止核试验，消除核威胁。这是我们苏维埃人的思虑，也是其他国家爱好和平的人民群众普遍具有的思虑。我力求真诚地表达人们内心深处的这些思虑。我认为，这一国际主义的创作主题也构成了我近年来创作的灵魂。

刘宁：您的近作《你的霞光》的构思是什么时候产生的，又是怎样孕育成熟的？一般说来，容易触发您产生新的构思的动因是什么呢？

冈察尔：每一本书的构思过程都各不相同。可以说，每部书都有自己的创作史。例如，《小铃铛》的构思就来自其中的一个短篇《靶场》。我在写这个短篇时，感到其中包含着一些可以进一步挖掘和发展的主题思想和人物雏形。这些因素一直使我激动不安，经过多年的孕育、构思，终于从这一胚胎中产生了这部长篇小说。

我的新作《你的霞光》的构思过程更为漫长。我花了不下十年的时间来构思这部作品，而写作则用了不到一年半的时间。我的体会是，对于一个作家来说，构思作品的过程是最艰苦，也是最重要的，往往要苦思冥想好几年，而写作本身则并不要花多少时间。

刘宁：亚历山大·杰连季耶维奇，您对浪漫主义或浪漫精神在当代苏联文学中的地位和作用有何看法？记得您在第二次全苏作家代表大会上的发言中曾热情地捍卫过浪漫主义在苏联文学中存在的权利。如今您对这一有争议的问题有什么新的见解？

冈察尔：看来您很了解我对这个问题的看法。我的基本观点至今没有改变。我在历次作家代表大会上的发言和一些文章中都一再强调，我们的文学不能没有浪漫主义。众所周知，我们的古典文学就是从果戈理的浪漫主义作品，诸如《狄康卡近乡夜话》《塔拉斯·布尔巴》等发源的。也许浪漫主义这一名词并不能准确地表达这类文学现象的实质。但是，这一概念却是文学本身所固有的。它实质上是生活的崇高诗意在文学中的必然表现。

这是一种艺术综合的力量，它能够使文学摆脱平铺直叙和图解概念的弊病，克服自然主义和公式化。文学艺术并不是生活的冷漠的镜子式的直观反映，而是对生活的富于诗意和激情的一种综合概括，而且必然给人以鼓舞和美的享受。如果作品缺乏诗意，缺乏美，还能是艺术品吗？这也就是我所理解的浪漫主义或浪漫精神的实质。当然，我并不很乐意用浪漫主义这一名词，也有人称之为“富于诗意的现实主义”（поэтичный реализм）或“自由奔放的现实主义”（крылатый реализм），其实都是表示同一个含义。主要的是这种浪漫主义应当来自现实生活，应当源于生活真实而又高于生活真实，应当以现实主义为基础。

刘宁：亚历山大·杰连季耶维奇，您对文学批评持何态度？记得当年您的长篇小说《大教堂》曾引起过批评界相当尖锐的批评（冈察尔的长篇小说《大教堂》发表于乌克兰《祖国文学》1968 年第 1 期，因尖锐揭露造成乌克兰文物古迹被破坏的官僚主义、民族虚无主义而受到尖锐批评。《真理报》曾载文指责该小说在思想倾向上是“主观主义的”“片面的”。）不知如今您对这些批评意见有何看法？

冈察尔：我认为这部小说和我的其他作品一样，都属于社会主义文学的范畴。也许这部小说比较尖锐地触及了我们现实生活的某些迫切问题，可是它整体贯穿着我们文学所具有的爱国主义、社会主义的精神。至于说到评论界对小说的态度，我认为没有必要再为此多费口舌，因为生活本身已作出了判决。谁是谁非已经十分清楚，那些歪曲事实，乱扣帽子的所谓“批评家们”早已在我们文坛上声名狼藉了。

刘宁：您对今天苏联文学，尤其是乌克兰文学的现状怎样看？什么使您高兴，什么又使您不安？

冈察尔：每提到苏联文学，我们总是强调它是多民族的文学。其中包括俄罗斯文学、乌克兰文学、白俄罗斯文学，波罗的海沿岸各民族文学，高加索各民族文学，中亚细亚各民族文学，等等。这的确是一个疆域无比辽阔，色调绚丽多彩的文学。每个民族文学都为苏联文学增添了它特有的色彩和音调。当你阅读阿斯塔菲耶夫的作品时，你会感到这只有俄罗斯人，并且是西伯利亚地区的俄罗斯人才能写得出来。当你阅读艾特玛托夫的作品时，又会感到这是出自吉尔吉斯族作家的笔下。他是那样熟悉自己民族的历史，自己民族的民歌传说，以致民族的风格特色渗透在他的整个诗学体系之中。

对于我们乌克兰作家来说，也是如此。乌克兰文学具有自己鲜明的民族风格，每个作家又以自己独特的创作个性和艺术风格为整个文学增添光彩。我们为乌克兰文学近年来的发展感到高兴。我们许多作家为发展和提高人民的自觉意识，为增进各民族之间的友谊和相互了解做出了贡献。这种人道主义，国际主义的精神是从乌克兰古典文学到现代文学一脉相承的优良传统。如今新起的一代年轻作家也正在沿着这条轨道前进。当然，他们的生活经历、生活环境与我们已大不相同。他们有自己的想法，自己的问题。有一些我们习惯的观念在他们看来，可能显得保守、迂腐，而他们认为重要的一些新观念也可能使我们难以接受。但是我们能够平静地对待这类分歧，因为毕竟我们新老两代作家在一些原则问题上是团结一致的。

刘宁：亚历山大·杰连季耶维奇，请您谈谈自己在加工、提炼语言风格方面的经验体会？您对现代散文的语言风格有何想法？

冈察尔：您触及到我最喜爱从事的工作——语言的提炼加工。的确，我属于那些以讲究修辞和遣词造句本身为乐趣的作家之列。就像贵国许多人喜爱书法，以此陶冶性情，从中获得美的享受一样。在我看来，衡量一个真正的作家的尺度看他是也是否重视语言的提炼，是否能在这方面锲而不舍，精益求精。他能够为了寻觅某个贴切的同义词、比喻、修饰语而反复推敲，从民间文学的宝库中汲取能够深刻表现人民灵魂的生动语言。当然，这是一项十分艰辛、细致的工作，但是经过这样铸造和冶炼出来的艺术语言就会像打磨过的钻石一样，放射出耀眼的光彩。

语言的提炼加工，确实是文学创作最隐秘的内在过程。只有作家才能深知其中甘苦。我属于那些不以反复推敲、润色作品语言为苦，反以为乐的作家之列。每一部作品从第一稿起，直到出书与读者见面，其间不知要经过多少遍反复修改，校正。我总是力求找到能最准确、生动、鲜明地传情叙景的语言，只有这样的语言才能唤起读者内心体验过的审美情感，让他进入作品的意境，去联想、思索、玩味。只有当读者被作品的艺术魅力所吸引和征服的时候，作家才算实现了他的文学使命和创作目的。我们的古典作家过去是这样写作的，今天我们的许多现代作家也是这样写作的。当然，毋庸讳言，在我们的文坛上也还有对文学创作草率从事，粗制滥造的情况。但是，这种轻率的态度只能产生平庸之作，受到读者和作家的一致谴责。要知道，文学创作决不是什么轻松的事，它要求作家全神贯注，呕心沥血，这样才能写出打动读者心弦的真正艺术品。

刘宁：您是否经常把在民间听到的一些生动语言记录下来？

冈察尔：我有时也作点记录，但主要的是靠记忆。我经常感到有深入群众生活的需要。作为最高苏维埃代表，我有机会经常接触选民，了解他们的生活情况和要求。我有不少作品取材于乌克兰南方，那里水草丰美，牛羊成群，人民生活富裕，语言形象生动。有时听到一句妙语，可以乐得你一整天闭不上嘴。

刘宁：请谈谈您的创作计划。您正在写什么作品呢？

冈察尔：前面已经提到，我正在写一系列短篇小说。准备每年写三四篇。明年完成一部短篇小说集，可能以其中一个短篇来命名这个集子。目前还没有写长篇的计划。我还准备写一些文学评论文章。我作为乌克兰科学院院士，负有整理、研究文学遗产的任务。我领导着一个编辑出版狄青纳十二卷文集的编委会的工作，还要为扬诺夫斯基五卷本文集、杜甫仁科文集各写一篇序言。此外，我还担负着不少社会工作，如领导乌克兰的保卫世界和平委员会的工作等。这些工作也都需要我花费一定的精力和时间。

刘宁：您对我们两国之间的文学交流关系有何想法？您愿意通过我们刊物向您的中国读者讲几句话吗？

冈察尔：很感谢您为我提供了这样的机会。我愿意向中国读者表达我的真挚谢意和兄弟情谊，希望他们知道我为我的许多书能够翻译成伟大中国人民的语言，并获得许多读者的喜爱而感到自豪。据我国一些研究者提供的目录索引，我的作品译成中文在贵国出版的已有三十多种版本，这与其他一些国家出版我的作品的情况相比，可以说是首屈一指的了。我的作品不仅译成了多种欧洲国家文字出版，而且也译成了不少东方国家的文字出版，如我的近作《你的霞光》的梵文译本即将在印度出版。

我还愿意借此机会，表达我对中国古典文学和二十世纪的中国现代文学，包括中国新文学的大师鲁迅和茅盾的创作的深切敬意。您已经看到，鲁迅、茅盾等中国文学巨匠的一些代表作大都已译成了乌克兰文出版，受到了我们读者的欢迎。我们将继续努力介绍、传播中国古典文学和现代文学的优秀作品。

最后，我还想请贵刊转达我对我的作品的中国译者、出版者的衷心谢意。我还要对您的来访表示感谢。感谢您对乌克兰和乌克兰文学表示的友好感情，感谢您对苏联文学以及我个人的创作的关心。

第十二篇

刘宁与鲍·瓦西里耶夫的访谈[1]

编者按：鲍·瓦西里耶夫一直是中国俄苏文学介绍和研究的热点。在中国，他的《这里的黎明静悄悄……》几乎家喻户晓。

北京师范大学外国问题研究所苏联文学研究室的内部刊物《苏联文学资料》一直把Б.瓦西里耶夫作为重点跟踪研究的对象。

1980年2月10日，刘宁主编的《苏联文学》创刊号上刊载了鲍·瓦西里耶夫的短篇小说《老牌奥林匹亚打字机》，小说由北京师范大学苏联文学研究所前身外国问题研究所苏联文学研究室创建者之一潘桂珍翻译。

---

[1] 编者注：此文原载《苏联文学》1986年第1期，此次发表时根据刘宁《访苏日记》重新做了编辑。

1981年《苏联文学》杂志刊载潘桂珍编译的《〈这里的黎明静悄悄……〉的创作过程》作家谈。

1985年初，《苏联文学》杂志发表 Б.瓦西里耶夫的新作《后来发生了战争》(陈锌、张小军翻译)，再一次引发中国读书界的热潮。

中国有阅读热潮，读者有强烈的阅读期待，而北师大苏联文学研究所以及《苏联文学》杂志，更需要与瓦西里耶夫建立联系，深入研究，获取第一手资料，因此，直接询问瓦西里耶夫的创作历程、创作背景、创作隐秘、写作计划、对读者问题的反馈，等等，就成了一件很有意义、很必要的任务了。刘宁与瓦西里耶夫的访谈，满足了这一渴求。

正如瓦西里耶夫那部小说的名字“明天发生了……”，刘宁的访问之后，苏联发生了改革，解体等等大事件。

瓦西里耶夫也有一个大转变。他全然放弃了他熟悉的卫国战争题材，而转入俄罗斯的历史，相当快速地写出了一系列“留里克建罗斯”“罗斯受洗”“基辅罗斯”等“古罗斯历史”题材小说。

瓦西里耶夫，1924年出生，2013年去世，以苏联解体为界，他的前期创作是20世纪俄罗斯文学的经典，后期是俄罗斯文学“寻根”的标志。

刘宁与瓦西里耶夫的访谈，恰好在瓦西里耶夫文学创作的大转弯之前，有很强的文献价值。

访谈题记——高尔基世界文学研究所的会见

1985年6月13日，我有幸在莫斯科高尔基世界文学研究所会见了苏联当代著名作家鲍里斯·瓦西里耶夫。这次会见是由高尔基世界文学研究所的高级研究员、汉学家李福清博士帮助联系和安排的。

下午两点，当我由李福清陪同来到该所一楼会客室时，瓦西里耶夫已在等候。他身材修长，体格结实、匀称，步伐矫健，颇有军人和运动员的风度。鬈曲的浓发略显花白，宽阔的前额已露出几道皱纹，他戴一副深色宽边眼镜，显得有点老气，但那双目光敏锐、炯炯有神的眼睛却透露出充沛的青春活力。他留一撮漂亮的小胡须，笑起来露出一口整齐洁白的牙齿，显得那样潇洒、开朗、热情。他的外貌不像是一位已年逾六旬，饱经沧桑和战火考验的人，从音容笑貌中流露出的那股青春活力和激情，都似乎印证着他作为《这里的黎明静悄悄……》等脍炙人口的作品的作者所独具的风格和气质。

我们握手问好之后，便在一张长桌前坐下，热烈交谈起来。

我取出一本《这里的黎明静悄悄……》的最早的中译本和《苏联文学》1985 年第 1、3 两期，赠送给瓦西里耶夫。

刘宁：这是您的《这里的黎明静悄悄……》的最早的中译本，这是我们北京师范大学苏联文学研究所编辑出版的《苏联文学》杂志今年的第一期和第三期。我国很早就把您的作品译介过来，受到广大读者，特别是受到青年读者欢迎。您的新作《后来发生了战争》刚刚在苏联发表，就在我们今年的《苏联文学》杂志上发表了。杂志出刊后，您的小说引起了热烈的反响，编辑部接到了不少读者来信，有的中学师生还举行了专门讨论这部作品的座谈会。

李福清博士：我来给您翻译吧。这是两封读者来信。（李福清逐句口译给瓦西里耶夫）

瓦西里耶夫：（十分感动，喜悦之情溢于言表）我的作品已译成许多国家的文字，还改编成剧本在一些国家上演，但像在中国青年读者中引起如此广泛而强烈的反应，而且对作品的主题思想理解得如此深刻，还是很少见的。请您向我的作品的读者和译者转达深切的谢意和问候。

瓦西里耶夫：（有点惊讶地）为什么《后来发生了战争》这部描写战前苏联学校生活的作品竟会在今天中国青年读者中间引起如此强烈的反响呢？

刘宁：这大概是由于您在小说中所涉及的问题，也是我国年轻一代在坎坷的人生道路上所遇到过的。读者来信中不是说：小说主人公在成长道路上所经历的复杂、痛苦心情，也正是“我们同龄读者正在经历的”吗？

瓦西里耶夫：（点头）。

刘宁：您的作品已赢得了我国读者的喜爱，他们当然希望进一步了解您是怎样创作出这些作品的。我国的研究工作者以及您的中国同行们也都希望进一步了解您的创作道路和创作经验。我想利用今天这个难得的机会，请您回答一些我国读者和文学工作者感兴趣的问题。

瓦西里耶夫：（欣然同意）非常高兴！

（我取出录音机和笔记本，按照事先准备好的提纲，开始了采访。在近两个小时的谈话中，他相当详尽地介绍了自己的创作道路、创作经验，谈到了他对一些有争议的文学问题的看法。谈话的气氛相当热烈、友好。他谈得很坦率，而且富有感情和风趣。）

刘宁：您作为前线战士出身的一代作家之一，经历了赴汤蹈火，浴血奋战的道路。请谈谈在这段经历中，什么给您留下了最深刻，最值得珍视的印象？什么对于您成为一个作家影响最大？

瓦西里耶夫：对于我来说，这是一个相当复杂的问题。它意味着既要回答我在战争中最难忘的印象是什么，又要说明什么对我的文学创作产生了最大的影响。我尽力来回答这个问题，当然只能谈谈现在想到的一些事，不可能详尽无遗。

我上前线的时候，刚满十七岁。1941 年 7 月 8 日那天，我随部队开赴列宁格勒前线。而 7 月 12 日就参加了第一次战斗，前后相隔只有三天。初次参战，什么最使我感到震惊呢？这就是战争驱使人去杀人。后来，我又看到了不少令人悲痛的，惨不忍睹的事情。但最初见到的被枪杀的无辜平民的情景，却一直令我难以忘怀。

当然，我也知道，战争毕竟是战争，我出生于一个职业军官家庭，父亲是红军军官。我自幼在所谓“军事”

气氛中长大，似乎应该对战争早有思想准备。然而，对于我这样一个稚气未脱，既不了解什么是战争，也不了解什么是法西斯的年轻人来说，最初的可怕印象仍然是这样一个荒谬的事实？即战争可以毁灭活生生的人。照我看，世界上没有任何比人的个性更丰富，更可贵的创造物了。人的个性是独一无二的，不可重复的。杀死一个人，就是毁灭一个完整的、无比丰富的个性世界。我们的军队是用人道主义、国际主义的精神培养起来的。战争初期，我们很难克服的一个心理障碍就是学会杀人。我们在战场上遇到入侵的德国人，首先不是看作法西斯分子，而是看作工人、农民，他们也有父母、妻子、儿女……后来，只是在付出了沉重的血的代价之后，我们才懂得了什么是法西斯。这就是我在战争初期的强烈感受。

我在战争中获得的另一个深刻感受是产生了一种强烈的恨和爱。这两者是同时产生的，也是密不可分的。如果不学会强烈憎恨入侵的敌人，就不可能赢得这场战争。这也可以说是战争的一条规律。您可能还记得，我们的文学在整个战争期间贯穿着这样一个主题：尽快地教会人们憎恨侵入国土的法西斯匪徒，并给予最严厉、最无情的惩罚。战争应该也可以教会人们憎恨。缺乏这种仇恨，就不可能取胜。我坚信这一真理。德国军队经过严格的军事训练和长期战争准备，他们武装到了牙齿。但是，他们缺少一种因素，缺少爱。我们的军队则渗透着爱，这不仅是部队战士、军官之间的兄弟友爱，更是对祖国和人民的神圣的爱。正是这种建立在对入侵敌人的刻骨仇恨的基础上的伟大的爱把我国军民团结成像一个人一样。在战争爆发以前，我们之间也有这样那样的矛盾、纠纷，对某些事物感到不满，甚至忿忿不平。但是战争却使我们扬弃前嫌，团结起来，共赴国难。这种同仇敌忾的伟大的爱鼓舞着我们去夺取胜利。这种伟大的爱并不是什么抽象的概念，而是我们每一个亲身经历过战争考验的人浸透着血泪的切身体验。

您不是想知道什么使我成为作家的吗？那就是这种在战火中诞生的伟大的爱和恨。正是这种感情促使我把卫国战争中的感受和体验写出来。我后来力求在作品中表达爱和恨的感情，因为战争使我懂得了真正的爱具有巨大的鼓舞力量，同时也使我懂得了只有学会恨，才能同敌人展开殊死的战斗，去夺取最后胜利。尽管战争已过去了许多年，我仍然感到有责任把这一切告诉年青的一代人。

刘宁：这是否也正是后来促使您写中篇小说《这里

的黎明静悄悄……》的动机呢?

瓦西里耶夫:是的。我在《这里的黎明静悄悄……》这部小说中是把战争作为反对人类的暴行来描写的。在战争中杀害妇女,这难道不是令人发指的暴行吗!?小说的主人公是瓦斯科夫准尉。小说中描写了他对在战斗中牺牲的姑娘们的深切的爱。对于他来说,她们代表着整个俄罗斯,代表着整个世界,甚至代表着对未来的幻想。正因为如此,他对残杀这些姑娘们的法西斯匪徒怀着不共戴天的刻骨仇恨。满腔怒火驱使他同敌人展开殊死的搏斗。瓦斯科夫鲜明地体现了战争中产生的这种伟大的爱与恨,对于我来说,他在某种程度上体现了胜利者的形象。

刘宁:一些读者认为您在小说中给这些姑娘们安排的结局未免过于悲惨了。她们全部牺牲,无一幸免,为什么要这样安排呢?

瓦西里耶夫:我理解您的问题,可是我首先力求正视严酷的真实。打仗不是妇女的事,特别是在 1942 年去同法西斯拼搏,更是如此。德国军队装备精良,训练有素,具有丰富的实战经验。同这样一伙武装到牙齿的匪徒狭路相逢,这些毫无实战经验的姑娘们是难免牺牲的。

她们出于对祖国的热爱，奋不顾身地投入了战斗，光荣是属于她们的，但是她们不可能活着取胜。只有像瓦斯科夫那样久经训练，并有实战经验的老兵，才有可能在这场血战中保存自己，战胜敌人。可见，并不是我故意要让小说的女主人公去送死，而是在这种特定的严酷现实环境中，她们注定无法生还。

刘宁：鲍里斯·列沃维奇，请您谈谈在古典作家中谁对您创作的影响最大？您的创作同哪些文学传统有密切联系？在您开始文学创作时，老一辈作家中有谁帮助过您？

瓦西里耶夫：请允许我先从后一个问题谈起。老实说，我并没有直接意义上的文学老师。我唯一的老师是著名的俄罗斯苏维埃剧作家尼古拉·费多罗维奇·包戈廷。他不是散文作家，而是剧作家。也帮助我创作了我生平所写的第一部电影脚本。当时我刚从部队转业，还没有任何创作经验。我是从尝试写电影脚本开始文学生涯的。包戈廷担任了我从事电影编剧的顾问。同他一起工作的几个月，就是我开始文学创作时所上的唯一学校。

我毕业于军事学院，按所受的专业教育来说，是一个军事工程师。这种专业训练当然同文学艺术这样高雅的创作活动相距甚远。因此，我进入文学界相当晚，也相当艰难。在开始写《这里的黎明静悄悄……》之前，我有好几年在编电影脚本和剧本。我一直想写散文作品，但迟迟不敢动笔。这是什么原因呢？

我已经提到，我出生于一个红军军官的家庭。那时不知为什么，部队经常换防。随着父亲工作的频繁调动，我们一家也经常随军迁居。每次搬家，除了随身替换的少量衣物外，所带的就是一些书籍。到了新的驻地，桌椅床凳，锅碗瓢盆都是从公家临时借用的，唯有书籍是我们自己随身带来的。这些书籍大部分是我们全家喜爱的文学作品。于是，我从小就形成了这样一种传统观念：世上没有任何东西比书更珍贵的了。

我们家庭有在一起读书的习惯，而且要读出声来。每天傍晚，家人围坐灯前，一人高声朗读，其他人边听边干着手头的活儿。这是俄国知识分子家庭的一个古老的好传统。那时大家的生活还很贫困，手头闲不着，总有些修修补补的活要做。我们的唯一乐趣就是读书。家里的藏书虽然不多，但都是一些优秀的古典文学作品。因此，我从小就受到了古典文学的熏陶。当时我还小，不能全部听懂所念的内容，但家人在朗读屠格涅夫或契诃夫的散文时，那优美的音调，明快的节奏已在我幼小的心灵中留下了难忘的印象。在这种气氛中，我很早就养成了对文学的由衷敬意。时至今日，我在填写履历表时，还不习惯在职业一栏中填上“作协会员”的字样。作家在我心目中一直是至高无上的，怎么能说成是一种职业呢！

至于说到古典作家对我的影响，那么应当说，我喜爱的作家很多，但在俄罗斯古典作家中，给我印象最深刻，影响最大的要数陀思妥耶夫斯基了。陀思妥耶夫斯基的作品以其尖锐的矛盾冲突，充满戏剧性的情节、急剧变幻的情势以及对人物性格典型化的强烈要求，使我至今百读不厌。我感到在精神气质上更接近陀思妥耶夫斯基。相比之下，托尔斯泰在我看来，则显得有些“经院气”。

我还有一个从小养成的难以解释的爱好。在所有外国作家，主要是西方作家中，我感到最亲切的作家是狄更斯。我至今还经常翻阅他的作品，而且像小时候一样读得入迷。我不知道世界上还有哪个作家比狄更斯更热爱人们。他是多么疼爱孩子，怜爱老人，还有那些怪人啊！可以而且应当向狄更斯学会爱，学会培养高尚的情感。

以上提到的这些文学传统都对我的创作产生了一定

的影响。

刘宁：在您的同辈作家中，您最亲近和喜爱的是哪一位？一些评论家，其中包括我国的一些研究者，认为您是苏联战争题材文学发展中“新浪潮”的创始人之一。您怎样看待这一评价呢？

瓦西里耶夫：这样的评价我不敢当，也超出了我的能力。在当代苏联作家中，有不少人在开拓这一题材方面建立了功勋。比如说，我就非常喜爱和钦佩瓦西里·贝科夫。他发表的每一部作品，我都仔细读过。他对于我具有很大的权威。他是用全副身心来感受自己人民的悲剧，特别是白俄罗斯人民的悲剧的。如果说，在同辈作家中，有谁对我最亲近，那就是贝科夫了。

我还非常喜爱瓦连京·拉斯普京的作品。遗憾的是，他近来不知为什么很少发表新作，至少没有什么重要的、比较大型的作品问世。

我还很喜爱钦基斯·艾特玛托夫，尤其是他新近发表的哲理小说《一日长于百年》。尽管有人说这部小说深受拉美作家马尔克斯的影响，我仍然认为艾特玛托夫是一位与众不同的，富于独创性的作家。他继承的纯粹是俄罗斯古典文学的传统，正是这一点使我感兴趣。

当然，当代作家中还有不少人使我感兴趣，但是我在这里提到的只是那些特别引起我的关注，并对我的创作无疑产生了一定影响的作家。比如说，当我开始构思一部比较重要的大型作品时，我就有意不读艾特玛托夫的作品，为的是避免受其影响而不由自主地模仿他的某些文体风格、艺术手法以至观察生活的角度。可见，我在这里指名提到的并不是那些我一般喜欢阅读的作家（这样的作家有不少），而恰恰是那些容易对我创作发生影响，迫使我在写作时避免去读的作家。

刘宁：鲍里斯·列沃维奇，您写过各种不同题材的作品，究竟什么题材对您来说是最主要的呢？某些评论家认为，近年来战争题材文学出现了某种衰退的趋势。您是怎样看待这个问题的呢？

瓦西里耶夫：我并不认为自己是一个只局限于写战争题材的纯粹军事作家。总的来说，我只写了三部战争题材的作品，《后来发生了战争》写的并不是战争题材，而是战前题材。如果不算一些短篇小说的话，我写的大部分作品，除了一部历史题材的长篇小说，其他写的都是现代生活题材，主要是写我们现代社会生活中使我感到激动不安的一些问题。我认为自己的主要任务是在我的能力、才智和生活经验所及的范围之内，对我国的精神道德面貌、社会风气的改善起些良好作用。我所关心的首先是道德问题，是道德教育问题，是培养人们的高尚情操的问题。每个人心灵中都蕴藏着一些高尚的、纯洁的、美好的因素，这些因素可能还处于萌芽状态，并被日常生活中的污垢陋习掩盖着。我感到自己的责任就在于挖掘出这些因素，并促进它们的成长。

我不仅是一个国际主义者，而且是一个富于战斗性和原则性的国际主义者。我力求通过自己的作品宣传和培养各民族友爱的国际主义精神。每个民族都有自己的历史，自己的文化传统和精神财富。任何一个民族，不论他有多少长处和优势，如果不善于尊重其他民族，不善于学习和借鉴其他民族的精神财富，那么这个民族本身也不可能得到健康发展。

还有一个使我特别感到激动不安的问题。我发现现代青年中有相当一部分人对自己的职责，对长辈，对传统抱着一种轻率的态度。我力求通过自己的作品，当然不是去教训他们，而是去向他们解释，世界上还有另一种价值，一种比眼前物质利益更可贵，更长远的价值。这就是我们在前面谈到的道德的、精神的价值。

总之，使我感到不安的首先是道德问题，是社会的、人民的精神道德面貌问题。作家应当为改善这种道德精神面貌出一把力，为精神财富的增殖添砖加瓦。还应当看到，在我们这个时代，无论学校，家庭，幼儿园还是任何其他机构，如果只是孤军奋战，那是起不了多少作用的。只有把所有这些力量，包括文学艺术在内，都联合起来，并肩战斗，才能对改善社会道德精神面貌发挥应有的作用。我们应当努力使人们变得更加高尚，更加善良，更加正派。做一个正派的人是不容易的，但必须做到。这就是我近来一个时期所写的主题。

刘宁：现在请您谈谈，您创作最近一部长篇小说《后来发生了战争》的动机是什么？在这部作品中什么使您最为激动？您又是怎样找到恰当的艺术语言和基调来体现自己的构思的呢？

瓦西里耶夫：我在这部中篇小说中（我要更正一下，这不是长篇小说，而是中篇小说），主要是写我的同班同学的命运。当然，并不是说写的都是真人真事，我力求塑造的是我的同时代人的某些典型形象。这部作品基本上是描述我的同时代人的历史，我的同年级人的历史，那些在九、十年级遇上战争的孩子们的历史。因此，我在写这部作品时，内心深处一直怀着对这些孩子们高度崇敬的心情。他们生不逢时，昨天刚经历了国内战争的动乱，明天又爆发了空前残酷的卫国战争。这就构成了我们这一代人的悲剧：当我们还是孩子的时候，就遇上最严酷的战争考验。我们这一代人的许多心理特点都可以从这里得到解释。这是一个相当独特的历史转折时期。一方面人们还沉浸在国内战争所激发的那种英勇豪迈，一往无前的气氛中，到处是激进的议论，对真理的热忱探索，只争朝夕的干劲，对正义的渴求。总之，人们还处在斗志昂扬的激奋状态；另一方面，新的战争阴影日益临近，一场人类历史上空前残酷的浩劫——第二次世界大战（在我国这个局部也就是卫国战争）在明天即将爆发。

在小说中，我还想表达这样一个想法：谁都知道，青春是一个人一生中最美好的时期。人们提起自己的青春，总抑制不住发自内心的微笑。这是人生的春天，它总是同生活中最美好、最明媚的东西联系在一起。就同任何春天一样，青春充满着期望和许诺，点缀着初恋、初欢、最初的相识、最初的怀疑……然而，这一切正在萌芽的美好因素明天即将消失，即将被摧毁。如果读者在阅读这部小说时，感受到了我力求表达的这种激动不安的情绪，那么我的任务就算实现了。

最后，我在小说中还涉及一个对我来说十分重要的主题——怎样培养人的个性的问题。培养个性不能靠漂亮言辞，不能靠正面示范，而只能靠人们切身的生活经验。小说中描写的这些孩子们之所以形成了各自的个性，是因为在他们的生活中发生了一连串悲剧，或者说，经历了悲剧发展的各个阶段。他们团结战斗，并肩前进，经受住了这场悲剧的考验，保持和发扬了正直、诚实的品德。当然，他们仍然保留着孩子的稚气，可是生活经历使他们逐渐成熟了起来。探讨个性成长的规律，这是我的小说的主题思想的一个重要方面。在某种意义上说，这是对目前我们学校教育中尚未根除的对孩子个性的冷漠态度的一种抗议。要知道，这些孩子虽然还在九或十年级上学，但很快就要毕业谋生或上大学。他们既是孩子，又不是孩子。应当理解他们急于成人的心情，尊重他们正在形成的个性。小说的这个主题显然具有论战性。因为其中涉及的问题至今具有迫切的现实意义。而且在我看来，真正的文学都是富于论战性的。每个人根据自己的生活经验，都会联想到当年自己同年级所发生的一些类似的情况，都会形成自己关于这个问题的看法……我感到高兴的是，小说在某种程度上引起和促进了这一论战。

刘宁：您的这部小说是否完成了您所构思的战争三部曲？

瓦西里耶夫：我写的战争三部曲早已完成了。这就是表现战争是摧残人性的暴行的中篇小说《这里的黎明静悄悄……》，表现通过战争的考验使一个普通人成长为传奇式英雄的《未列入名册》，再就是表现战争中的道德责任感的《遭遇战》。这三部作品表现了我在战争期间最深切、最尖锐的感受和体验。至于《后来发生了战争》并不属于战争题材作品，当然不在三部曲之列。

刘宁：您的小说中的主人公，例如，伊斯克拉、阿尔乔姆以及他们的同班同学，是否有真实的生活原型呢？

瓦西里耶夫：坦率地讲，小说中只有一个人物是有生活原型的，这就是阿尔乔姆。他是我的同窗好友，比我小半岁，他是前线战士，比较早就上了火线，英勇善战，有不少战功。现在他是我国工业战线上的一名出色的工程师。我是在战后和他重逢的。当他读了我写的这篇小说，脸色一会儿发红，一会儿发白，不好意思地问道：亲爱的？这是怎么回事……对于我来说，他永远是阿尔乔姆。这是一个极端诚实、正直的人。他在任何情况下，都不会扯谎，要滑头，总是襟怀坦白，见义勇为。他是大家公认的头儿，不是那种咋咋呼呼，哗众取宠的头儿，而是那种平时沉默寡言，不惹人注目，但一旦祸事临头，就挺身而出的人。我在小说中写的就是这样一个阿尔乔姆。至于其他人物，则没有什么具体的原型，是根据我生活中所观察到的各种人物类型的特征，加以综合、概括而成的。

刘宁：小说中有些细节，我还不太明白。例如，伊斯克拉和她母亲之间的关系似乎有什么阴影，她的父亲究竟发生了什么事，使她的母亲感到十分孤单和不幸？她的母亲同维卡的父亲之间又有什么关系？

瓦西里耶夫：伊斯克拉的父亲并没有发生什么事故，他早就遗弃了伊斯克拉的母亲。她之所以感到不幸，有更深一层的原因，要考虑到那是战前的斯大林时代，许多人都有不幸的预感。她经历了国内战争，心肠变硬了。她并不是个坏母亲，只是忙于社会工作，没有时间料理家务，照顾女儿。她为人正直，坦率，富于原则性，是一个最高含义上的“政委”。她同维卡的父亲之间只是一般相识和共事的关系。她并不喜欢维卡父亲的某些气质和议论，说他是一个书生气十足的知识分子。可是，一旦他出了事，挺身而出，为他仗义执言的却正是伊斯克拉的母亲。

刘宁：中学校长罗马欣这个人物是否有原型呢？

瓦西里耶夫：问题不在于这个人物是否有具体的原型，而在于他代表着一种历史倾向。在我年幼的时候，学校教育中还可以感到一种所谓“自由教育”的倾向。这可以既是马卡连柯式的教育方法，一种善于同孩子们交知心朋友的教育方式。罗马欣就其气质而言，是一个马卡连柯式的教育者。他力求同孩子们建立相互信任的真诚友谊。他身教胜于言教，处处以自己的模范行为、善良品德来影响学生。他并没有什么学位，也没有多少专业知识。他是按一个过去红军战士的良心来教书育人的。他不愿在师生之间，讲台和课桌之间划上一条鸿沟，而是像在战场上那样身先士卒地号召说：“弟兄们，让我们一起去冲锋陷阵吧！”这是一种从国内战争延续下来的自发的民主主义。对于我来说，罗马欣体现了学校教育中最好意义上的革命传统。孩子们是很喜爱这样的教育者的。

刘宁：您怎样看待想象、幻想，以及一般说来，浪漫精神在文学创作中的地位和作用？您对战争散文中的纪实性又持什么态度呢？

瓦西里耶夫：我认为，在我们这个时代可以找到具有各种爱好、各种趣味的读者。因此，争论想象、虚构与纪实孰优孰劣，并无多大意义。这是各人的爱好问题。我只能谈谈我个人的情况。我喜欢想象、虚构。这是就俄语“编写”（“сочинительство”）这个词标准的、传统的含义而言的。当然，我写的大部分作品都有确凿的事实，甚至历史文献作为依据，但是其中的情节故事则是我虚构编造出来的，纯粹是我想象的产物。在我看来，任何一种艺术都必须有自己的对象，自己的消费者，尽管这个词听起来有些不雅，却是完全可以理解的。任何艺术都必须是有趣的，能吸引人的，否则还有谁去欣赏它呢。我就直言不讳地承认，我是为一定的读者、观众写作的。我的主要对象是青年。这是一个人数众多、可以而且需要加以改造的读者群。老年人毕竟是老年人，你已经无法改造他们了，让他们安享自己的天年吧。可是，青年人的趣味却是十分广泛，时常变化的。他们是各门艺术、各种文娱活动激烈争夺的对象。电影、电视、音乐、舞蹈，还有各种体育比赛节目，都在各显神通，争夺青年观众。在这种强手如云，激烈竞争的情况下，你想要吸引青年读者来读你的作品，就必须写得生动有趣，引人入胜，否则他随时都会释卷而去。因此，对于我来说，趣味性是创作中必须考虑的一个十分重要的因素。在保证作品主题的严肃性、现实迫切性的前提下，我力求写得故事动人，富有生活情趣，情节发展扣人心弦……在这个意义上讲，我是一个浪漫主义者。

有些批评家指责我拔高作品的某些人物。如果这算罪过的话，我可以承认。我是怀着仰慕的心情来写这些人物的。我稍稍用自下而上的仰视角度来看这些人物，并希望我的读者也能受到他们所体现的高尚情操的感染。

刘宁：有些作家主张非英雄化，尽量使英雄人物“着地”。看来，您的主张是同他们不一样的。您怀着仰慕心情塑造的一些人物已博得了中国许多读者的衷心喜爱。鲍里斯·列沃维奇，您的许多作品还搬上了银幕和舞台，并取得了很大成功。您是怎样评价这类改编的呢？请您谈谈这方面的经验，好吗？

瓦西里耶夫：我很乐意同电影工作者合作。这不仅是因为我干过电影编剧这一行，而且是由于电影具有巨大的吸引力。并不是所有的人都喜欢读文学作品，但人人都爱看电影。因此，我乐于同电影编导合作，共同改编我的作品。我只坚持一个条件，就是必须保持我的作品的基本思想，其他的都好说。凡是根据电影艺术的特点需要改动的地方，我都可以同意。文学创作有自己的语言和手段，没有必要原封不动地搬到电影中去，那只会弄巧成拙。我所关心的是，我的作品的基本思想，那使我激动不安的主题思想能够借助于电影这一强有力的艺术手段传达给千百万观众。

在根据我的作品改编的影片中，最令我满意的是《这里的黎明静悄悄……》。当然不是由于这部片子获得了多项奖金，而是因为作品的基本精神得到了充分的体现。不是说，这部影片就没有任何缺点了，但是从电影放映时的反应来看，作品主人公的悲剧命运的确打动了广大观众的心弦，激起了他们的同情、悲愤和沉思。这种悲剧的感受正是我在这部作品中力求传达给读者的。我感到特别高兴的是，这部影片也受到了广大中国观众的欢迎。

我认为，每个现代作家都应当熟悉电影这门艺术。电影是一种最富于群众性和现代性的艺术。它拥有能够广泛影响群众的丰富多彩的表现手段。因此，在当今通信手段空前发达的现代社会里，文学不必害怕电影、电视的竞争，而应当学习和汲取它们的经验和长处，以丰富自己的表现力。我主张每个作家都应当在不同程度上参加一些电影方面的工作，尽可能熟悉和了解电影艺术的特点和长处，这对于丰富和提高自己创作的技巧和风格也是大有好处的。

刘宁：您在电影编剧方面的经验是否也反过来影响了您的文学创作呢？

瓦西里耶夫：毫无疑问。我从电影编剧的经验中学习到不少东西。电影这门艺术的语言是十分精确，十分凝练的。它的节奏紧凑，情节发展迅速，语言生动、简练，能在有限的放映时间内表现高度浓缩的丰富内容。电影艺术力求简洁、凝练、含蓄，而又生动、明快、易懂的特点，我看就很值得散文作家学习和借鉴。

至于说到戏剧，它与散文创作之间早就有着传统的密切联系。不少古典作品和现代小说已先后搬上舞台，受到了观众的欢迎。我的一些中、短篇小说，如《这里的黎明静悄悄……》等，也改编成话剧或歌剧，在各地剧院上演了。最近我根据短篇小说《你们是谁家的老人？》改编的同名话剧正在莫斯科小勃隆娜亚剧院上演。您如果有兴趣，我可以请您去观看。

刘宁：十分感谢。这篇小说我已经拜读过了，很愿意看看它是怎样改编成话剧，搬上舞台的。鲍里斯·列沃维奇，是否请您再谈谈构思作品的情节和结构的奥秘。为什么您往往激化情节冲突，把主人公置于异乎寻常的、几乎是悲剧性的情势之中呢?

瓦西里耶夫：这是个相当复杂的问题。我只能根据自己的创作经验谈点看法。一般说来，我的创作构思总是从我有了某种不同意见开始的。我天生是一个论战爱好者。在生活中遇到的某些人和事一旦引起了我的关注和思考，便使我激动不安，并产生了就某些社会道德问题进行争论的强烈愿望。经过一段苦苦的探索，于是形成了某种主题思想，并促使我进一步构思作品的人物形象、情节结构，而这一切都是为了充分表达使我激动不安的主题思想。主题思想酝酿得越成熟、越明确，那么在艺术表现方面也就水到渠成，比较顺手了。

例如，我写长篇小说《不要向白天鹅开枪》，就经历了一个逐步深化的构思过程。起初，我只是被在林区偶然看到的一块提醒行人爱护自然资源的木牌所吸引。后来了解到这是一位爱林如家的普通护林员所写的，于是我又对这个人物的性格和遭遇发生了浓厚兴趣。然而，只是在我观察和收集到了大量生活素材，并从中提炼和形成了我自己关于保护自然资源与维护和发展人性美的相互关系的主题思想之后，作品主人公的性格特征，情节结构的安排，以至整个作品的基调才趋于明朗，并顺理成章地确定下来。

坦率地讲，我是偏爱悲剧的。当然，并不因为我是一个悲观主义者。相反，就性格而言，我是个乐天派。我之所以偏重写悲剧冲突，是出于以下的考虑。在当今世界上，每个人天天都处于大量信息的包围和影响之下。各种关于凶杀、抢劫、暴乱、镇压等残忍恐怖行为的新闻报道层出不穷：什么在危地马拉枪杀了女孩啦，在西欧发生了劫机事件啦，在中东发生了集体屠杀难民的暴行啦……人们起初听到这类骇人听闻的消息，还感到震惊、愤慨、痛心，但久而久之，就司空见惯，习以为常了。人们开始以一种冷漠的、超脱的态度来接受这类消息。他们的神经变得迟钝了，良心变得麻木不仁了。这是信息爆炸时代的一种世纪病，我作为一个作家，应当怎样来同这种日益蔓延的精神麻木现象做斗争呢？那就是要调动一切艺术手段，发出文学的最强音，去打动读者的心弦，唤醒他的良知。我认为，最具感染力，最能发聋振聩的艺术手段莫过于悲剧。悲剧从来就具有净化人们心灵的作用。因此，我自觉地运用悲剧情势，激化矛盾冲突，揭示在人们可能司空见惯的一些日常现象背后所蕴含的悲剧意义。其用意就在于向人们猛击一掌，大喝一声：醒醒吧！

刘宁：您是怎样加工、提炼自己的语言风格的呢？关于现代散文的语言风格，您有些什么想法？

瓦西里耶夫：我不是文体家，也没有自己的风格理论。因此，关于现代散文的语言风格，很难发表什么意见。我只能谈点自己创作中的体会。

风格无非是表现某种思想的方式或手段。每个作家都有自己的风格，不必强求一律。我的每部作品都包含着我从生活中发掘的某种我所珍视的主题思想。为了准确、生动、鲜明地表达这种思想，最关键的莫过于找到这部作品的基调。对于我来说，最困难的是写好作品的头一句话，头一段和头一页，因为这是在给整个作品定调子。例如，我在写中篇《这里的黎明静悄悄……》的开头几页时，就踌躇再三，迟迟动不了笔。您知道，这部小说的开端是富于喜剧色彩的，而情节的发展却以悲剧结束。当我掌握了悲喜剧因素相互交织，彼此转化这一基调之后，整个作品就写得比较得心应手了。

我在加工作品的语言风格时，经常考虑的另一个因素是读者的反应。我是为读者而写作的。我力求达到每部作品的语言风格都能准确、鲜明地表达它的主题思想，并为读者所接受，从而引起他们的共鸣。

在语言本身的加工方面，我最下功夫的是人物的访谈。其他对于我来说，都是次要的。只有访谈才能使你笔下的人物由平铺直叙的描写转入有声有色的行动，使读者如闻其声，如见其人。通过生动、简洁的几段访谈，人物的鲜明个性，复杂心理状态，彼此间的微妙关系往往就能活现出来，跃然纸上。

总之，对于我来说，创作过程的前半部分，即酝酿和探索作品的主题思想，是最重要、最艰巨的工作，而其余部分则属于技巧、技术性的工作。

刘宁：鲍里斯·列沃维奇，您对我们两国之间的文学交流关系有何想法？您愿意通过我们的刊物向您的热心的中国读者讲几句话吗？

瓦西里耶夫：我很乐意通过贵刊向广大中国读者表达我的诚挚的谢意和美好的祝愿。我十分高兴地获悉，我的不少作品译成了中文在贵国出版发行，受到了广大读者的欢迎，引起了热烈的反响。中国读者可以说是世界上最大的读者群，每个作家都会为得到中国读者的承认而感到欣慰和自豪。我很喜欢读中国的古典文学作品，特别是古代和中世纪的诗歌，它那真挚的情感，精深的哲理，凝练的语言，优美的意境给我留下了深刻的印象。遗憾的是，中国现代作家的作品译介过来的太少了，我谈不出什么看法。总之，促进两国文化和文学的交流，是一件很重要的事。因为，文学艺术可以促进各国人民之间的相互了解，而各国人民在精神、文化上都有许多共同点，都具有渴望和平、友谊、进步、幸福的共同愿望。这才是最值得我们珍视的。

刘宁：鲍里斯·列沃维奇，最后请您谈谈您的创作计划。您正在写什么作品呢？

瓦西里耶夫：目前我正在创作一部长篇小说，这对于我的创作发展来说有着重要的意义。我想在这部小说中表现我们国家的历史，是通过一个家庭几代人的命运来表现的。这是一个典型的俄罗斯知识分子家庭，我就是在这样的家庭环境中长大的。我对知识分子、城市居民的生活比对工人、农民的生活更为熟悉。小说的主人公是一位经历了革命战争的洗礼，由沙俄军队转到革命阵营来的年轻军官，他后来成长为一名优秀的红军指挥员，为保卫和建设社会主义祖国倾注了全部心血和才智。这个人物的成长过程有不少地方取材于我父亲的经历，但我力求塑造出我们父辈那一代人的典型形象。他们是受过良好教养的俄国知识分子，民主主义者。他们是在战争和革命的严峻考验中，逐步克服自身的弱点，与人民相结合，成长为自觉的革命者，坚定的布尔什维克的。目前我还只写了小说的开头几章。什么时候写完，还很难讲。我并不急着赶进度。

此外，我还写了一部中篇小说，描写一位妇女经受了卫国战争的全部严峻考验，但在战后的和平环境中，却不知如何适应新的生活，找到自己在生活中的位置。我还写了几个短篇小说，有一篇是写一位妇女晚年的悲惨处境，即将在《青春》杂志上发表。

访谈附记——瓦西里耶夫给中国读者的信

会见和谈话已进行了两个多小时。瓦西里耶夫是专程从郊区别墅赶来同我会见的，还没有来得及回自己在城里的寓所。我为占用了他这样多的时间感到不安，并对他的热情接待和内容丰富的谈话表示衷心的感谢。握别时，他答应为我刊写一封致中国读者的信。我代表《苏联文学》编辑部和苏联文学研究所全体同志衷心祝愿他健康，幸福，在创作上取得新的丰收。

下面是《瓦西里耶夫给中国读者的信》。

亲爱的中国朋友们：

我荣幸地获悉我的作品在中国读者中获得了成功。我借此机会，向为加强我们两国人民的联系做了许多工作的译者深深致谢，向那些投书《苏联文学》编辑部对我的作品做出反应的中国读者深深致谢。除了艺术之外，没有更好的方式能使我们这两个伟大的民族互相了解。这一点我是深信不疑的。

我属于没有青春时期的那一代人。童年、学校、少年的友谊和一个男孩子对邻班女孩的爱恋，都在一天之内——1941 年 6 月 22 日——结束了。

这一天我刚满十七岁零一个月。对我们全体人民来说的这个可怕日子以及我个人的这个年龄，成了青春时期的最后界限：迈过这个界限我和我们这一代人一下子就跨入了成年人的行列。……我们整个这一代人光荣地走过了这一历程：用生命的代价遏制了，然后是彻底粉碎了世界反革命阵营中无比残忍，非常强大和训练有素的军队——德国法西斯。

用生命的代价——这并未夸大，亦非比喻。这是实情：1922，1923，1924，1925 和 1926 年出生的小伙子活下来的，只有百分之几；我出生的年份以及相近的年份（1923，1924，1925）活下来的只有百分之三。换句话说，每一百个上前线的小伙子只有三人生还。

是的，这完全是特殊的一代，是介于我们祖国两次最严重的动荡之间的一代：昨天我们这里发生了国内战争，而明天等着我们的是伟大的卫国战争。我们身上有着阶级搏斗的狂飙似的热情，有着如雄壮乐曲的革命浪漫主义精神，有着对于同我们制度的敌人必不可免的拼杀的冷静期待。

这就是为什么我总写自己这一代人的缘故。[1]

……

---

[1] 编者注：此信刊登在《苏联文学》1986 年第 1 期。章廷桦翻译。此次发表有删节。

第十三篇

刘宁与尤·邦达列夫的访谈[1]

编者按：进入 2019 年，二战后崛起的“战壕派”作家尤·邦达列夫已经 95 岁了。

邦达列夫 1924 年 3 月 15 日出生，卫国战争期间，一直在炮兵部队服役，他曾两度负伤。战后进高尔基文学院学习，1951 年苏联作家协会高尔基文学院毕业后，即开始职业作家生涯。1949 年开始发表作品。他的《营队请求炮火支援》（1957 年）和《最后的炮轰》（1959 年）以写战壕真实出名，遂成为“战壕真实派”的主将。长篇小说《寂静》（1962 年），揭露个人迷信的危害。长篇小说《热的雪》（1970 年）描写斯大林格勒保卫战，创作方法转向，开始

[1] 编者注：此文原载《文艺报》1986 年 11 月 1 日，此次发表时，根据刘宁《访苏日记》重新做了编辑。

把战壕真实和对战役的全景描写结合起来。1970年与人合作完成电影史诗《解放》，立场全面转向“全景文学”，翌年获列宁奖金。七八十年代，接连发表《岸》(1975)、《选择》(1981)、《人生舞台》(1985)三部长篇小说，转向“国际题材”，在当下的时代背景下展示反法西斯一代人的当代生活。引起热议，获苏联国家奖金。他的散文随笔《瞬间》(1977)，也获得很大成功。90年代以后，邦达列夫的创作视野又扩大到“全球题材”，发表《诱惑》(1992)、《非对抗》(1996)、《百慕大三角》(1999)、《无善》(2004)等大视野小说。

邦达列夫是一个敏锐的，有预见的作家，总能及时写出引领大趋势的文学作品。

刘宁在1985年与邦达列夫的访谈正处于作家第二个大转弯时刻，是这位“常青”作家的一份珍贵记录。

苏联解体之后，邦达列夫依然频频得到崇尚，依然被各方接受，并作为荣誉的榜样。解体后他所获奖项，可以证明这种“共识”：列夫·托尔斯泰奖（1993）、人民友谊勋章（1994，叶利钦颁发）、肖洛霍夫文学艺术国际奖（1994）、全俄“斯大林格勒奖”文学奖（1996）、“伟大的十月社会主义革命90年”奖（2007，俄罗斯联邦共产党中央颁发)、"光荣的市民 - 沃尔戈格拉斯的英雄"(荣誉称号)(2004)、涅夫斯基"俄罗斯的忠诚儿子"奖、俄罗斯的大文学奖(2012)、雅斯娜雅·波良娜奖(2013)、俄罗斯联邦朱可夫国家奖(2014),特别有特点的奖项是大牧首基里尔设立的"爱国文学奖"(2015)、最近,克里米亚划归俄罗斯之后,他又获得首届"塔夫里克文学奖"(2016)。似乎无论哪一个阵营,都在热情地给邦达列夫颁发奖励。

刘宁主持北京师范大学外国问题研究所苏联文学研究室工作的时候,就对邦达列夫做跟踪研究。1975年,《岸》刚刚在苏联发表,"苏文室"的内部刊物《苏联文学资料》就编译刊发了这篇小说。自然,改革开放前的话语,总要带着批修的色彩,但是,中国"文革"中成长的一代作家,又有多少人从反面教材的"白皮书"、"灰皮书"里获得了"正面"熏陶呢?而且,恰恰因为中国曾经走过"一边倒"、"中苏论战",以及轰轰烈烈的改革开放,此时的中国学人大多装备了多角度观测器。1980年创刊的《苏联文学》对邦达列夫一直保持密切的关注,这已经是多元多方位的观照了。在这个基点上与邦达列夫的访谈,提问方是有深厚的、复调的语态的。

访谈题记——俄罗斯联邦文学家协会的访谈

2月12日，按照奥夫恰连科教授约定的时间，我中午一时半离开校舍，来到共青团大街13号“俄罗斯联邦作协”。

我50年代在莫斯科大学留学的时候，奥夫恰连科教授是我的老师，现在是高尔基世界文学研究所的高尔基全集部门负责人。经他安排，我将要在俄罗斯联邦作协访问苏联著名作家邦达列夫。

俄罗斯联邦作协办公地是一座白色的三层楼房，哥特式建筑风格，前廊耸立着四根雕花立柱，颇为壮观。前门上悬着的牌子，上面写着“作家协会 РСФСР”。推门进去，是一个宽敞的前厅，正要找人问询，便见奥夫恰连科教授从右手衣帽间里出来。他便领我上了二楼，带我到左边走廊尽头，那里是俄罗斯联邦作协主席邦达列夫的办公室。这是一间相当宽敞、布置得雅致美观的房间，右手靠窗放着一张大写字台，靠墙的两排书架放着书籍、文件、纪念品。房子中间围着茶几放着四张靠椅，是接待客人和会谈的地方，靠左手的一扇门大概是通往会议室。

奥夫恰连科把我介绍给邦达列夫，他伸出手来同我热情握手，表示欢迎我来俄罗斯联邦作家协会做客。我仔细看了看他那从照片早已熟悉的面容。浓眉大眼，炯炯有神，宽大的嘴富有表情，给人一种刚毅的感觉。宽阔的额头有几条深深的皱纹，使人感到这是一位饱经风霜、战火考验而又对人生真理探索不已的战士兼作家。他身材不算高大，但阔肩直背，相当魁梧，军人风度不减当年。身穿一身剪裁讲究的灰色西装，打一条黑色领带，看得出他是处在紧张的工作日。

原来约定只有半小时会见时间，但是邦达列夫的提问就占了大半段。

邦达列夫：（指着茶几前靠椅）请，请坐！请坐这里。

刘宁：（递名片）我很久就知道您的名字，能同您会见感到很荣幸。

邦达列夫：非常高兴同您见面。（邦达列夫也递给我一张名片。奥夫恰连科竟也向他要了一张。我一看，上面印着好些头衔：最高苏维埃代表、最高民族苏维埃会议副主席、社会主义劳动英雄、列宁和国家奖金获得者、苏联作协理事会书记等。）

邦达列夫：您来苏联多久了？

刘宁：快半年。

邦达列夫：您在哪里学的俄语，说得这样流利？

刘宁：1952 年至 1957 年在苏联留学，在莫大语文系学习过，是奥夫恰连科教授的学生。

奥夫恰连科：（在一旁笑）他已经是教授了。

邦达列夫：中国留学生勤奋好学，在我们这里是大家公认的。

刘宁：非常感谢！

邦达列夫：听说你们在搞门户开放，这是怎么一回事，是否类似当年列宁提出的新经济政策？

刘宁：打倒“四人帮”，特别是十一届三中全会以来，我们党提出了实行四个现代化，建设有中国特色的社会主义的宏伟目标。为了更好更快地实现这一目标，提出了对内搞活经济，对外实行开放的方针。我国宣布开放十四个沿海城市，利用外资创办一些企业，是一种对我国社会主义经济必要的有益的补充，这样能更好充分利用国内国外两种资源，吸收国外的先进技术和管理经验，而决不是搞资本主义，走资本主义道路。当年列宁也设想过利用外资来加快恢复和建设苏维埃经济的步伐，但由于帝国主义列强的封锁、武装干涉而未能实现。阿尔希波夫副主席前不久访华期间就去过深圳参观，他亲眼看到了那儿的建设成就。

邦达列夫：农村的情况怎样？

刘宁：整个改革就是从农村开始的。我们党吸取了过去“左”的错误的沉痛的教训，拨乱反正，打破吃大锅饭的平均主义，在农村实行承包责任制，农民在完成国家公粮指标后可自由在市场出售多余产品，这样就大大调动了农民的积极性，过去一个壮劳力从早干到晚，计十个工分，到年底还分不到几个钱，而现在许多农民都富了起来，特别城市郊区农民富得更快。农副产品连年丰收。你们的一些汉学家，像李福清等近年来访华后都有这样的观感。

奥夫恰连科：李福清是高尔基世界文学研究所的高级研究员，回来做报告，在《文学问题》上发表文章，认为中国的经济情况和商品供应的确有很大好转。

邦达列夫：那么土地是否分给农民，各户农民怎样承包呢？

刘宁：土地仍旧归国家所有，不准自由买卖，农民按各户人口和劳力情况向生产队承包，订合同，年底结算。当然，具体形式因地制宜，我没有专门研究，也说不清。总之，政策允许、鼓励一部分农民先富起来，但决不允许恢复剥削制度，按劳分配是社会主义分配原则，但不等于吃大锅饭，搞平均主义。

邦达列夫：城市改革怎样搞？

刘宁：精神是一致的，就是要搞活经济，打破过去统得过死、吃大锅饭的僵化模式，充分调动各方面的积极性，加快四化的步伐。这些年党强调并尊重知识，尊重人才，落实知识分子政策，我们当教师的亲身感受到无论政治待遇还是生活待遇都有了很大提高。

邦达列夫：文学艺术的情况怎样？

刘宁：文艺创作这些年冲破禁区、思想解放，出了不少好作品。最近召开的四次文代会又重申进一步贯彻双百方针，使文艺工作者享有真正的创作自由，文艺界正出现大鼓劲、大团结、大繁荣的新局面。这也是总结过去"文革"惨痛教训的结果。我们外国文学工作者在这方面有很深体会，过去说我们搞"封资修"，"文革"期间，我们所被宣布解散，我们教苏联文学被扣上修正主义帽子，赶到乡下去劳动改造，接受再教育。粉碎"四人帮"以后，我们经教育部批准，成立了苏联文学研究所，出了《苏联文学》杂志，茅盾同志为我们题词，说："而今借鉴不避修，安得划牢自囿"，巴金、戈宝权等老作家都支持我们的刊物，希望我们继承和发扬中苏文化的优良传统。

邦达列夫：（很感兴趣地）你们所有多少人，刊物发行量有多大？

刘宁：全所在编人员近三十人，加上系里协作和不在编的人员，大约五十人左右。刊物发行量最高曾达十万份，现大约三万份。今年开始扩大篇幅，并向国外发行。

邦达列夫：在所介绍的外国文学中，苏联文学占怎样的比例？

刘宁：无论在外国文学教学还是翻译出版的外国文学作品中都占了重要地位，一般超过其他一些国家的文学。如专门介绍俄苏文学的刊物就有三家，这是介绍任何其他国家文学方面都没有的。

邦达列夫：苏俄文学读者主要是哪些人？

刘宁：从读者来信看，除教师、学生等知识分子阶层外，其他农村、工厂、部队的文艺爱好者都长期订阅我们刊物。

邦达列夫：请问，我的作品在中国译介的情况如何？

刘宁：您的主要作品都已译成中文，听说《瞬间》也已付印，但我出访前还未见到。

邦达列夫：您有哪些问题请提吧。

刘宁：我是否可以录音？

邦达列夫：当然，可以。

刘宁：尤里·瓦西里耶维奇，您认为在战后，特别是近年来的苏联文学中出现了什么具有原则意义的新情况？

邦达列夫：战后苏联文学的发展说来话长，我主要谈谈近年来的变化。近三十年来，苏联文学经历了巨大的变化。它越过了侧重外在，即偏重外表的、对现实生活作镜子式描述的阶段而转向对现实生活进行心理的、哲学的思考。我是根据最优秀的作品这样讲的，因为很难一般地议论整个文学，只有从文学的顶峰才能窥见全貌，否则就会只见树木不见森林。我认为文学正朝着这个方向发展，因为我们生活在一个富于联想的世纪，各种现象日趋压缩、集中的世纪。当人们之间的地理距离和心理差距都在发生巨大变化的时候，这就促使人们的思维异常活跃，浮想联翩，思路开阔。当然，这并不是说人类的思维越来越深化了，而只是说出现了一些新的特征，新的范畴。古希腊人往往比现代人想得更深刻、更自然、更聪明，因为他们比现代人更接近自然。王尔德说过，现代世界使人脱离土地，他变得越来越唯理性了。爱情、嫉妒这些概念在今天不仅比古希腊，而且比十九世纪都具有不同的含义。当年曾经震撼十九世纪和二十世纪初读者心弦的巨著《安娜·卡列尼娜》中描写的三角恋爱，如今也显得有所不同了。如今读者所关注的已不仅是爱情纠葛本身，而且是卡列宁、安娜、沃隆斯基的心理状态。使他们更感兴趣的是各种思绪的综合，而不是各种情感的综合。我觉得我们正在向这个方向迈进，虽然在文学中仍然应当保持各种情感的综合。在大部分文学作品中现在有，将来还会有对现实生活单纯的、镜子式的描述。但是最优秀的文学已在创造自己的世界，就像契诃夫那样在当时现实生活的基础上创造了一个独特的艺术世界。这一切都是在对人们的本性进行心理的、哲学的研究的旗帜下进行的。

目前在苏联文学中出现了一种以良心为重的主人公。这类人物敏锐地倾听着自己的心声，对自己心灵中称作良心的那一部分的反应特别敏感。我们的文学力图塑造出能全身心地感受世界的苦难和悲痛的主人公。在现代社会中，人往往处于与自然不谐调，甚至冲突的状态中。

世界上普遍地存在人与土地疏远化的趋势。我们常常把空气变成了垃圾箱，把河流变成了污水沟。因此，作家们很自然地力求保护我们的母亲大地，保护这世世代代养育了我们各族人民的土地。由此在我们文学中涌现出了一批杰作，如阿斯塔菲耶夫的小说《鱼王》、齐维里享的《瑞典笔记》等。当然，写得最深刻有力的还是阿斯塔菲耶夫的作品，特别是他的《鱼王》。从这部小说中可以清楚地看出人与自然的相互关系。人只有通过与自然的关系才能认识自己。人类只有接近自然，避免与自然的冲突，才能生存和发展。可是人类文明在发展中却达到了这样一个阶段，即开始砍伐人类自己所栖息的自然之树。如果不意识到这一灾难，我们总有一天会在地球上找不到一个未被污染的水源，一块未被污染的土地。生态学题材是现代文学的一个重大题材。现代文学会越来越多地写这一重大题材，当然，是通过能意识到这一现代世界的危机状态的主人公来表现的。

除了人与自然的主题之外，心理的哲学的文学潮流所关注的另一主题是人与历史的关系。这一主题在我国近年来的一些长篇小说中占有显著的地位。这类小说通过人的命运对历史教训进行反省，又通过波澜壮阔的历史画卷来展现人的命运和表现人的性格、心理。

刘宁：您的作品是否也可以归入这一类呢？您的三部曲——长篇小说《岸》《选择》和新作《人生舞台》（原名《演戏》）是否有一个贯穿其中的统一的主题思想呢？

邦达列夫：是的，我的创作大致可以归入这一类。我在三部曲中没有局限于人与战争这一主题，而是力求通过主人公的历史命运对现代社会面临的冲突和危机进行心理的、哲学的探讨。我想，贯穿于三部曲的统一的主题思想可以说是关于人和现代世界状况的思考。

刘宁：您的新作《人生舞台》很快就会被评介到我国去，希望您能谈谈有关这部作品的构思和创作情况。

邦达列夫：我简直不可能解释自己的作品。无论怎样详尽地加以解释，都远远不如我所写的作品本身那样清楚。批评家们会对这部新作做出各种评论和解释，但不可能都那样准确无误。因为每个人都是根据自己的生活经验，自己的知识修养和爱好来对一部作品做出评价和判断的。

《人生舞台》——这是我写的第一部关于知识分子的长篇小说。它似乎完成了您刚才提到的三部曲，即《岸》《选择》《人生舞台》。其实它同前两部小说在情节上并没有任何联系，怎么能说它完成了三部曲呢？我想，也许是同一时代，同一世界状态把这三部作品联系起来了。前两部作品主要写的七十年代，这一部则更接近我们今天。我想通过这三部作品表现现代人在战后，特别是当代世界中危机意识的增长。我们生活在一个动荡不安，忧心忡忡的世界里，我的小说也由此具有一种忧虑不安的基调。几年前，我曾经说过，如今是忧虑不安的小说应运而生的时代，因为我们生活于一个非常动荡不安的时代。这不仅是由于上次大战的空前浩劫，而且还由于现代人身上所发生的某种变化。我认为，现代人并不是朝着精神自我完善的方向发展，而是朝着唯理性主义的自我完善，朝着唯利是图的实用主义的方向发展的。这种片面发展只会有损于人的精神上的和谐，有损于人的全面的和谐发展。保持精神上的和谐和平衡是极其重要的，它使人能够充分地、完整地感受这个世界，使他能够充分享受生活的乐趣。当然，所谓享受生活乐趣并不是直接含义上讲的，而是指人应当享受这世上盛开的鲜花，这大地，这空气，这蓝天碧空……就是说，我们活着，就应当让生命的全部激流、生活的全部欢乐和痛苦都通过人自身，就是要让生活中的甜酸苦辣各种感受都通过人的心灵。为什么托尔斯泰的哲学在今天显得这么伟大，占据了一个显要的地位？因为他幻想实现人类友爱的大同世界，向往人的道德自我完善。但是，鉴于天堂并没有降临人间，在世上也找不到世外桃源，因此现代小说应当是忧虑不安的。

我们生活在八十年代，即将迎来2000年。这使我们不能不对世界的前景，人类的前途充满一种紧迫的责任感。作家——这是一种奇异的器官，他敏锐地感受到外界的一切刺激，包括世界的悲痛，现代人的惊慌不安。这就不能不使现代小说充满一种尖锐的危机感。作家不应当处于一种心满意足、自我陶醉、高枕无忧的精神状态，这无异于宣判他作为一个作家的末日。我们在生活中面临的问题、灾难不是日趋消失，而是日益增多。我们怎么能不闻不问，高枕无忧呢？我深信，各国和各民族的作家都应当是人民的良心。即使他不能成为预言家、说教者，也应当成为人民的良心。其实，每个真诚的作家都是说教者。托尔斯泰是一个伟大的说教者，陀思妥耶夫斯基也是如此。

刘宁：是否由于您的这几部小说贯穿着忧虑不安的危机意识，因而作品主人公的命运也都以悲剧告终呢？

邦达列夫：可能是这样。如果天堂乐园降临到人间，也许世道就会变得吉祥如意，万事顺遂了。可是魔鬼撒旦的翅膀还在这个世界上呼风唤雨，我又怎能保证自己笔下的主人公善始善终呢？

刘宁：尤里·瓦西里耶维奇，您作为亲身经历了战争严峻考验的“前线一代”，或如您所说的“中间一代”作家的杰出代表，对苏联战争题材文学的开拓和发展做出了重大贡献。目前在苏联文学中是否已出现了新的一代作家，他们虽然没有参加过战争，但对战争题材的创作却做出了新的贡献？

邦达列夫：我并不认为出现了这样一种严肃认真的新文学。是的，出现了某些新东西，特别是在电影、戏剧等方面。可这类作品又有多大价值呢？或许我可以称它们为已经反映过的东西的再反映。要知道，当列夫·托尔斯泰执笔写《战争与和平》的时候，虽然1812年的卫国战争已过去了五十年，但是他却十分熟悉战争，因为他亲身参加了1854年的塞瓦斯托波尔保卫战。他亲身体验了炮弹呼啸飞来，在身边爆炸的滋味，他目睹了战火纷飞，血流成河，尸骨成丘的情景，因而《战争与和平》才写得这样真实感人，不愧为伟大的史诗。

目前我们文坛上出现了某些未亲身参加过战争的年青作家写的中篇小说或拍摄的影片。可是这些作品无非是通过几重镜子折射的反映，而且往往是经过第三道、甚至第四道手来辗转借用我的一些旧作。我看这样的创作是不会有任何前途的。这无非是一些仿制品，而仿制品在文学中从来是短命的。虽然目前有某些批评家和作家正在为这一类作品的问世而欢欣鼓舞。他们欣喜若狂地叫嚷："瞧，他并没亲身参加过战争，却写得多么棒啊！"其实，他根本没有写出什么称得上棒的东西。他写的东西无非是从其他人的书中收集拼凑而成的，有的地方挪用某些情绪，有的地方模仿某些人物，如此而已。自从在我的小说中首次出现了行伍出身的年青中尉的形象以来，他的形形色色的孪生兄弟在三十年间游荡遍多少书籍和影片啊！他们虽出自不同手笔，却在情绪、举止，甚至言谈等方面显得多么相似！这就是说，艺术上的发现，一旦滥用，便成了庸俗的陈词滥调。要知道，真实并不畏惧想象，可是貌似真实的东西却总是拘泥于事实。然而这些作品还够不上貌似真实，而是貌似貌似真实之作。因此，在我看来，它们谈不上有什么前途。

我深信，如果一个人从未体验过嫉妒，就永远写不出嫉妒之情。如果他从未有过孩子，也就写不好亲子之情。如果他从未真正爱过一个女人，也就不可能写出真实感人的恋情。他即使硬着头皮去写，也只能东拼西凑，胡编乱造。只有当一个作家用全身心去体验人生，感受一切情感的时候，他的创作才是有价值的。即使作家在艺术技巧上还不够成熟，写出的东西比较粗糙，但只要富有真情实感，就会引起人们的兴趣。您知道，我们文学宝库中有《钢铁是怎样炼成的》这样一部小说。它并不以辞藻华美，文笔婉丽见长，但却是一部伟大的小说。因为这是一个与自己英雄的时代共呼吸的人的真诚的自白。书中所写的一切，那种英雄主义气概、自我牺牲精神、冲天干劲，以至狂热的信仰，都是作者内心深切的体验。

附 录

刘宁在访谈赫拉普钦科前准备的访谈提纲

刘 宁 撰

宋胤男 译

编者按：刘宁的手稿中，存有一份珍贵的档案，是他在访问苏联文艺学家赫拉普钦科之前做的访谈文案。

为了采访成功，刘宁设计了九大问题。从设问中，可以看到刘宁对访谈对象的深入广泛的了解，对访谈对象所在领域的广泛了解，同时对此专业的国际发展形势有广泛而鲜活的了解。从文案俄语的表达，可以看出刘宁俄语理论表达的纯熟，专业性强，用词准确，文风高雅。从语言准备，可以看出刘宁处理访谈的认真细腻的态度。

这里刊发刘宁访谈的俄文文案，也意欲为俄罗斯文学研究的后学提供一个现成的访谈的模板。

23.IX.85

Вопросы для беседы с М.Б. Храпченко

Михаил Борисович,вы как один из ведущих советских литературоведов широко известны у нас в Китае. Ваш фундаментальный труд “Творческая индивидуальность писателя и развитие литературы” давно был переведен на китайский язык и заслужил всеобщее признание. Мы,китайские русисты и литературоведы с огромным интересом следили за вашей благотворной литературной деятельностью,и видели в ваших теоретических выступлениях последних лет знаменательное явление и живое достижение современной советской науки о литературе. На страницах нашего журнала неоднократно сообщалось о вашей многосторонней общественно-литературной деятельности. Мы с большим удовольствием включили вашу статью “Теория литературы и творческий процесс” в составленный нашим институтом сборник “проблемы советского реализма”,вышедший в 1982 году в издательстве “зарубежная литература”. На меня выпала большая честь встретиться и беседовать с Вами. Пользуясь этим счастливым случаем,разрешите мне задать вам несколько вопросов,интересующих наших литературоведов и широких читателей нашей страны.

1. Михаил Борисович,как развивалась советская наука о литературе в последних 20 лет - этот вопрос волнует китайских литературоведов. Что по вашему мнению "является принципиально новым в развитии советского литературоведения и эстетики за последние годы?"

2. Михаил Борисович,мы с интересом следили за дискуссией по проблемам социалистического реализма и его соотношениям с другими литературными течениями,развернувшейся на страницах советской печати за последние десятилетия. Поделитесь,пожалуйста,своими мыслями об основныхитогах и перспективах этой дискуссии. Когда-то вы высказали мысль о том,что социалистическое искусство и социалистический реализм - понятия не тождественные,социалистическое искусство включает в себя и другие течения. Расскажите,пожалуйста,на ваш

взгляд,кроме ведущего социалистического реализма,в советской литературе и искусстве ещё существуют какие литературные течения и художественные методы? Как определить виды и формы творчества таких советских писателей,как Пришвина,Булгакова,Ахматовой,Пастернака,Цветаевой и других?Некоторые современные критики утверждают,что в современной мировой литературе наблюдается всеобщая тенденция слияния или сближения реализма и модернизма. Как вы смотрите на этот вопрос?

3. Михаил Борисович,вы в монографии "художественное творчество,действительность,человек" и в целом ряде статей последних лет подняли важнейшие проблемы современной эстетики,всесторонне разрабатывали проблемы методологии современного литературоведения и эстетики,что вызвало большой интерес у нас в Китае.Как известно,в последние десятилетия в научной методологической литературе стали обиходными также понятия,как структура, информация,система,модель,код,коммуникация и

другие. На ваш взгляд,какие из этих новых понятий и подходов плодотворно могут быть использованы в эстетическом и литературном анализе,а какие вносят упрощения,искажения и т.д.? Как следует сочетать традиционные методы и новые способы исследования на основе методологии системно-целостного анализа,которая должна объединить разные подходы в единую методологическую теорию?

4. Михаил Борисович,вы неоднократно говорили о том,что современное состояние науки и литературы делают важными и необходимыми различные пути и подходы изучения литературы и искусства. Среди таких важных научных подходов,как историко-генетического,историко-функционального,типологического,историко-сравнительного,психологического,семиотического и т.д.,какой же подход вы определяете для себя как главной,наиболее плодотворный?

5. Какие направления в развитии науки о литературе вам кажутся сегодня наиболее важными,перспективными?

6. Какова,на ваш взгляд,роль литературной

критики в современном литературном процессе? Что вы думаете о состоянии сегодняшней советской литературы и критики? Что вас радует и что беспокоит?

7. Каковы,на ваш взгляд,новые соотношения и связи искусства и науки при условиях научно-технической революции? Как вы смотрите на роль и значение документального творчества в современной литературе?

8. Михаил Борисович,над чем вы сейчас работаете?

9. Михаил Борисович,между китайскими и советскими литераторами установлены традиционные дружественные связи,многому полезному мы учились и учимся у вас. Многие замечательные произведения советских классиков и современных советских писателей и литературоведов были переведены на китайский язык. Они снискали искреннюю любовь и признание широких читателей нашей страны. Не хотите ли вы передать несколько слов через наш журнал вашим

китайским читателям?

［译文］

1985 年 4 月 23 日

采访米·鲍·赫拉普琴科的问题

米哈伊尔·鲍里索维奇，在中国，人人皆知您是苏联首要的文艺学家。您的巨著《作家的创作个性和文学的发展》早就翻译成中文并获得普遍好评。作为中国的俄罗斯语文学家和文学研究者，我们极有兴趣地关注您具有良好效果的文学活动，将您最近几年的理论发表视为当代苏联文艺学的重要现象和鲜活成果。我们的杂志不止一次介绍您多方面的文学社会性活动。我们很高兴将您的文章《文学理论和创作过程》收入由我们学院编写、外国文学出版社于 1982 年出版的《苏联现实主义问题》论文集。十分荣幸与您见面并对您进行采访。借此良机，请允许我向您提几个我国文学研究者和广大读者感兴趣的问题。

1. 米哈伊尔·鲍里索维奇，最近 20 年苏联文艺学的发展问题是中国文学研究者激烈讨论的问题。在您看来，近年来苏联文艺学和美学发展中原则性的新东西是什么？

2．米哈伊尔·鲍里索维奇，我们有兴趣地关注着有关社会主义现实主义问题的争论，以及与最近十年在苏联出版刊物中所呈现出的其他文学流派之间的关系问题的争论。请您分享一下您自己对于这一争论的基本结论和前景的看法。您曾讲过一个观点，社会主义艺术和社会主义现实主义并不是相同的概念，社会主义艺术自身包括其他流派。请您谈一下，在您看来，除了主流的社会主义现实主义，在苏联文学和艺术中还存在哪些文学流派和艺术方式？如何定义诸如普里什文、布尔加科夫、阿赫玛托娃、帕斯捷尔纳克、茨维耶塔瓦等苏联作家的类型与形式？一些当代批评家认为，在当今世界文学中，出现了现实主义与现代主义相互靠近或者相互融合的总体趋势。您怎样看待这一问题？

3．米哈伊尔·鲍里索维奇，您在专著《艺术创作、现实、人》和近几年来的许多文章中提出当代美学的重要问题，全面分析了当代文艺学和美学的方法论问题，在中国，这引起了我们的极大兴趣。众所周知，最近数十年在文学研究的学术方法论中同样无法回避诸如结构、信息、系统、范式、符号、传播等概念。在您看来，这些新概念和方法中，哪些可以被有效地运用到美学和文学分析中，而哪些会带来简化、曲解等等？应该如何在系统整体性分析的方法论的基础上将传统方法与新的研究方法结合起来？这种系统整体性分析的方法论应该将不同的方法结合起来形成统一的方法论理论。

4．米哈伊尔·鲍里索维奇，您不止一次说过，科学和文学现状使文学研究和艺术研究出现重要且必要的不同道路和研究方法。在下列重要的科研方法中，比如历史起源学、历史功能学、类型学、历史比较学、心理学、符号学等等，对您来说，哪种方法是主要的，是更有效的？

5．您认为，当下哪种文学科学的发展方向是更重要、更有前景的？

6．在您看来，在当代文学进程中文艺批评起到了什么样的作用？您认为当今苏联文学和文学批评的现状如何？您对哪些满意，哪些又令您担忧？

7．在您看来，在科学技术革命的条件下，艺术和科学的新型相互关系如何？您怎样看待当今文学中文献作品的作用和意义？

8. 米哈伊尔·鲍里索维奇，您最近在研究什么？

9. 米哈伊尔·鲍里索维奇，中国和苏联文学研究者建立了传统的友好联系，我们向您学到了很多，而且仍在学习。很多苏联经典作家和当代作家的名著、文学研究者的专著已经译成中文。它们得到了我国广大读者真挚的喜爱与好评。您想通过我们的杂志向您的中国读者转达什么吗？

编 后 记

20 世纪 80 年代，莫斯科开往北京的列车，总是在深夜到站。

在冬日的寒风里，我们三人，刘宁的夫人陆桂荣老师、同门师兄吴俊忠和我，在第一站台，等待徐徐开进的列车。列车停稳，我们找到指定的车厢，然后，从归国的“信使”手中接到刘宁老师从莫斯科送回来的“信袋”：一个，或两个纸箱。“信使”是外交人员，行李的份额不受限制，所以，那个时候的高级访问学者常常会租用“信使”的“信袋”把东西送回国内。

当时，只是知道，纸箱里是刘宁老师在莫斯科寻获的宝物——珍贵图书，却不知刘宁老师在远方正在进行一场拼了性命的征战。

1984 年，我考入北京师范大学苏联文学研究所，入学时候，刘宁已经远赴莫斯科。接送刘老师的信袋，算是跟刘老师的第一次“接触”。

刘老师去世之后，我有机会看到他留下的访苏日记，才得见刘老师当年在远方异国奋勇拼搏的场面。刘老师本来的“留苏进修计划”是到莫斯科大学语文系研读“十八世纪至十九世纪俄罗斯文学批评史及俄国革命民主主义批评和美术问题”。但是，他却在进修计划之外，设计了一个庞大的访谈计划。20 世纪 60 年代以后，中国和苏联论战，关系中断，在二十多年的时间里，中国对苏联文学的观照出现严重的空档，1978 年，中国改革开放以后，中国的俄罗斯学者又获得了在苏联本土探研的机会。刘老师为了填补过去的岁月造成的空档，日夜兼程，呕心沥血，抓住一切机会，探访作家、教授、杂志、出版社、协会、研究机构、作家村，每一次探访，都留下详细的探访日记。

这本《跨文化俄苏文学访谈录》就是刘老师拼了性命去探采，又拼了性命来整理完成的结晶。

整理这些成果，让我惊叹，要完成这样艰难繁重的任务，非“天时”“地利”“人和”集于一身，实在难以实现。

首先，刘老师具备出色的俄语交流能力。

刘老师在他的自传里写道："1950年，在俄苏文学情结的驱使下，我最终还是选择了上清华外文系，……舍弃了在中学学习多年的英语，转而攻读俄语……抗美援朝的烽火骤起，出于爱国热情，我决心投笔从戎，报名参加了军干校。""1951年，我从军干校分配到中国人民大学俄文系学习。……刻苦学习苏籍教授教授的俄语课。……通过这两年在人民大学的紧张学习，我的主要收获是初步掌握了俄语工具……""为了帮助新中国培养经济建设所急需的各类专门人才，中苏两国于1952年签订了关于接受中国留学生在苏联高等院校学习的协定，其中包括了首次派赴苏联专门学习俄罗斯语言文学专业的几十名留学生，这样我便有幸被选派作为首批专门学习俄罗斯语言文学专业的留学生赴苏学习。……留苏的最初三年，我和五位中国同学被分配在伏尔加河畔的萨拉托夫大学语文系学习……1955年，我们六位中国学生转入莫斯科大学语文系学习，并以优秀成绩通过答辩。"[1]

从1952年至1957年，无论在萨拉托夫大学，还是在

---

[1] 刘宁：《俄苏文学文艺学与美学——刘宁论集》，北京师范大学出版社，2007年，第3-8页。

莫斯科大学，刘老师，头悬梁，锥刺股，五年间没有回国探亲，全部能量都投入学习和体验俄罗斯语言、文学和文化，最终，于1957年，以全优的成绩毕业。我曾看过这样一幅照片：在莫斯科大学1957届毕业生典礼大会，充满青春气息的莫斯科大学毕业生刘宁作为优秀毕业生接受奖励。

刘老师在莫斯科大学语文系读书，并非是死啃教科书学死语言，而是广泛地接触俄罗斯文化生活。他曾回忆说："我对俄罗斯文化艺术的兴趣与日俱增，经常出入于莫斯科的图书馆和书店，参观美术馆、博物馆、艺术展览会和作家、艺术家的故居纪念馆，到大剧院小剧院，音乐厅去欣赏演出，沉醉和迷恋于俄罗斯的音乐、芭蕾、歌剧、话剧之中。莫斯科极其丰富、活跃的文化生活和学术交流活动，不仅极大地扩大了我的学术文化视野，而且增进了对俄国文化艺术的亲身感受和体验。正是在这种校内外结合的，对于俄苏文化艺术的多方面感悟、体会和研讨中，培养和形成了我的比较广泛的学术兴趣和深厚的俄罗斯情结。"[1]

---

[1] 刘宁：《俄苏文学文艺学与美学——刘宁论集》，北京师范大学出版社，2007年，第8页。

在国内国外前后七年多强化学习中，刘老师的俄语水平达到了极高的境界。每一次访谈，被访谈的人都惊讶：刘老师的俄语会这么好。

因为具备这样的俄语语言能力，刘老师的访谈对话是无障碍的，可以深入，可以广泛，可以由此及彼涉及很宽很远。

其次，刘老师具备深厚的理论逻辑素养。

刘老师在中国人民大学学习俄语期间，就非常注意自己的理论的培养，通过俄语原版教材学习马克思、列宁原典，历史、政治经济学经典，初步建立了系统的理论知识体系。1952 年，刘老师来到萨拉托夫大学，被这座“车尔尼雪夫斯基之城”感染，1955 年转入莫斯科大学语文系，刘老师很快被这里的强大理论阵营吸引了，“研究兴趣转向了文学理论、文学批评方面”。1957 年，学成回国之后，刘老师被分配到北京师范大学中文系工作。当时，北京师范大学是俄罗斯语言文学的重镇之一，俄语语言教学在外语系，外语系甚至一度改名为俄语系。俄苏文学研究则在中文系外国文学教学方向之下，与刘宁老师同时回国的还有谭得伶老师、陆桂荣老师，谭老师也分配到中文系，而陆老师则在外语系。甫一上讲台，刘老师就用文学史和文艺学方面的系统理论统领“19世纪俄罗斯文学”课程，别开生面。60年代初，由于工作需要，刘老师被调到中文系文艺理论教研室任教研室主任。[1]

正是此时，一项理论工作任务落在刘老师的肩上。“当时负责规划和指导文科统编教材工作的周扬同志还提出，要编一本《美学概论》，由著名文艺学家、美学家王朝闻同志任主编，……从1962年起我有幸参加了美学编写组的工作，直到1964年编写出了讨论稿，美学组因政治风云突变而中断工作。”[2]

刘老师参加《美学概论》的编写组工作，恰好是“因内符外”了，国家需要和刘老师的个人准备高度契合。在留学期间，为了搞懂俄罗斯19世纪革命民主主义批评所受的德国美学影响，刘老师下苦功厘清了德国美学与俄罗斯美学的渊源关系和交互影响，美学在他的知识储备中，是高度系统化、高度理论化的。所以，在美学组工作时，刘老师整理出“50年代以来苏联美学界的

---

❶ 刘宁:《俄苏文学文艺学与美学——刘宁论集》，北京师范大学出版社，2007年，第10页。

❷ 同上，第10页。

讨论情况”资料，由于资料整理得全面、具体、流派清晰、注释严谨、评价客观而得到全组成员的赞扬。

大概是1985年，北京师范大学研究生会邀请李泽厚到北师大做报告，临时派我去接这位美学大家。坐学校派的专车到了李泽厚的家，寒暄几句，上车赶往北师大。车上无聊，李泽厚问我是学文艺理论的？我说不是，我是学俄罗斯文学专业的。没想到，李泽厚突然话多起来，问我刘宁老师的情况。我当然知道刘宁是我们苏联文学研究所的所长，但是，对于其他，所知甚少。结果一路上，李泽厚一直在讲刘老师在编写《美学概论》时的优异表现，说你们刘宁老师是少见的真懂美学的专家，真懂美学史的专家，特别是真正了解当代苏联美学发展的专家。他说有机会他十分想同刘老师再度合作。但是，那一次，李泽厚在北师大的讲座遭到“伏击”，从此他再也不来北师大。

1991年，我们成了刘老师的博士生，刘老师第一个指导我们的动作就是带我们拜见王朝闻先生。当时，王朝闻先生大病初愈，基本拒客上门，但是，却爽快答应了刘老师的请求。我们到了王先生家里，王先生穿着一件紫色大棉袍接待我们，一谈就是三个多小时。其中有一大段是他和刘老师回顾《美学概论》编写的往事，然后，就是他向刘老师提问俄罗斯美学的新进展。说得兴起，王朝闻先生拿起身边的一幅画，抱在胸前，滔滔不绝地讲起“美”来。再后来，讲起病中读《安娜·卡列尼那》，读《复活》。后来知道，王先生此时正在写《复活的复活》，很多谈话内容都闪烁在这本书中。我的博士论文，企图用中国的文艺思想解决托尔斯泰的诗学，刘老师又请王朝闻先生赐教，王先生不辞辛苦给我写了一封信，提出十分中肯的意见。

我在此提起两件旧事，是要说明刘老师自身理论素养的构建，自身美学理论体系的构建是有长久的积累的，在中国的美学理论建设中有独特的贡献。

所以，刘老师的访谈，理论性强、系统性强，美学体系坚实，同时又直击当下的理论问题。

第三，刘老师具备跟踪研究苏联当代文学的充分积累。

刘老师在中苏关系中断近三十年之后，重新敲开了俄罗斯文学的大门，在短暂的时间里，对当时的俄罗斯文学各界的代表人物进行了专门的、深入的访问，获得极大成功。这是与刘老师长期对当代苏联文学的研究分不开的。这一项研究，客观地讲，不是刘老师一个人的建设，而是以北京师范大学苏联文学研究所为核心的整个中国的俄罗斯苏联文学研究界的成就。

北京师范大学之所以能成为中国的俄罗斯苏联文学研究的核心，就是因为北师大有个“苏文所”，“苏文所”创办了一个杂志叫《苏联文学》。

关于“苏文所”的历史脉络，关于《苏联文学》的创办历程，可用极简单的两句话描述。第一句是：1980 年成立的“北京师范大学苏联文学研究所”是在 1964 年成立的“北京师范大学外国问题研究所苏联文学研究室”的基础上独立建制的。第二句是：1980 年 1 月出刊的《苏联文学》杂志是在 1973 年“北京师范大学外国问题研究所苏联文学研究室”编辑发行的内部刊物《苏联文学资料》的经验积累之上成功创办，公开发行的，1994 年初《苏联文学》杂志改刊名为《俄罗斯文艺》，发行至今。

当然关于这两段史实，也可以写出一本大书。刘宁老师在他的《俄苏文学文艺学与美学·自序》[1] 里有简略

[1] 刘宁：《俄苏文学·文艺学与美学——刘宁论集》，北京师范大学出版社，2007 年，第 13—15 页。

记载。在程正民老师的回忆录《风声雨声读书声》(见《却话程门立雪时》[1]，中国社会科学出版社，2017年。)也有生动的描绘，在谭得伶老师的《我和北师大苏进研班学者群》(见《窗砚华年》[2]，中国社会科学出版社，2012年。)也有准确的描述。我这里只是顺着老师们的线索，附录几个重要的文件和事件。

第一个“大文件”是毛泽东主席的批示。这是1963年以后，中国高校及其他部门突然涌现出许许多多“外国问题研究所”的根本文件。

这是“天时”。

这个文件的正式名称是《加强宗教问题的研究》。文件是毛泽东同志在中共中央1963年12月30日转发中央外事小组、中央宣传部关于加强研究外国工作的报告的指示稿上写的批语。

毛泽东同志的批语全文如下：

“这个文件很好。但未提及宗教研究。对世界三大宗教(耶稣教、回教、佛教)，至今影响着广大人口，我们

[1] 程正民：《却话程门立雪时》，中国社会科学出版社，2017年，第412—444页。

[2] 谭得伶：《窗砚华年》，中国社会科学出版社，2012年，第178—188页。

却没有知识，国内没有一个由马克思主义者领导的研究机构，没有一本可看的这方面的刊物。《现代佛学》不是由马克思主义者领导的，文章的水平也很低。其他刊物上，用历史唯物主义的观点写的文章也很少，例如任继愈发表的几篇谈佛学的文章，已如凤毛麟角，谈耶稣教、回教的没有见过。不批判神学就不能写好哲学史，也不能写好文学史或世界史。这点请宣传部同志们考虑一下。

毛泽东

十二月三十日”[1]

这个批示文件刊登在人民出版社 1999 年 6 月第一版《毛泽东文集》第八卷第 353 页。

毛泽东同志首先肯定“中央外事小组、中央宣传部关于加强研究外国工作的报告”“很好”。同时又指出不足，“报告”没有涉及宗教、而宗教研究对哲学、文学、历史都有极大的意义。

毛泽东的这个补充意见，给“研究外国工作”提出了更广泛的视野，指定了未来的“外国问题研究”的大范围、大编制。

[1] 毛泽东：《毛泽东文集》第八卷，人民出版社，1999 年，第 353 页。

毛泽东批示中所提的“文件”，即“中央外事小组、中央宣传部关于加强研究外国工作的报告”，我们无法看到，但是，从《建国以来毛泽东文稿》第十册的相关注释文字，我们可以看到毛泽东批示的原委。

这是《建国以来毛泽东文稿》第十册第 470 页至 471 页的相关注释文字：

《关于加强宗教研究的批语》的注释：

注释［1］是关于毛泽东批示的写作时间和媒介：

“这个批语写在中共中央一九六三年十二月三十日转发中央外事小组、中央宣传部关于加强研究外国工作的报告的指示稿上。”

注释［2］是针对毛泽东批示的第一句话“这个文件很好”：

“这个文件”，“指中共中央外事小组、中央宣传部一九六三年十二月十五日关于加强研究外国工作给中央的报告。报告说，开国以来，随着外交活动和国际斗争的开展，研究外国的工作，做出了不少的成绩。但是，目前在这一方面的研究工作还远不能适应当前形势的需要，不能很好地为国际斗争服务。为了改变这种状况，准备加强和扩充研究机构，培养研究人才，在统一指导、分工协作、动静结合、内外交流的原则下，积极开展研究外国的工作。（一）由有关各部分别负责，新建一批研究机构，加强现有研究机构。（二）在高等学校中建立研究外国的机构。（三）加强和扩充高等学校中有关国际政治的院系。（四）逐步建立地方上对外国研究的工作。（五）加强各外事机关，特别是驻外使馆的调查研究工作。（六）加强国际研究工作中的协作。（七）采取‘动静结合、内外交流’的办法，培养研究干部。（八）成立国际研究指导小组。”❶

随着中央的部署，北京师范大学抽调刘老师协助顾明远先生筹建“外国问题研究所”，顾先生任所长，刘老师任副所长。“外国问题研究所”下设“苏联文学研究室”，刘老师任室主任。

这又是一次“符外而因内”的机遇，没有中央的统一部署，就不会有“立竿见影”的建制，但是，各个高校的“外国问题研究所”尽管名字都是一样的，而研究方向则各有各的不同。北京师范大学有几大强项，一个

❶ 中共中央文献研究室编：《建国以来毛泽东文稿》第十册，中央文献出版社，1996年，第470—471页。

是外国教育研究，另一个就是苏联文学研究，两者之外是苏联哲学和外国经济研究。

有了这样的机遇，刘老师获得了组建一支专业的、纯粹的苏联文学研究队伍的机会。刘老师的团队，最初是四个人，刘老师之外，还有潘桂珍老师、唐其慈老师、程正民老师。随后到来的是连铗老师、林银生老师。

六十年代最后几年，中国科学研究，尤其人文学科研究陷入停顿。

所幸，1973 年，各“外国问题研究所”又重新启动，旗下的苏联文学研究室则有大举动，那就是印制内部刊物《苏联文学资料》。

为了办好“研究室”，办好这个内部刊物，“苏文室”团结了一大批编制内外的专家，首先是北师大内部引进中文系谭得伶老师。

不久，又从校外引进大翻译家蓝英年。

还有更多的外语系俄语语言文学专家团结在《苏联文学资料》的“战线”上。这个内部刊物，获得空前的成功，影响极大。

《苏联文学资料》第一期，刊登了《1966 年至 1972 年苏联文学大事记》，这是研究室同志，以及“中文、外语两系外国文学组的同志”[1]，“齐心协力，通过逐年逐月翻阅苏联有关的报纸杂志和摘录新华社出的‘大参考’等内部刊物”[2]编写出来的。它一举填补了几年研究中断后留下的空白，大事记囊括了这几年苏联的所有文学事件。时至今日，依然是一份珍贵的研究资料。

随后，杂志每期重点介绍一个或几个最有影响的作家作品，如瓦西里耶夫的《这里的黎明静悄悄……》、特里丰诺夫的《滨河街公寓》、利巴托夫《伊戈尔·萨沃维奇》、伊万诺夫的《永恒的召唤》、格拉宁的《奇特的一生》、邦达列夫的《岸》等作品。

当然，受时代话语所限，《苏联文学资料》不得不使用大批判的话语。但是，那个时代，又有多少中国人在精神饥荒的情况下，从“反面教材”获得了“正面”的“精神食粮”呢？

改革开放之后，北师大俄苏文学学科迎来了春天。1979年，“外国问题研究所”动议，分别成立“外国教育研究所”

---

❶ 《苏联文学资料·前言》（内部刊物）第一期，北京师范大学外国问题研究所苏联文学研究室编，1973年6月，第1页。

❷ 刘宁：《俄苏文学文艺学与美学——刘宁论集》，北京师范大学出版社，2007年，第14页。

和“苏联文学研究所”，获得学校及上级部门批准，1980 年，北京师范大学苏联文学研究所独立建制，“这是全国高校系统唯一专门从事俄苏文学研究的单位”，后来得知，这也是全世界唯一以“苏联文学研究所”命名的研究机构。

北师大苏文所成立之时，全所同仁合力谋划，创办《苏联文学》刊物。这又是一件大事件。经研究所同仁努力，刊号获得批准，又经研究所同仁努力相邀，1979 年 8 月，时任中国作家协会主席、中国现代文学奠基人之一茅盾先生热情地为创刊号题写一首《西江月》致贺：“形象思维谁好，典型塑造孰优，黄钟瓦釜待搜求，不宜强分先后。泰岱兼容杯土，海洋不择细流，而今借鉴不避修，安得划牢自囿。”茅盾这一漫阅历史、从容大气的题词，自然成了《苏联文学》的宗旨。

1980 年 2 月 10 日，《苏联文学》创刊号出版发行。在全所人员的努力下，办得高端、大气，有档次。在苏联、俄罗斯也有相当大影响。

因为独立建制，有编制，“苏文所”发展壮大，北师大俄罗斯语言文学学科进入鼎盛时期。苏联问题研究所苏联文学研究室时代，北师大已经调入一批全国顶级人才，此时，又调入一批专家。如著名翻译家钱育才、张佩文、张敬铭、章廷桦、刘循一、马志洁；著名俄苏戏剧研究专家陈宝辰等。

有了这样团队合作共同努力的研究，身为“苏文所”所长，身为《苏联文学》杂志主编的刘老师吸纳了整个团队的养分，当他时隔27年再次踏入俄罗斯的文学大地的时候，可说是胸有成竹了。最初，被刘老师请求指导的导师们，常常会反问，你怎么是来学习的？你可以做我们的指导呀！

因为有整个苏文所以及团结在苏文所周围的中国的俄苏文学研究界的集体准备，在刘老师的访谈中，即使偶然插入一个人来，随便说起某个作家、某个作品，刘老师也能对答如流，几乎没有盲点！

这是地利。

第四，刘宁老师秉持恭谨、谦逊、虚心的学习态度。

1984年至1985年，中国已经大踏步走上改革开放的道路，西方文学迅猛开禁，各种现代派自由进入中国。对俄罗斯苏联时期的研究，也不仅仅跟随苏联境内的节奏，也获得了美国、法国、英国等西方世界的“俄罗斯苏维埃”研究视角。《苏联文学》第二期就发表了《美国学者论社会主义现实主义的起源》一文[1]，马克·斯洛宁《苏维埃俄罗斯文学（1917—1977）》[2]也在1983年出版，基本上可以自由购买。北京大学亦出版一套“解冻丛书”。所以，中国的俄苏文学研究已经解开束缚，思维活跃了。

但是，毕竟是与苏联作家、苏联理论家、苏联杂志主编面对面对谈，挑战的姿态、争辩的姿态、辩论的姿态、西方的姿态都是不合适的，更不用说“反修”的姿态了。

这是礼貌，但是，更是探求真理应持有的态度。

因为，首先，苏联改革前的文学和文艺学、文化学，并非全是僵硬的“苏联模式”。苏联文艺学的确具有一整套上层的“言语体裁”的话语（术语或者套话）。这套话语，非常权威，非常坚硬，在整个社会文化生活中成为压倒优势的话语。但是，在苏联这套官方言语体裁中，却诞生了让全世界文学理论家震惊的文艺学硕

[1] 薛君智：《美国学者论社会主义现实主义的起源》，载于《苏联文学》杂志1980年第二期总第二期，第146—154页。

[2] ［美］J. 马克·斯洛宁著：《苏维埃俄罗斯文学（1917—1977）》，浦立民、刘峰译、毛信仁校，上海译文出版社出版，1983年。

果、诗学硕果。其中，巴赫金、洛特曼、什克罗夫斯基的理论，产生了强大的全球影响力。苏联文学家、理论家的话语表述，有这样一种奇怪的状态，他们在通行的话语中，深入到文学的最深处，他们从而获得了独特的“大脑—生理”功能，他们甚至具备了“深层呼吸”（underground breathing）的能力，发育了独特的“拇指”（extra thumbs），并且进化出具有超常功能的“象鼻吻”（proboscis/Хобот），苏联文学家、文艺学家的努力让苏联文学、文艺学的表层和深层出现了一种独特的张力（Tension）。[1] 所以，恭谨的态度，才可以发现这些深层的意义。用“苏联模式”三个字断然否定一切，并不科学。

其次，苏联文学的这种奇怪状态，主要是由于他们的性格深处有一种“痴迷着魔”东西在起作用，这种性格，用俄语表达是“одержимость”这个词语。这个词，在古代，在中世纪，除了“痴迷”的含义之外，还有“邪魔上身”的意思。如果说一个人“着了魔”（одержимость），往往是要“驱魔”的。事实上，在整

[1] 参阅拙作《从苏联文艺学言语体裁的深处——“狂欢化”理论的优胜纪略》，《俄罗斯文艺》2018 年第 1 期。

个现当代俄罗斯文学中，都存在这种“痴迷着魔”的品性。这是一个耐人寻味的问题。比如，美学家鲍列夫居然一直在创作“笑谭”，很像今天手机传输的那些“段子”，比如，老派现实主义作家列昂诺夫用几乎四十年的时间，写出魔幻作品《金字塔》，而这恰恰是刘宁访谈之时，被访谈对象的行为。所以，谦逊的态度，才可以体会到苏联作家、理论家的“魔性”。

再次，中苏关系冷却了二十多年，忽然有了机会可以直面苏联文学，多听多看多读多写，这才可以收获更多，更大。更何况，刘老师采访的对象，都是在我国的读者中引起巨大反响的人物，通过这些访谈，让中国的读者知道更多他们创作背后的故事，这是必要的。所以，虚心学习的态度，才可以获得更多创作、发表的隐秘。比如，访谈中，我们得知：中国人人喜欢阅读、观看的《这里的黎明静悄悄……》，这作品的发表，是作家和编辑部“合谋”的结果。比如，对话中，我们得知：园林文化也是俄罗斯古代文化的一个显著特征。

刘老师的恭谨、谦和、虚心的态度，让这些访谈对话始终在一种友好的气氛中进行，这是刘老师这一系列访谈对话的一大特点。

第五，刘老师获得了千载难逢的历史性时间差。

1984 年至 1985 年，中国已经改革开放，而俄罗斯尚在“停滞期”的末端。1984 年 12 月 24 日，身在莫斯科的刘老师在中国驻华大使馆听到来自国内慰问团的报告，当晚写下了日记：

“12 月 24 日（星期一）

今天中央慰问团接见全体在莫斯科、明斯克等地的进修生，宣读了中央的慰问信。这封信经过五次修改，还请北大朱德熙教授润色，言简意赅，表达了祖国和人民对海外学子的亲切慰问和殷切厚望。‘家人翘首，师友企盼，祖国寄厚望于你们，愿你们学成回国，增添中华民族腾飞的活力。’读了令人振奋，感人至深。胡启立、张劲夫同志接见慰问团，提出带些礼品，耀邦同志于百忙之中，还想到要带点茶叶和糖果。慰问团介绍了国内大好形势，今年粮食总产 8000 亿斤，全国人均 800 斤，出现了粮食丰收，卖粮难，贮粮难的新情况。棉花一亿一千万担（比美苏都多），几千万担棉花没有仓库贮存。煤炭 7 亿吨以上，石油一亿一千万吨。财政收入比去年增长 160 亿元。农村形势大好。慰问团行前参观了昌平采（踩）河大队，那里居民已住上一百平方米的两层小洋楼，90% 从事工商、运输、服务等行业，只有 10 名从事农业，收入激增。农民说：'无农不稳，无工不活，无才不兴。'为了引进和培养四化人才，农民不惜重金投资。采（踩）河大队就请了 7 个高级工程师和大量技术员，每人薪水翻一翻，如当年获利润超过 50 万元，拨给每人 80 平方米小洋房一幢，连续三年，奖小汽车一辆，厂长每年分红三万元，农民很重视人才，说要请来外地大财神，培养本地土财神。有的大队培养本地大学生，每人一月发奖学金 170 元。

最近有三件大事：一是奥运会起了巨大作用，对台湾有深远影响，民意不可违；二是香港归还祖国，'一国两制'的提出对解决台湾问题有重大意义；二是 35 周年国庆产生了广泛的国际影响。今年工农业总产值增长了 13.1%，目前还只有我国达到两位数的增长率，当然我们的基数比发达国家小，经过两三年重点建设项目发挥出效率，经济实力会进一步增长。如果保持每年增长 7.3%，十年就能翻一番。浙江省今年工业增长 30.5%，农业 12%，工农业总产值增长 16.5%，1986 年就能实现翻一番。

城市改革正在积极开展，所有权与经营权分开，赋予企业以自主权，厂长负责制，实行有计划的商品经济，不合理的价格要调整，但不会全面涨价。工资改革明年下半年开始进行，实行结构工资（包括基本工资，工会工资，职务职称工资，资历工资相结合）。工资改革要拉开距离，体现重视知识，重视人才的精神。国内工资调整，对出国人员一视同仁。留学生的生活费待遇也要提高。（明年 4 月 1 日开始提高 15%）。

晚放映了慰问团带来的新闻纪录片和新的国产故事片《高山下的花环》。回到学校，已是夜 11 点，心潮起伏，久久不能入眠。”

这一段日记，充满了时代的痕迹，那个时候出国留学的中国学者身上带着满满的改革信息，同时，他们自然也从各种欢欣鼓舞的信息中感觉到时代的焦虑。农村的搞活、市场的开放、价格的浮动、工资的提升、人才流动、特区开发、流行音乐等等也充盈耳际。

这些对于“停滞期”的苏联人来说，也是一个热议的话题，苏联报刊时时关注中国的改革，所以也自然进入刘老师访谈对话中。邦达列夫问刘老师的中国改革热题，竟占去访谈的大半时间。留意这个时间差，让刘老师的回答有条不紊。

后来，1988 年、1989 年，苏联大变，应了作家瓦西里耶夫的话："我们的马儿飞起来"，狂飞起来了。刘宁走访俄罗斯各大主编，每到一处，都是沸腾景象，杂志发行量成倍增长，信息爆炸，历史哗然，主编们早已经不是"苏联模式"的停滞，而是一日千里地向前。刘宁此时的访谈，记录了俄罗斯转型巨变时刻的文化人足迹。这是天时。

第六，刘宁老师具备通向苏联文学文化界的渡桥。

刘老师的访谈计划，在出发前就有所准备，但是，最终能如此大规模完成对苏联文学界、文化界的各种访谈对话，除了拼命奔波之外，还得到了苏联朋友的大力支持。首先是莫斯科大学的教授们的帮助，其次是莫斯科大学外事处、苏联作协、俄罗斯联邦作协等官方机构的帮助，再次是高尔基世界文学研究所，普希金之家等科研机构的帮助，另外，还有中国学者的各路好朋友的介绍，所以，刘老师的访谈网络是全面铺撒形状的。

但是，在这些为刘老师牵线搭桥的朋友、秘书、办事员当中，有两个人是帮助巨大，在刘老师访谈的过程中，总有这两位朋友的热情帮助。一个人是俄罗斯著名的汉学家李福清，另一个人是高尔基世界文学研究所的奥夫恰连科。

李福清的名字，在中国文学界，已经为人熟知，刘老师和他较早相识，所以，刘老师一到莫斯科，就与李福清建立了联系，很快就成为好朋友。李福清得知刘老师的访谈计划之后，就积极为刘老师介绍那些知名学者、知名作家。渐渐，刘老师成了李福清家中常客，因此，访谈前的准备和访谈后的体会，就成了一大谈话内容。在这种无拘无束的交流中，刘老师在访谈中，恭谨谦逊态度之下的疑问，就可以不必顾忌。所以，李福清不仅是“介绍人”，也是参与者、评判者、对话者。

在刘老师访苏日记中，1984 年 11 月 26 日（星期一）的日记有特别的意义。这则日记写了满满五页，开首便是李福清：

“Рифтин（即李福清——编者）昨晚来电话，要我带着介绍信于今天两点到ИМЛИ（高尔基世界文学研究所的俄文缩写——编者）去。……下午两点赶到ИМЛИ，李福清已在等候。他先带我到外办，见了管外事的副所长，他很快就安排我可以去高尔基研究所的图书馆借阅资料，并要李（李福清——编者）联系我见Храпченко（赫拉普钦科——编者）和Овчаренко（奥夫恰连科——编者）的事，我提出如有可能，希望能见所长Бердников（别尔德尼阔夫——编者），了解该所的全面情况。但Б（即Бердников——编者）最近生病，他答应以后再安排。李带我见了亚非文学研究室主任Никулин Н. И.（尼库林——越南文学研究专家）和苏联文学研究室主任А. И. Чагин（恰金——俄罗斯20世纪文学研究专家），他们都欢迎我去各室进行学术交流。因Овчаренко正在开Ченый совет（应为Учёный совет，即学术委员会——编者），约我下星期一再谈。

我请李福清先介绍一些所的情况，以及同学者会见应作些什么准备。他说，见Храпченко和Овчаренко前可先准备几个要谈的问题，在谈话进程中陆续提出，上次外文所见Х（即Храпченко——编者）时只提了一个问题，结果Х（即Храпченко——编者）只好泛泛谈了些自己的回忆。”

随后，李福清逐一介绍高尔基世界文学研究所的研究者的建树，说话之中又不只是议论高尔基世界文学研究所的学者，也有李福清熟悉的列宁格勒的“普希金之家”的利哈乔夫，也许，正是在这一场谈话中，刘老师获得了当下苏联学界的“指掌图”。

刘老师不禁在当天的日记中暗叹：“看来，高尔基文学研究所的确名不虚传，集中了苏联文艺学界的许多第一流学者，成果显著。有不少值得学习和借鉴之处。我要尽量利用这次进修机会，好好学习，深入考察。”

刘老师的访谈计划，似乎正是从这个时间开始展开了。

到了约定的“星期一”，即 1984 年 12 月 3 日（星期一），刘老师取得了访谈工作的突破性进展。在李福清的引荐下，刘老师见到了另一个促成他访谈工作的重要人物——А.И. 奥夫恰连科。

关于这一天的胜利，刘老师的日记里也有特别的一笔：

“与李福清约定今天中午去 ИМЛИ 会见 А.И.Овчаренко 教授，可是到了那里，才知道所里开全体学术讨论会，会见只好延期。我问李福清是否可参加他们的学术讨论会，他表示欢迎，请我参加下午的会议。他请我到作协之家去吃中饭。出门时正遇上 А.И.Овчаренко 教授，我表示有幸同他认识，他请我星期四下午两点到 ИМЛИ 座谈。赶到 ИМЛИ 会议厅，下午的讨论会正好开始。”

这是刘老师与奥夫恰连科教授的第一次碰面。

但是，并非一帆风顺。

约定 12 月 6 日（星期四）中午两点“会见奥夫恰连科教授，可是不巧他又出去开会了”。

终于，12 月 13 日，刘老师与奥夫恰连科教授见面了。刘老师随后又多次跟踪奥夫恰连科教授的授课。精诚所至，金石为开，奥夫恰连科教授主动为刘老师介绍当下那些著名人物了，俄罗斯文学的大门向刘老师敞开。

奥夫恰连科教授生于 1922 年，1956 年起成为莫斯科大学的教授，1958 年获语文学博士学位，1965 年起至逝世之时，在高尔基世界文学研究所任职，是该所大型项目《高尔基全集》的负责人。奥夫恰连科教授是一个极为热心帮助别人的人。1984 年获得“民族友谊”勋章。1988 年 7 月，奥夫恰连科教授在里海沿岸度假时，不幸溺水而亡。追索前事，奥夫恰连科教授似乎是上苍特意为忘我工作的刘老师而准备的渡桥。

历史不断前行，一个特殊的时代，随着历史河道的改变而成为过去，话语转化，时代随之沉寂。忽然，某一刻，当我们打开尘封的史料，当我们重播那个时代留下的现场对话，这个特殊的历史时代就会随之而复兴。

感谢刘宁老师为了保存那个时代所付出的超凡努力！

学生李正荣

2019年1月1日至24日

“跨文化研究”丛书书目[1]

1 乐黛云《跨文化方法论初探》，中国大百科全书出版社，2016。
2 ［法］汪德迈（Léon Vandermeersch）《中国文化思想研究》，中国大百科全书出版社，2016。
3 ［法］金丝燕、法宝（T·Dammaratana）《佛经汉译之路：〈长阿含·大本经〉对勘研究》，北京大学出版社，2016。
4 ［法］金丝燕《文化转场：中国与他者》，中国大百科全书出版社，2016。
5 程正民《跨文化研究与巴赫金诗学》，中国大百科全书出版社，2016。
6 董晓萍《跨文化民间文艺学》，中国大百科全书出版社，2016。
7 ［法］劳格文（John Lagerwey）《华南民俗志》，中国大百科全书出版社，2016。
8 王邦维《跨文化的想象：文献、神话与历史》，中国大百科全书出版社，2017。
9 王一川《跨文化艺术美学》，中国大百科全书出版社，2017。
10 董晓萍《跨文化民俗学》，中国大百科全书出版社，2017。
11 董晓萍《跨文化民俗志》，中国大百科全书出版社，2017。
12 董晓萍《钟敬文与中国民俗学派》，中国社会科学出版社，2017。
13 ［爱沙尼亚］于鲁·瓦尔克（Ülo Valk）《信仰·体裁·社会》，董晓萍译，中国大百科全书出版社，2017。

［法］劳格文（John Lagerwey）、谭伟伦主编《中国客家地方社会研究》（全4卷），中国人民大学出版社，2017。

14 ［法］劳格文、谭伟伦主编《（一）闽西客家社会——长汀》，中国人民

[1] “跨文化研究”丛书是教育部人文社会科学重点研究基地重大项目“跨文化视野下的汉语、汉字与民俗文化研究”的综合性研究成果，［法］金丝燕、董晓萍主编，中国出版社有：中国大百科全书出版社、北京大学出版社、商务印书馆、中国人民大学出版社、高等教育出版社、中国社会科学出版社、文化艺术出版社和上海大学出版社。法国出版社有：Paris:Éditions You Feng Libraire & Éditeur 与 Paris：Nuvis，乐黛云、［法］金丝燕、董晓萍主编。

大学出版社，2017。
15 ［法］劳格文、谭伟伦主编《（二）闽西客家社会——宁化》，中国人民大学出版社，2017。
16 ［法］劳格文、谭伟伦主编《（三）与非客的社会》，中国人民大学出版社，2017。
17 ［法］劳格文、谭伟伦主编《（四）粤东粤北社会》，中国人民大学出版社，2017。

18 ［法］汪德迈（Léon Vandermeersch）《中国思想的两种理性：占卜与表意》，［法］金丝燕译，北京大学出版社，2017。
19 王宁《汉字六论》，中国大百科全书出版社，2017。
20 ［法］汪德迈（Léon Vandermeersch）、金丝燕编著《古文言读本》（法文版），Paris: Éditions You Feng Libraire & Éditeur，2017。
21 ［法］金丝燕等译《药师琉璃光七佛本愿功德经》（法文版），Paris: Éditions You Feng Libraire & Éditeur，2017。
22 董晓萍《中国经典故事》（法文版），Paris :Nuvis，2017。
23 ［德］艾伯华（Wolfram Eberhard）《中国民间故事类型》（修订版），王燕生、周祖生译，刘魁立审校，董晓萍校注，商务印书馆，2017，2018。
24 ［法］汪德迈（Léon Vandermeersch）《跨文化中国学》，中国大百科全书出版社，2018。
25 乐黛云、陈越光主编《全球视野下的中国文化本位》，中国人民大学出版社，2018。
26 乐黛云、陈越光主编《全球治理、国家治理和社会治理》，中国人民大学出版社，2018。
27 ［法］金丝燕主编《中国当代艺术》（法文版），Paris: Nuvis，2018。
28 ［法］白乐桑（Jöel Belensan）《跨文化汉语教育学》，中国大百科全书出版社，2018。
29 ［英］白馥兰（Francesca Bray）《跨文化中国农学》，董晓萍译，中国大百科全书出版社，2018。
30 董晓萍《跨文化民俗体裁学》，中国大百科全书出版社，2018。
31 王宁《跨文化汉字学》，Paris:Éditions You Feng Libraire & Éditeur，2018。
32 程正民《巴赫金诗学》，Paris:Éditions You Feng Libraire & Éditeur，2018。

程正民主编《20世纪俄罗斯诗学流派研究》（全6卷），中国社会科学出版社，2018。

33 程正民《巴赫金的诗学》，中国社会科学出版社，2018。
34 王志耕《俄罗斯社会学诗学》，中国社会科学出版社，2018。
35 张冰《俄罗斯形式主义诗学》，中国社会科学出版社，2018。
36 贾放《普罗普的故事诗学》，中国社会科学出版社，2018。
37 马晓辉《俄罗斯历史诗学》，中国社会科学出版社，2018。

38 张冰《洛特曼的结构诗学》，中国社会科学出版社，2018。

董晓萍主编《钟敬文全集》(全 16 卷，共 30 册)，高等教育出版社，2018。

39 钟敬文《钟敬文全集》第 1 册，董晓萍编《总目》，高等教育出版社，2018。
40 钟敬文《钟敬文全集》第 2 册，连树声编《中国民俗学派》，高等教育出版社，2018。
41 钟敬文《钟敬文全集》第 3 册，钟敬文主编《民俗学概论》，高等教育出版社，2018。
42 钟敬文《钟敬文全集》第 4 册，董晓萍编《歌谣学 / 故事学》，高等教育出版社，2018。
43 钟敬文《钟敬文全集》第 5 册，董晓萍编《神话传说学 / 谚语与谜语 / 民族民间文学》，高等教育出版社，2018。
44 钟敬文《钟敬文全集》第 6 册，董晓萍、刘铁梁编《民间文艺新论集 / 民间诗歌与文人诗 / 歌谣史与诗歌史》，高等教育出版社，2018。
45 钟敬文《钟敬文全集》第 7 册，董晓萍编《民间文学（香港版）/ 人民口头创作》，高等教育出版社，2018。
46 钟敬文《钟敬文全集》第 8 册，钟敬文主编《民间文学概论》，高等教育出版社，2018。
47 钟敬文《钟敬文全集》第 9 册，陈子艾编《民俗文化学与文化史》，高等教育出版社，2018。
48 钟敬文《钟敬文全集》第 10 册，董晓萍整理《民俗文化学个案研究：女娲考 /〈水浒传〉专书研究》，高等教育出版社，2018。
49 钟敬文《钟敬文全集》第 11 册，王宁整理《民间文化传承学卷（第一册）/ 国学与外来学说》，高等教育出版社，2018。
50 钟敬文《钟敬文全集》第 12 册，王宁整理《民间文化传承学卷（第二册）/ 民间宗教与民间口头传承研究》，高等教育出版社，2018。
51 钟敬文《钟敬文全集》第 13 册，萧放编《历史民俗学》，高等教育出版社，2018。
52 钟敬文《钟敬文全集》第 14 册，杨利慧编《民间艺术学》，高等教育出版社，2018。
53 钟敬文《钟敬文全集》第 15 册，万建中编《民俗教育学》，高等教育出版社，2018。
54 钟敬文《钟敬文全集》第 16 册，程正民编《文艺学》，高等教育出版社，2018。
55 钟敬文《钟敬文全集》第 17 册，张恩和编《鲁迅研究文存（第一册）/ 关于鲁迅的论考与回想》，高等教育出版社，2018。
56 钟敬文《钟敬文全集》第 18 册，张恩和编《鲁迅研究文存（第二册）/ 鲁迅研究札记与译著》，高等教育出版社，2018。
57 钟敬文《钟敬文全集》第 19 册，何乃英编《国际交流卷》，高等教育出版社，2018。

58 钟敬文《钟敬文全集》第20册，童庆炳编《散文卷（第一册）/五四以来散文创作与抗战报告文学》，高等教育出版社，2018。
59 钟敬文《钟敬文全集》第21册，童庆炳编《散文卷（第二册）/现代散文与创作论》，高等教育出版社，2018。
60 钟敬文《钟敬文全集》第22册，董晓萍、康丽编《诗歌概论/诗歌通论/诗词格律要略》，高等教育出版社，2018。
61 钟敬文《钟敬文全集》第23册，胡友鸣编《考证〈白香词谱〉》，高等教育出版社，2018。
62 钟敬文《钟敬文全集》第24册，赵仁珪编《诗词总集》，高等教育出版社，2018。
63 钟敬文《钟敬文全集》第25册，赵仁珪、钟宜编《诗词补集》，高等教育出版社，2018。
64 钟敬文《钟敬文全集》第26册，宫苏艺编《报刊文章》，高等教育出版社，2018。
65 钟敬文《钟敬文全集》第27册，秦永龙、董晓萍编《学术书信卷》，高等教育出版社，2018。
66 钟敬文《钟敬文全集》第28册，史玲玲、朱霞、赖彦斌、赵娜编《钟敬文与北师大民俗学史（1949—2013年）》，高等教育出版社，2018。
67 钟敬文《钟敬文全集》第29册，董晓萍、赖彦斌、赵娜编《钟敬文录像图文卷》，高等教育出版社，2018。
68 钟敬文《钟敬文全集》第30册，钟少华、钟宜、曹文瀚编《图片手迹》，高等教育出版社，2018。
69 董晓萍《文献与口头：历史经典名著故事类型》，上海大学出版社，2019。
70 ［法］金丝燕《文化转场：法国早期汉学视野研究》，中国大百科全书出版社，2019。
71 董晓萍《跨文化技术民俗学》，中国大百科全书出版社，2019。
72 董晓萍《跨文化民间叙事学：鲁班研究个案》，中国大百科全书出版社，2019。
73 王一川《中国艺术心灵》，中国大百科全书出版社，2019。
74 李国英《〈说文解字〉研究四题》，中国大百科全书出版社，2019。
75 韩琦《康熙皇帝·耶稣会士·科学传播》，中国大百科全书出版社，2019。
76 ［法］罗栖霞（Julie Lechemin）《法国国家图书馆：汉学图书的跨文化典藏》，中国大百科全书出版社，2019。
77 刘宁《跨文化俄苏文学访谈录》，李正荣整理，中国大百科全书出版社，2019。
78 ［爱沙尼亚］于鲁·瓦尔克（Ülo Valk）《信仰故事研究要点》，董晓萍译，中国大百科全书出版社，2019。
79 董晓萍《国家·历史·民俗》，中国大百科全书出版社，2019。
80 ［法］汪德迈（Léon Vandermeersch）《中国教给我们什么？》，［法］金丝燕译，香港中文大学出版社，2019。